書下ろし

俺はあしたのジョーになれるのか

岡崎大五

祥伝社文庫

第1章　山谷《ヤマ》の貉《むじな》

1

午前十時前——。

通勤ラッシュも一段落し、山谷《さんや》通りはゆったりとした空気に包まれていた。『大盛屋《たいせいや》』を出ると、目の前には東京スカイツリーが聳《そび》え立ち、通りを挟んで向かいのバス停には、遅い出勤のサラリーマン、買物にでも行くのだろう、お洒落《しやれ》をした近所の主婦、その後ろには大きなバックパックを背負った外国人カップルが並んでいる。

歩道を歩く人の間を縫《ぬ》うように、自転車が行く。ホテルの前の車道にはリネン業者のワゴン車が停車する。

ビルの上には青い空が広がっている。

俺は歩道に立ったまま、軽く腕を組んであたりを見回した。

五月のさわやかな風が吹き抜ける。

一見何の変哲もない東京の下町の光景である。

ところがよく目を凝《こ》らすと、一般の家屋や店より『旅館』や『ホテル』と書かれた看板が目立つ。自転車に乗っているのは、着古したジャージ姿にサンダルを突っかける中高年の男ばかりだ。どの顔も日に焼けている。

段ボールを集めてリヤカーを引っ張るホームレスがいる。コンビニ店の脇《わき》では、賞味期限切れの弁当類を集める男の姿。路地に入る角では、三、四人の中年男がバカ話に興じて、何本も歯の欠けた口を開けて大笑いしている。路地裏を覗《のぞ》くと、酔いつぶれたまま路上で寝込む者もいる。近くの公園はホームレスたちの住居と化して、ブルーテントが幅を利《き》かせる。そこでもうらぶれた男たちがたむろしている。

早朝の熱気も薄れ、眠ったような気配が漂《ただよ》っている。

まさか二年前までは、俺もこの町の住人になろうとは思ってもみなかった。

町の名前は……山谷。日雇い労務者などの間では「ヤマ」とも呼ばれる。

しかし今では、この地名は、どこにも正式に存在しない。住所で言えば、台東《たいとう》区日本《にほん》堤《づつみ》か清川《きよかわ》あたりだ。

山谷と言えば、かつてのドヤ街——日本最大の寄せ場、日雇い労務者たちが毎朝、職を求めて集まる地区だ。ホームレスも多い上、中には借金苦でやくざ筋から追われている人間や、指名手配犯も潜《ひそ》んでいるという。

埼玉で生まれ育った俺には、縁《えん》もゆかりもない町だった。ただ、『あしたのジョー』に出てくる町としては知っていた。

ジョーこと矢吹丈《やぶきじよう》は、この町のはずれにある、丹下段平《たんげだんぺい》が営む掘っ立て小屋のようなジムから、世界戦の舞台へと駆《か》け上がっていく。

一匹狼《おおかみ》で尖《とが》っていて、周囲のことなど気にしない。常に唯我独尊《ゆいがどくそん》。

中学生だった俺は、古本屋でたまたま見つけ、全十二巻買ってきてむさぼるように夢中で読んだ。しばらくは、学校に行ってもジョーになったような気分が抜けず、教室内を山谷のドヤ街と見立てて過ごし、やけにヒリヒリ緊張しながら授業を受けていたくらいだ。

ジョーが汗を流したおんぼろのジムがあったのが、泪橋《なみだばし》の下。

人生に敗れてドヤ街へ流れ着く者たちが、涙を流して渡ったことからそう呼ばれるようになったとか。そんな中、ジョーは「泪橋を逆に渡るんだ」と、拳《こぶし》一つでどん底から明日の栄光を目指した。

しかし実際山谷に来てみると、泪橋はとうの昔に取り払われて川もなく、現在は、交差点にその地名が残るばかりだ。

まさかその場所に、本当に俺自身が流れ着くことになろうとは……。

「オイ、兄ちゃん、煙草《たばこ》あるか？」

横断歩道を渡ってきた男が気安く声を掛《か》けてきた。

ホームレスなのだろう。薄汚れた服を着て、顔も少し黒光りし、目蓋《まぶた》が腫《は》れている。それに少々臭《にお》う。

頭は禿《は》げ上がり、小太りで、これで片目がなかったらまさに丹下段平である。

「いい体してるじゃねえか。この体なら相撲《すもう》取りにでもなれそうだな。まさか、力士だったわけじゃあるめえな」

男は俺の二の腕あたりを軽く叩くように触った。

「相撲じゃなくて、ラグビーをやってたんです。社会人まで」

「社会人までやるとはてえしたもんだ。そこまでやれば一角《ひとかど》のもんだぜ。あ、そうそう、そんな話より、煙草だ。煙草はあるか？」

男は指を二本出し、Vを作って口の前で吸う真似をする。口から酸《す》っぱい臭いが漂う。

「悪いっすね。煙草は吸わないんです」

俺は肩をすくめて、申し訳なさそうに答えた。

「しょうがねえなあ。このところ煙草も高くなっていけねえや。あーあ♪　やだ、やだ♪　生きてたって♪　いいことねえなあ♪」

歌詞のわりに楽しそうなメロディーを鼻歌で歌いつつ、男は地面に目を凝らし、シケモクを探しながら去っていく。

なんとも弛緩《しかん》した空気が流れる。

この町が、一日のうちでもっとも賑《にぎ》わうのが午前六時頃である。多くの商店や食堂がオープンし、屋台の立ち食い寿司や、おでん屋、居酒屋も店を開く。指定暴力団秋川《あきかわ》組の事務所近くの路地では、公然と路上でチンチロリンが開帳され、通称「ドロ市」なる路上市場まで開かれる。「ドロ」の語源は、路上が泥にまみれていた……昔はそうだったらしい……からだとも、泥棒から仕入れた盗品を扱っているからだとも言われる。売っているのは長靴や地下足袋《じかたび》、大工道具や作業着、エロDVDもあれば、盗品と思われる安価な煙草や、裏では闇《やみ》携帯電話や覚せい剤など麻薬も出回っているらしい。

六時過ぎには、労務者を送迎するワゴン車が山谷通りの路肩に止められ、行き先の決まった日雇い労務者たちが車に乗り込み、あるいはJR南千住《みなみせんじゅ》駅、地下鉄日比谷《ひびや》線南千住駅に向かって、長い行進のような列を作った。

時には山谷労働者福祉連合の運動家たちが大きな旗を掲《かか》げて、労務者たちを引き連れてデモ行進し、彼らと反目する秋川組の舎弟《しゃてい》たちが、物陰から彼らの動きを注視している。

しかしこれら山谷に根城を置く諸団体も、労務者の激減と高齢化で、今や右、左を問わず力を失いつつあった。

最盛期には一万五千人を収容できた簡易宿泊所も、最近はマンションに建て替えられたり、NPO法人の生活保護者専用アパートになったり、日韓ワールドカップの後からは、バックパッカー向けゲストハウスが急増している。

早朝には見かけない欧米人を、昼間になると見かけるのはこのためである。

俺の名前は朝倉譲二《あさくらじようじ》。三十二歳独身。「ジョー」ではなく「ジョージ」だ。「譲二」は、語学に堪能だった父親洋一郎《よういちろう》が、国際化の時代の中、世界でも通じやすいようにと名付けた。「ジョージ」はローマ時代の聖人の一人ゲオルギオスの英語名で、サッカーで有名な白地に赤十字のイングランド国旗はセント・ジョージ・クロスと呼ばれる。つまりは国家の象徴となるほど由緒《ゆいしょ》正しい。

それなのに俺ときた日には、二年前から、二千万円もの借金を抱《かか》え、ここ山谷で暮らすはめに陥《おちい》った。というのも、すべては父親、後藤《ごとう》洋一郎のせいである。

洋一郎が犯罪に手を染め、指名手配となったからなのだ。

洋一郎は、かつて埼玉県下尾《しもお》市の社会福祉課生活保護担当課長で、生活保護のスペシャリストとして長年勤めたが、約三十人の被保護者をねつ造した挙句、三年間で一億円あまりの金を横領していた。警察によれば、タイ人情婦のワンニー・ホンタイに貢《みつ》いでいたという。

それが二年半前に発覚、親父は、俺と妹、母親を捨て、タイ人の情婦ワンニーと出奔《しゅっぽん》した。もちろん埼玉県警から指名手配されているが、公開されていないので、知る人ぞ知る指名手配犯である。

俺と苗字《みようじ》が違うのは、洋一郎が出奔する時、離婚届を置き土産《みやげ》にしたからで、もちろん母親の敏子《としこ》はすぐに署名捺印《なついん》して市役所に提出した。

それから俺は母親方の朝倉姓を名乗っている。

洋一郎が日本を出国した形跡はなかったが、偽造パスポートを使ったとも考えられた。情婦のワンニーはすでにタイに帰国していた。

俺はすぐさまワンニーが勤めていた湯島《ゆしま》のタイバーで彼女のバンコクの住所を訊《き》き、一路ワンニーのもとを訪ねたが、洋一郎はすでにいなかった。

そこで俺は、世界中からバックパッカーたちが集まるバンコクのカオサン通りにまで探しに行った。カオサン界隈《かいわい》は、外国人がもっとも潜伏《せんぷく》しやすい場所だと聞いたからだ。それほど多くの外国人旅行者が集まっていた。

カオサンのゲストハウスで同宿だったのが金田四郎《かねだしろう》だ。

事情を話して写真を見せると、「間違いない！　山谷で見かけた」と四郎は断言した。

四郎は当時、山谷を牛耳《ぎゆうじ》る秋川組の準構成員で、ノミ屋のパシリを生業《なりわい》としていた。山谷の表も裏も知り尽くした男が言うのだから間違いない。

俺は急遽《きゆうきよ》バンコクから日本に逆戻りして、山谷で日雇い労務者をしながら親父探しを本格化させた。

なぜ公金に手を付け、家族まで捨て、タイ人情婦に貢いできたのか。

真面目《まじめ》を絵に描いたような父親だったし、母親とうまくいっていないとも思わなかった。時折実家に帰った時など、俺の大好きなちらし寿司を家族四人で食べたりして、普通の幸せな家族だった。

だから洋一郎に逮捕状が出た時は、人違いだと本気にしなかったくらいだ。

何が悲しくて、親父は犯罪に手を染めたのか。

洋一郎の出奔後、妹の良美《よしみ》は、結婚が破談されたのを苦に鬱《うつ》病に罹《かか》り、一年以上も会社を休職し、家に引きこもっている。小学校の教師をしていた母親の敏子は、折悪《おりあ》しく若年性認知症を発症して入院したままである。幸いだったのは、俺たち家族に同情的だった市役所職員の伝手《つて》で、敏子が入院できる病院がすぐに決まったことだった。

俺自身は、親父の指名手配がきっかけで、ラグビーで入った大手電機メーカー三友《みつとも》電機を退職し、父親が祖父から譲り受けた土地や株、貯金など財産をすべて叩《はた》いて借金返済に回した。幸い妹が住む自宅だけは唯一担保として残せた。これほど資産があったことには驚いたが、それでもまだ二千万円の借財は残ったままで、俺が借金返済に追われている。

おかげで下尾市役所に起こされた民事訴訟だけは取り下げられたが……。

俺はどうしても、洋一郎本人の口から家族を捨てた理由を聞き出したかった。そして警察に突き出す。

それをしないと、俺の人生も前に進めないように思えた。

2

山谷に住み始めて二年――。

町を見ていると、ジョーがそうであったように、俺もすっかり馴染《なじ》んだように思える。いつもと変わらぬ風景に、いつもと変わらぬ男たち……。

最初に寝泊まりしたのが旅館『おかむら』だった。

年齢が親父より少し上くらいの岡村正《おかむらただし》と靖枝《やすえ》が営む簡易宿泊所である。簡易宿泊所とは、旅館業法に基づく区分で、旅館と下宿の中間にあたる。この町では旅館という看板を出していても、法的には簡易宿泊所がほとんどである。

個室で一泊二千三百円はこのあたりの相場だ。部屋は三畳。横になって両手を伸ばせば壁に手が着く。テレビ、冷暖房完備、別に共同キッチンと共同冷蔵庫、洗面所、トイレ、大きめの風呂がある。昼間働きに出かけている間に部屋の掃除もしてくれる。いつも清潔な居心地のいい宿だった。

主人の正は白いTシャツとブルージーンズがトレードマークで、日がな一日どっかと受付に座り、白髪《しらが》の混じった短髪のいかつい顔で不審者の侵入に目を光らせる。その間、靖枝が俺の相談に乗ってくれた。

山谷に来たはいいが、事情がわからなかったのだ。そこで靖枝にベテランの日雇い土工の岩井《いわい》富士夫《ふじお》と手配師の黒崎國男《くろさきくにお》を紹介してもらった。山谷に来た次の日には、黒崎の口利きで、岩井と連れ立ち青山《あおやま》の建築現場に行った。

日当は一万円ほど。しかし借金を返済するためには、日雇いよりもどこかに勤めたほうがよさそうに思えた。日曜は休みだし、多くの現場が雨だと休みになってしまうのだ。そうなると手取りは意外と少ない。

そこで友人や親戚、三友電機の先輩等に相談してみたが、犯罪加害者家族に世間の風は冷たく、色よい返事はもらえなかった。何より世間は不景気だ。

ただ岩井によると、山谷に住むだけでなく、自ら日雇いになって現場に出たほうが、裏の情報を得やすいという。

するとたしかに三か月に一度くらいの割合で、岩井たち土工仲間から親父の目撃情報がもたらされた。黒崎は俺の事情を知って、賃金の高い夜勤など、きつい仕事を優先的に回してくれた。おかげで月々十万円の借金を返済しながら、親父探しをしつつ、日雇い土工を続けてこられたのである。

そして少しでも時間があると、こうして通りを眺《なが》めるのが半《なか》ば習慣化している。知らず知らずに洋一郎を探してしまうのだ。

いつ何時、彼がこの付近で姿を現さないとも限らない。

土工仲間たちの情報から、間違いなく洋一郎は山谷界隈に出没している。しかし捕まえるまでには到っていない。まるでうまくいかないモグラたたきゲームのようなものだった。

「なに、そんなところに突っ立って、朝っぱらからぼんやりしているんだい？」

おかむらの女将《おかみ》、岡村靖枝が通りがかった。

靖枝はジーンズに、黒字にピンクのラインが入ったジャージをはおる。ショートカットで、自然な風合いが出るようにと赤っぽい色のヘンナで毛染めしている。

「ちょっと町の様子を見てまして。待ち合わせの時間までまだ十分ほどあったものですから」

俺は腕時計に目を遣《や》った。

時間は十時五分前。あと五分は大丈夫だ。

「さては親父さん探しだね。あんたもその若さで、またのっぴきならない事に巻き込まれたもんだよ。この町じゃ、大なり小なり何かを抱えている人も多いが、あんたの場合はまた特殊だからね」

靖枝は眉間に皺《しわ》を寄せて話した。

手に持つエコバッグからコーヒーのいい香りが届く。

二軒隣の『バッハ』にモーニングコーヒーを飲みに行って、正のために豆を挽いてもらったのだろう。

「そういや、黒さんが亡くなってから、もう一年だ。早いもんだね」

靖枝は遠くを見つめるように、東京スカイツリーを見上げた。

手配師だった黒崎が、去年の今頃である。夜半におかむらのトイレで倒れ、靖枝が救急車を呼んだ。俺と岩井も靖枝に付き添い病院に向かった。

しかし搬送先の病院で亡くなった。

身寄りのない黒崎の親類縁者を必死に探したのは靖枝だ。しかし黒崎の故郷秋田で見つかった妹は、「縁を切った兄ですので、そちらでなんなりと」とだけ言ったそうである。

黒崎は若い頃に相当やんちゃをし、親類縁者たちにも迷惑をかけたらしい。

それでも無縁仏《むえんぼとけ》で成仏させるのはあまりに可哀《かわい》そうなので、靖枝は自分の菩提《ぼだい》寺の合同墓に黒崎の遺骨を弔《とむら》った。戒名《かいみよう》は「聖徳院風流居士」。誠実な人柄で、風に流されるように山谷に流れ着いたことから、こんな戒名にした。

いくら長年住んでいたとはいえ、宿の女将に弔ってもらった手配師は、あとにも先にも黒崎くらいのものだろう。また、泊まっていた手配師を弔った宿の女将も、靖枝くらいしかいないらしいが……。

納骨、戒名、葬儀、読経でかかった費用の二十万円は靖枝が負担している。

そして亡くなる直前には、黒崎は、俺に跡目を継《つ》ぐよう言い残していた。

「譲二、後は頼んだ。いいか、口は悪くていいから、心の中にそっと温もりを忍ばせておけ。そうすりゃみんながついてくる。逆にやくざ筋には口はきれいに、心にナイフを忍ばせておく。その覚悟を忘れるな。人間ってのはな、たとえ泥水を飲んだとしても、周りの人間に対して愚直《ぐちょく》でさえあれば、よき理解者を得られる。これが人生の宝となる。わかるか？　損得なんざ、二の次なんだぜ……」

黒崎は安らかな鬼瓦《おにがわら》のような顔をしていた。

俺はこの時、散々悩んだ。

黒崎の親方は、浅草《あさくさ》界隈のテキヤをまとめる丸山《まるやま》興業の社長丸山常雄《つねお》で、やくざ筋ではなかったが、普通、手配師はやくざの資金源と思われている。人夫たちの上前をはねるのだ。ブラックの中のブラックそのもの、そもそも建設現場への人夫の斡旋《あっせん》は法律で禁じられているので、どうあがいても真っ黒であり、非合法な存在だ。

しかし、岩井が言うには、土工よりも手配師のほうがより多くの土工と付き合う。洋一郎探しの情報量は増えるし、やりようでは収入《い》も格段にアップする。ローンの早期返済も可能だ。相当な覚悟が要るが、父親探しと借金返済の両方に、またとない好機だと。

また黒崎の、誰に対しても誠実だった人柄が、手配師がやくざの手先であるようなイメージを、俺の中で薄《うす》めてくれてもいた。

俺は一大決心し、丸山に仁義を切って、黒崎の跡目を継いで手配師になったのである。それから半年ほどは、東京スカイツリーの現場があったからよかった。俺自身もたびたび土工として現場で働いて、月に五十万ほどにはなった。

ところが東京スカイツリーの現場が終了すると、他に営業をかけていなかったこともあり、ここ半年ほどは、手配師でありながら、日雇い土工とさして変わらない収入で汲々《きゅうきゅう》とする有様である。挙句この二か月間は、母親の入院費用も滞納したままになっている。

「このところ、景気が良くないようだね。二か月分、家賃が溜《た》まっているよ」

靖枝がそれとなく目を逸らして言う。

靖枝は、旅館おかむらと、大盛屋と二階が俺の事務所兼住居となっている建物だけでなく、バックパッカー用のゲストハウス『OKゲストハウス』の大家なのである。

「そうそう、それで今から福島原発出張の面接なんです」

俺は思い出したように、バッハを顎《あご》で指し示した。

「席は空いてたね。今なら大丈夫だろうよ。家賃は待ってあげるから、とにかく仕事、頑張んなさいよ」

靖枝は言うと、

「油を売り過ぎちゃったね。お父さんが怒っているよ」

と路地を小走りに行く。

俺は靖枝を見送ると、ため息がついて出た。

入院費用も家賃も滞納、さらに借金も、昨年は前倒しして返せたものの、まだ二十八年分もローンが残っているのだ。

つまり今の俺は、金も稼げないまま、どっぷりと体だけはブラックな世界に浸《ひた》っていることになる。

なんとも無様で泣けるような現実だった。

だから、手配師となって一年ちょっとだが、家族以外誰とも連絡を取ってなかったし、このことは家族にも話せないでいる。

ただしこんな俺でも、いつかは親父探しと借金にけりをつけ、泪橋を逆から渡って、あしたのジョーになれる日を夢見ないわけではなかった。

通りを挟んで真向かいの、老舗《しにせ》日本料理店『越前屋《えちぜんや》』の引き戸が開いた。

この店の次女、女子大生の芹沢唯《せりざわゆい》が箒《ほうき》と塵《ちり》取りを持って出てきた。俺が立っているのに気がつき、大きく手を振る。

「譲二！　おはよう！」

「おはよう」

俺はやや力なく返事した。

唯は、元気と明るさが取り柄の女子大生だ。二十歳《はたち》になったばかりで、まだ子供っぽさが抜けない。

「どうした？　譲二！　声が小さいぞ！」

唯が口に両手を当てて溌剌《はつらつ》と叫んだ。通り過ぎる車の音など物ともしない。高校時代までソフトボール部だっただけのことはある。

俺は苦笑するより仕方がなかった。

続いて姉の美紀《みき》がバケツと柄杓《ひしやく》を持って出てきた。

二人ともジーンズにTシャツ、サンダルといったざっくばらんな服装である。

姉の美紀は、ボブカットの妹と違って、長い黒髪を後ろで束ねている。

彼女はさわやかな微笑みを浮かべながら、軽く会釈《えしやく》する。恥じらいを含んだその姿態は、いかにも女性らしい。唯とは大違いだ。

俺は急に気持ちが浮き立った。

彼女に手を挙げ返すと、東京スカイツリーに背を向けて、二軒隣の待ち合わせの喫茶店に向かった。

3

「いらっしゃいませ！」

黒ズボンに白いワイシャツを着た制服姿の店員が、心から挨拶《あいさつ》してくれる。いつものことだが、さすが名店バッハだ。

俺は表通りからは見えにくいもっとも奥の席に座った。

店内は、近所の商店主や主婦、暇《ひま》を持て余す年金受給者など常連たちが席を埋《う》めている。外とは打って変わって、クラシックの曲がかかる店内は、上質な空気に満たされている。

俺はいつも身なりだけは普通にと気をつけていた。いかにも手配師であるような、やくざっぽい服装では、自ら進んで評判を落とすようなものである。

この日はスラックスにボタンダウンシャツ、薄クリーム色のジャケットだ。髪も七三に分けている。まるで休日の公務員みたいだと言われることもちょくちょくあるが、そのくらいでちょうどいい。

近所の上客が集まるこの店でも、突出することはないだろう。

注文したのはスマトラ・マンデリン。アラビカ品種の濃い味のコーヒーである。

コーヒーが運ばれてくると、約束していた二人の男が連れ立って現れた。

一人は鳥居《とりい》要《かなめ》六十三歳、もう一人は山川豊三《やまかわとよぞう》六十歳。二人とも山谷に長い日雇い労務者だ。

鳥居は集団就職で東北から上京してきた口で、性質《たち》の悪い女に引っ掛かって傷害事件を起こしてから転落し、若い時分はちょくちょく刑務所で暮らしていたという。山川は冬の間だけの出稼ぎだったが、同郷の友人の借金の保証人になったことがきっかけで、雪だるま式に借金が嵩《かさ》んで、故郷に帰るに帰れなくなり、山谷に居ついた。

「電話でお話ししたとおり、福島第一原発の出張の件です」

俺が声を潜《ひそ》めて言うと、二人は黙ってうなずいた。

痩《や》せた鳥居は、背中を丸めて上目づかいに俺のことを品定めするように見、筋肉質の山川は、そんな鳥居とは反対に、目をつむって太い腕を組んでいる。

対照的な体格の二人に共通するのは、日焼けした顔と節くれ立った手だ。二人とも、土工歴二十年以上のベテランである。

「仕事はさほど大変じゃありません。現場の掃除や片付けといった、いつもと変わらぬ土工らしい雑用です。毎朝八時にいわきの宿舎から、送迎バスでJヴィレッジに行って、防護服に着替え、現場に入る。夕方四時には現場を離れてJヴィレッジで除染、いわきに戻るのは六時頃。除染と着替えと移動で四時間は費《つい》やされるんです。実働時間はかなり短い。期間は一か月、日当は九千円です。決して悪い話じゃないと思いますけど……」

テーブルに置かれたコーヒーが、香ばしい匂いを放った。

俺はコーヒーで舌を湿らせる。苦みが心地よかった。

二人のコーヒーも運ばれてきた。

二人は、値段が高くて普段は決して口にできないブルーマウンテン№1を、ここぞとばかりに頼み、「本日のパン」黒糖ブレッドもちゃっかり注文している。

「いやあ、ブルマンは最高だね」

鳥居は黒糖ブレッドを手でつまむと口に放り込み、コーヒーを一口啜《すす》って、ご機嫌な声を上げた。

常に作業着姿かジャージ姿で近所をうろつく二人でも、この日は、ワイシャツにスラックスといった服装で、革靴まで履《は》いている。

服装からこの仕事に賭《か》ける真剣みが伝わってくる。

何しろ長期出張の面接なのである。さすがの二人もやや緊張しているようだった。不況のこの時世に、長期出張はおいしい仕事だ。一度出張に行って来れば、帰ってきてもしばらくはのんびり暮らせる。

俺は二人に、そこそこの期待をしていた。

「出張」と呼ばれる、数週間から一か月、あるいはそれ以上の期間の現場で働く場合、契約期間を全《まっと》うしてもらうことで、手配師である俺と、雇い主である建設会社の責任者との間に信頼関係が構築される。

すると自然に次の仕事が回ってくる。良質な労務者をいかに持続的に手配できるか。それが現代の手配師の腕の見せ所だ。量ではなく、質が求められている。

なにしろ長引く不景気と公共事業の激減で、土木建設業界は縮小に次ぐ縮小を余儀なくされている。当然日雇い労務者の需要も激減し、余剰労働力は、表の人材派遣やコンビニ店のアルバイトに吸収されるようになった。かつてこの国の内需と失業対策を両輪で支えてきた土建業界の姿は、もはやないも同然だ。

ドヤ街山谷でも、落ちぶれ果てた末《すえ》に、歳まで食って使い物にならなくなり、日雇い労務者から生活保護者になる者たちが後を絶たない。

これに目を付けたのが地元のやくざだ。名義を借りてNPOを立ち上げ、すっかり空き室が目立つようになった簡易宿泊所をアパート風に変え、生活保護者を住まわせて、生活保護費をピンハネしている。これがいわゆる囲い屋《かこや》である。

おかげで靖枝など地元の人たちは、「今や山谷《ヤマ》は寄せ場ではなく、福祉の町になった」と言っている。

山谷に来てからまだわずか二年しか経たない俺が、こんな裏事情に通じているわけもなく、これらの話は、日雇い仲間から「教授」と呼ばれる岩井の受け売りである。

この岩井、六十五を超えてなお意気軒昂《いきけんこう》で、労働意欲を失わないでいる。

しかし、岩井の気持ちと現実は、不幸なまでに一致しなかった。高齢のあまり、現場では足手まといになり、一日派遣しただけで断られることも少なくなかった。

俺はさりげなく店の外に目を遣った。

なるべく早く話をつけないと、また何時岩井が現れないとも限らない。

このところ、どの手配師からも相手にされず、最後の頼みの綱だと俺のところに泣き付いてくる。そしてそのしぶとさと口の達者さで、折れるのはいつも俺のほうになる。

山谷に来てからは、何かに付けて相談に乗ってもらってきた岩井だが、現場は温情など通用しないほどシビアなのである。

そんな岩井のこともあったし、出張では細かい労働条件を詰める必要がある。早朝の忙しい時間ではおちおち話もできないので、二軒隣の大盛屋の二階にある事務所兼住居を使わず、あえて時間を少しずらしてバッハに来て、隠れるように面接しているのだ。

鳥居と山川は、俺が手配師になる前、現場で一緒に働いたことのある仲だ。

山谷に暮らす労務者たちは、勤労意欲にあまりに乏《とぼ》しく、高齢化も進んでいる。そんな中で二人は上等な部類に属した。

「譲二、おめえの話には納得したが、デヅラが安すぎやしねえか。噂《うわさ》じゃ、フクシマなら三万とも六万とも言われているだろう?」

鳥居の言うデヅラとは、出面と書いて、日当を指す。

それまで目をつむっていた山川が目を見開いた。

「デヅラが高かったのは、原発の爆発直後、去年のことじゃないですか」

「一万は出せよな。一万は」

　鳥居が吠《ほ》える。

　俺は心の中で悪魔のように微笑んだ。

　一万円で手を打つことができるなら、その分ピンハネできるというものだ。

　最近は、日雇い土工でデヅラが一万円も出ればましなほうである。

　鳥居の言い分は、そんな現状を反映していた。十数年前から比べて、日当は三割以上も下落している。まさにワーキングプアーだ。

「ところで、放射能汚染はどうなんだよ」

　山川が重々しく口を開いた。

「作業は防護服を着てやりますし、除染もきっちりとやる。被ばく限度を超えないように数値も取ります。それに現場でもっとも放射線量の高い所は、現地出身の東電《とうでん》の社員が付きっきりで作業している。原発の爆発は、結局、地震のせいでも津波のせいでもない。原発をエネルギー供給の柱に据《す》えるという国策の結果です。でも先の地震で、原発周辺の住民は住めなくなった。その責任をもっとも感じているのが、地元出身の彼らなのです。同じ地域の人たちに申し訳が立たないと。だとしたら、自らが最前線で頑張るんだと踏ん張っているんです」

　俺は昨日、大倉《おおくら》建設の野口《のぐち》班長に連れられて、現場見学がてら作業を行ってきた。三千人もの作業員がいるという現場は、おそらく日本一の規模だろう。

「だから、おめえの感動話はいいんだよ。問題はこれから一か月、現場に張り付く俺たちのことじゃねえのか」

鳥居は言うと、コーヒーを一口啜って、きれいなブルーの花の模様の付いたコーヒーカップをテーブルに置く。

「ですから、作業はいたって普通。放射線量の高い所には入りません。鳶《とび》の手元や掃除、片付けといった補助作業です。防護服を着ると確かに暑いですが、軽作業なので、さほど体力は奪《うば》われません。毎日放射線量も計測しますし、その辺の管理は徹底しています。放射線管理手帳も出ますし、決してもぐりの仕事ではありません」

「で、どんな飯場なんだよ？　寝泊まりするのは？」

鳥居が訊《たず》ねた。

「二人で、いわき市内の六畳のワンルームを使ってもらいます。大倉が借り上げた部屋です」

その昔、俺が子供の頃には、建設現場に最初に建てられたのが平屋のプレハブ小屋だった。それが飯場だ。現場で働く男たちが住んでいた。中には賄《まかな》いのおばさんがいるものもあり、食事も作っていた。

少年の頃、新聞配達をしていた俺はそんな飯場にも新聞を配った。

小さな体育館ほどもある飯場には、布団《ふとん》が敷きっぱなしになっており、一升瓶《びん》や花札、エロ本、サイコロなどが散らかっていて、灰皿はいつも煙草の吸殻で山盛りだ。汗と泥と木っ端と煙草と酒の臭いが充満していた。

嫌いじゃなかった。

そんな飯場も、今では、山奥のダム工事現場など以外では、ワンルームマンションか賄い付きの旅館が普通になっている。

「昼の弁当は？　弁当くらい付けてくれるんだろ」

鳥居が目を忙《せわ》しなく動かしながら言う。

要求できそうなことなら、何でも探そうといった態度だ。

「わかりましたよ。弁当、付けましょう」

俺は鷹揚《おうよう》に答えた。弁当代は一人五百円である。これで一万五百円。

鳥居は天井を見上げて目を瞬《またた》かせている。

この店らしいクラシック音楽が、人の気持ちをリラックスさせる。

敏《さと》い鳥居も、音楽のおかげでそれ以上考えが及ばないようである。

通りがかった店員に訊ねた。

「これ、なんて曲？」

「……シューマンの『謝肉祭《しゃにくさい》』ですね」

原発の神に二人の日雇い労務者を捧げる――。

世間の良識から大顰蹙《ひんしゅく》を買いそうなフレーズが頭を過《よぎ》った。

しかし最下層の労務者とは、所詮《しょせん》そのような存在である。日本の高度経済成長期に大都会東京を実際に作ってきた彼らが、今の時代、山谷では、次々と消え入るように鬼籍に足を踏み入れていっているのだ。彼らがまるでこの繁栄する東京の、あるいは日本の人柱になったような気さえする。

この二年間で俺は嫌というほど、この町の苛酷《かこく》な現実を思い知らされてきた。ある者は冬の寒さに耐《た》えられずに凍死し、またある者は飲み過ぎがたたってのたれ死んだ。にっちもさっちもいかずに自殺する者、年に五件程度は殺人事件も発生し、身寄りもおらず無縁仏となる人間のなんと多いことだろう。

上っ面ばかりの良識が入り込む余地などなかった。

この町には、生きる人間が見せる無様なまでの赤裸々《せきらら》な姿しかない。

そのくせ男たちは、やけに呑気《のんき》に日々を遣り過ごすように生きている。

両腕を広げると両手が壁に着いてしまうほど狭い簡易宿泊所の部屋を出て、路上に集まり酒を飲んではバカ話に興じる。催《もよお》すと、わざわざ「立小便禁止」と貼《は》り紙のある電信柱に、いたずら小僧のように笑い顔を浮かべながら放尿する。朝っぱらから酔っぱらって取っ組み合いの喧嘩になるなど日常茶飯事だし、昼間から路上で寝込む者もいる。

そこには孤独に生きる寂しい男たちの面影はなかった。深刻なわりに、そのすぐ横で、えもいわれぬ可笑《おか》しみが漂っている。

人生や世間をおちょくっているとしか思えない。おちょくり過ぎたゆえに転落したのかもしれぬ。一言で言えばどうしようもない……。

そんな風に見えてしまう男たちが多かった。

路上に出れば仲間はいくらでもいるので、孤独に苦しむことはない。

しかし多少打ち解けたからと言って、簡単に信頼などしてはいけない。

嘘《うそ》つき、泥棒、詐欺《さぎ》師、人殺し、前科者、指名手配犯、シャブ中、逃亡者、やくざ崩れ、乱暴者、博打《ばくち》うち、怠《なま》け者、女好き、大多数の飲んだくれにアル中、お人よし、いかれポンチ、決してきれいとは言えないオカマ、曲者《くせもの》、哲学者のような人もいる。

隙《すき》を見せると付け込まれ、金を毟《むし》り取られたり、暴力沙汰《ざた》になったりするから油断ならない。挙句に殺傷事件にまで発展することもしばしばである。

それが山谷《ヤマ》の貉《むじな》だ。

しかし、こんな男たちの姿を見ていると、なぜか少し心が安らぐ。

人生なんて、いい加減でいいのかもしれないと……。

ただし、いい加減も度を越すと、取り返しがつかなくなる……。

暮らし始めて思ったが、山谷は、肩肘《かたひじ》を張ることもなく、危険な匂いと小便の臭いが漂う妙に暮らしやすい所であった。

俺は二人に向き直る。

「では、いわきの住所はこれなんで。明日には入居、明後日から仕事始めと」

俺はメモ帳を破って渡すと、伝票を取って席を立つ。

「譲二、おめえも食えねえ男になったもんだな」

山川がメモ帳をシャツの胸ポケットに入れながら、歩きかける俺を見上げた。

口元に笑みを浮かべつつ、立ち上がる気配もなかった。

(食えないのはどっちだ⁉)

俺は心の中で悪態をつく。

山川が目をつむって、大儀そうに頭を振った。

席に戻れと無言で言っている。

山谷の貉らしい交渉術である。

俺は店員に一瞥《いちべつ》くれると、やむなく椅子に座り直した。

「いわきまでの往復運賃、出てるんだろ?」

「すみません。旅費はうっかりしてまして」

俺はいかにも済まなさそうな、悲しそうな顔をしながら、黒崎の形見のエルメス・サックアデペッシュの黒バッグから封筒を二枚取り出し、二人の前に置いた。

「スーパーひたちの特急券と乗車券分の現金です。金が入ったからって、これで飲んじゃだめですよ。特急券分はいいですけどね。普通電車で行けばいいんですから」

二人とも年季の入った飲んだくれである。アル中一歩手前でセーブしているあたりが憎い。

「では」

立ち上がろうとする俺を、山川が手で制した。

「白手帳の印紙ももらえるんだろ?」

山川は鳥居を見て、得意げに微笑んだ。

「白手帳もですか?」

俺はうんざりして答えた。

「当たり前だろ。日本国民のために働くんだ。だいたい日雇い労務者に付与された権利じゃねえか」

きっと岩井の入れ知恵である。

そもそも山川に学はなかった。「付与された」など自分の言葉であるはずがない。

白手帳とは、正式には日雇労働被保険者手帳のことである。

保険金の給付を受けようとする前月、前々月において、合計二十六日以上働けば、最低で月に十三日間、一日当たり四千百円から七千五百円の失業保険金が給付されるのだ。

「俺の予想を言わせてもらえば、大倉建設といえば、それなりに名の通った会社だろ。ちゃんとしているんじゃねえかと思ってね……」

「ちゃんとしている」とは、公共職業安定所から日雇い労働に従事する者を雇用する「適用事業所」と認められている会社のことで、適用事業所には、俗にいう白手帳に貼り付ける雇用保険印紙が交付されている。

この保険をうまく利用する者もいて、一か月のうち働くのは十三日間だけで、残りを失業保険で暮らしているのだ。そして年末になれば、もち代と言われる特別給付まである。高度経済成長期に、人知れず、社会の最底辺には、法的なセーフティネットが整備されていたわけである。そして今も制度は有効なまま、利用者が激減している。

もちろん岩井から聞いた話だ。

俺は岩井の入れ知恵だとわかっていながら、山川の指摘にぐうの音も出なかった。

山谷の貉はしぶといのである。

人の生血を啜るのは、生半可なことではない。

大倉から提示されたのは、白手帳がある場合で日当一万四千五百円、ない場合は一万五千五百円である。

結局、手配師としての俺の取り分は一人一日三千円。このうち一人千円を親方筋に当たる丸山興業に上納しなければならない。実質は二人で一日四千円のピンハネである。月に二十日間働いてくれるとして、八万円にしかならない。

「何、ため息をついているんだよ」

鳥居が破顔して言う。

「こう、現場が少なくっちゃ、手配師なんてやってられない。そうでしょうが。あの建設現場が終了してから、まったく上がったりです」

俺は、表通りに行けば見えるはずの東京スカイツリーの方角に顎をしゃくった。

不況続きの山谷でも、ここ数年は、俺と同じく、安定的な収入を得ていた鳶や土工も多かった。

「たしかに東京スカイツリーの建設は、山谷最後の大仕事だったかもしれねえな。黒崎もいい時にお っ死《ち》んだもんだぜ。でも東北がある。そういやあ、どういうわけか、一向に東北の復興の仕事が来ねえなあ」

山川が訳知り顔で調子よさそうに言った。

「山さん、まさかこの話、じいさんに相談してないでしょうね?」

俺は山川を睨《にら》んだ。

この日の山川は、彼には似合わない台詞《せりふ》ばかりを吐《は》いている。

「教授に?」

山川はまるでそうだと言わんばかりに、急に落ち着かない表情になる。

「さっさと帰るぞ。鳥ちゃん行こう」

山川が席を立つと、鳥居は残った黒糖ブレッドを、慌《あわ》てて紙ナプキンに包んだ。

「あ、そうだ！　あとで白手帳を事務所に持ってきてくださいね。白手帳は、こちらで大倉に印紙を貼ってもらって、一か月間の満期終了後、渡します。人質みたいなもんですよ」

「くっそ、ますます食えない野郎だな」

山川はまるで最後っ屁をかますように言うと、鳥居と連れ立ち店を出て行った。

二人を見送るでもなく外を見る。

表通りに面した大きなガラス窓の向こうに、小柄で初老の男を見つけた。

まるでイギリス紳士のように、頭にはハンチング帽、茶色のチェック柄の三つ揃いを着たいつもの恰好《かっこう》で、店の前を行ったり来たりしている。左足を引きずるような独特な歩き方である。足元には、自慢の英国製エドワード・グリーンの革靴。かなり年季が入っているが、いい風合いを出している。

岩井富士夫だ。

俺にたかるか、さもなくば仕事を回すよう無理強《じ》いする魂胆《こんたん》なのだろう。

しかし金がないので、店には入りづらいようである。

俺は裏口を覗いた。

二階の作業場から焼きたてのパンを運んできたオーナー夫人と目が合った。

「譲二、どうかしたの？」

「……いえ、なんでも」

裏口から逃げても、きっと岩井は仕事を求めて事務所に押し入って来るだろう。岩井をどうやって追い返すか考えると辟易《へきえき》とした。それほど口で、彼に勝つのは至難の業《わざ》なのである。

4

俺はなるべくゆっくりとコーヒーを啜りながら、スポーツ新聞を隅から隅まで読んだ。一時間近く粘《ねば》って、時計を見ると午前十一時半になっている。

そろそろ事務所に戻って、明日の手配を組まなければならない。

今朝は一人を、下水管の入れ替えで小林《こばやし》設備に、二人を埼玉県三郷《みさと》市に建設中の大型マンションの工事に送り込んでいる。こちらは浅井《あさい》コンストラクションの仕事だ。三名分のピンハネで、上納金を除いて計六千円の手取りだが、人材派遣会社の中には五割から七割もピンハネしているところもある。法的な規制は最低賃金しかないから、あまりにひどいピンハネ率の常態は野放しのままだ。

彼らから比べれば、非合法ながら、昔の任侠《にんきよう》筋の伝手《つて》を使って細々と手配師稼業をしている俺のほうが、よほど善良である。

経費がかからない分、普通の人材派遣会社よりもピンハネ率が低く抑えられるのだ。

これはやくざ筋の手配師でも同じことらしい。

つまりはやくざより、正規の派遣会社のほうが、場合によっては性質が悪いとも言える。

それだけやくざ筋は長い年月……岩井曰《いわ》く、江戸時代から……派遣業を営んできたということだろう。だからピンハネ率も収まるところに収まっている。

俺は独りごち、外を見るとさすがに岩井の姿もなかった。

バッハを出て、二軒隣の大盛屋の暖簾《のれん》をくぐる。この店の二階が、俺の事務所兼住居になっている。

顔なじみの労務者たちは、大盛屋が開店する午前五時過ぎには、この店に集まってきて、朝飯を食いながら、俺から仕事を手に入れる。あるいは仕事にあぶれた者たちの中には、そのまま一品百円から百五十円程度のおかずを肴《さかな》に一杯やり始める者もいる。

引き戸を開けると、朝とは違ってがらんとした店内に、チェック柄の三つ揃いを着た岩井が、楊枝《ようじ》で歯を擦《こす》りながらテレビを観ていた。白髪《しらが》を銀色に染めているらしい。きれいに七三に分けている。ハンチング帽を脱いだ頭は銀髪だ。

彼の背後の壁には見慣れた顔写真が貼られている。洋一郎のものである。

「譲二、君が遅いもんだから、先にやらせてもらったよ」

岩井は短い足を組んで平然と言い、

「まいど!」

店主の吉永実《よしながみのる》が、奥の厨房《ちゅうぼう》から笑顔で出迎えた。

白いコック帽に白い調理服を着ている。前掛けも白。定食屋というより見かけは洋食屋である。この店をやる前は、浅草の有名洋食屋で腕を磨いていたそうだ。

俺は吉永の顔を見て、岩井が俺のツケで飯を食ったことを悟《さと》った。

テーブルに残されたトレーと食器から、この店でもっとも安い三百五十円の納豆定食だとわかった。その辺に可愛げがある。

しかし、今年に入ってからというもの、一か月二十万円稼ぐのがやっとなのである。岩井の飯代まで払う謂《いわ》れも余裕もなかった。ただ、三百五十円程度で怒鳴ったりすれば、大の男が廃《すた》る。

岩井は、俺の見栄や突っ張りを見抜いているようだった。

「おやっさん、じいさんの飯代、俺につけといて!」

俺は、三百五十円程度の出費で唇を嚙《か》みしめると、店の奥にある階段を上った。

「ごちそーさーん!」

岩井の弾《はじ》けた声が背中に聞こえた。忌々《いまいま》しい声に憮然《ぶぜん》としながらカギを開けて中に入った。

一階の大盛屋にも、この事務所にも、父親である後藤洋一郎の顔写真が、それこそ指名手配犯のように貼りつけてある。

捜索理由は借金を踏み倒したから。

名前は鈴木《すずき》一郎《いちろう》としてある。

俺のところに来る労務者たちは、嫌でも脳裏に顔写真がこびりつくので、俺の父親探しを手伝っていることになるのだ。

左側、窓際のデスクの上にはデスクトップ型パソコンが置かれ、デスクと並ぶ棚には電話兼ファックスがある。ファックスには小林設備と浅井コンストラクションから、それぞれ今日と同じ、一人と二人の明日の注文票が来ている。

これで明日も一人頭二千円のピンハネで六千円は確保できた。明後日の水曜からは原発に行かせた二人の分、四千円が加わる。しかし小林設備も浅井コンストラクションも来週いっぱいで終了である。

テレビのリモコンを手に取り、スイッチをオンにして天気予報チャンネルに替えた。

今週は雨の日はなさそうだった。

あと一か月、六月も中旬以降になれば梅雨《つゆ》入りし、嫌でも雨の日が多くなる。雨が降れば、屋外でやる土木関連の現場はほとんど休みだ。原発は雨でもやるので、固定給としては太いものの、もう少し現場を増やしておく必要があった。

その前にサイドビジネスをチェックしておく。

俺は椅子に座ってパソコンの画面を開いた。

労務者の手配だけでは経済的に苦しいのを察して、大家の岡村靖枝がちょくちょく手配師らしいバイトを回してくれるのだ。

彼女が俺に回してくるのは、ＯＫゲストハウスの外国人旅行者で、一か月に二本くらいは観光ガイドの仕事が入った。連絡はゲストハウスのフロントを任されている垂水陽子《たるみようこ》からで、メールか電話で届く。

また今年に入ってからは海外から調査の依頼もあった。

年に何度も海外に遊びに行っている垂水陽子の勧めで、彼女の助けを借りて『Tokyo George（東京譲二）Investigation（捜索）～Coordinator（手配師）』という英語のホームページまで作ったのである。事務所名は略して『ＴＧＩ』。

実際には看板のない事務所だが、インターネット上にバーチャルの看板を出している。手配師とはすなわち、あっちとこっちをつなぐ役目の仕事であるから、英語で言えばコーディネーターとなる。

まさか依頼などないだろうと思っていたが、インターネットが発達した今のご時世、世界のどことどこが、どうつながるかわかったものではなかった。

現に、一件だけだが、まともな依頼があったのだ。

それは、卒業後もなかなか本国に帰ってこないアイルランド人女子留学生の捜索で、捜索開始から一週間後、見つけた時には彼女は六本木《ろっぽんぎ》の外人バーで働いていた。ナイジェリア人の彼氏と同棲《どうせい》しており、学生というよりは、完全に夜の女に変身していた。無理やり両親と電話で話をさせて、一応依頼を終結させた。

子供の頃から英会話教室に通っていたことが、こんなところで役に立ったのだから、人生とはわからないものである。ラグビーに明け暮れた高校大学時代でも、英語だけは常に成績がよかった。

この時、調査を担当したのが裏社会に通じる金田四郎だ。

陽子の影響で、彼もまた金を貯めては、ちょくちょく海外旅行に行っている。元やくざというかなり風変わりなバックパッカーであった。

四郎は、俺と出会ったことがきっかけとなったようで、散々焼きを入れられた末に、秋川組の準構成員から足を洗った。今では俺の弟分のようになり、帰国すれば、日雇い労務者として現場に出ることも厭《いと》わず、手配師の仕事も手伝う。そろそろ帰国する頃だった。

もちろん洋一郎のことは、ＴＧＩのホームページでも「Missing」（行方不明者）と英語で書いて顔写真を貼り付けてある。こちらでは世界を旅するバックパッカーからの情報

を当てにして、洋一郎が立ち寄りそうなバンコク等に網を張ったつもりであった、

「新しい仕事はあったか?」

背後からの声に振り向くと、いつの間にか岩井が部屋に入ってきていた。

「教授」というあだ名はガセで、実は「コソ泥」でもやっていたのではないかというのが、俺の岩井評である。

妙に足音をさせずに歩くところがいかにも怪しい。左足が悪いのも、逃げ遅れて高い所から飛び降りて怪我《けが》をした後遺症ではないのか。

「いいえ、何も入ってないですよ」

俺はパソコン画面を見つめたまま素っ気なく答えた。

「では、この私に飢《う》え死にしろと? このところあぶれ続きで干上がる寸前だ」

岩井が人差し指で眼鏡《めがね》を持ち上げる。

「あぶれ」とは「仕事にあぶれる」の略語名詞形である。

「じいさんが飢え死にしたって誰も困りはしないでしょう? 第一この町には、コンビニの期限切れ弁当でもなんでも、食うものならいくらでもある。凍死はともかく、飢え死になんて、現実には、したくても、なかなかできるものじゃない。そうじゃないですか?」

俺は皮肉な笑みを浮かべつつ、わざわざ口答えするように言った。

「……う、飢え死にはともかく、コンビニの弁当もらったりしたら、それこそアオカンで

はないか」

岩井は俺の逆襲にややひるみつつ、怒ったように反論する。

アオカンとは青空簡易宿泊所のこと。つまりホームレスを指す。

「金がなければしょうがない。ホームレスになるのは自業自得だ。いつも自分でそう言っているでしょ？」

俺は山谷に来てから、ずいぶん口が悪くなっている。胸襟《きょうきん》を開いて対抗しないと、山谷の貉たちと渡り合えない。

それに先ほど勝手に納豆定食を食べられたことで頭に来ていた。おいそれと岩井の言うことを聞きたくなかった。

「たしかにな。怠け者がホームレスになる。第一に、仕事がないのは事実なのである。

いと思う気持ちが心の中を占めた人間がそうなる。それも心のどこかで自分を諦め、楽になりたいと思う気持ちが心の中を占めた人間がそうなる。中には精神疾患を抱えている可哀そうな者も多いがな。それでも彼らは、永遠の自由と百年の孤独を手に入れる」

「だったら、それでいいじゃないですか」

「しかし、君たち手配師は、ホームレスを相手にしない。そうだろう？」

「俺はホームレスでも相手にしますよ。でも現実は甘くない。日頃呑気に安楽に暮らしているようなホームレスに、民間の現場が務まりますか？　いくら建設現場でも、それなりの恰好と規律というものがある。何日も風呂に入らず、饐《す》えたような臭いをさせて来てもらっちゃ、使いたくても使えない。結局ホームレスでは、職安が提供する公園の落ち葉掃きとか、時給のうんと安い公共事業をするのが関の山。あるいは自分でアルミ缶を拾って売るとか。いずれにしたって、肉体労働では使い物にならない連中がほとんどです。じいさんだって雇い主から苦情殺到で、そろそろヤバいんですよ……。俺だって崖《がけ》っぷちなんです。苦情殺到の土工を現場に送っていたら、俺のほうが先に干上がっちまいます」

俺はついにはっきりと言ってやった。

これで、三百五十円の納豆定食の怨《うら》みが少しは晴れる。

事実、口さがない日雇い土工連中は、そろそろ岩井も、福祉の世話になったほうがいいと言っているくらいだ。

しかし岩井は、俺の攻勢にも表情を変えることはなかった。

「君がまだ右も左もわからない頃、現場で手取り足取り教えてやったのはいったい誰だい？　手配師をやっていられるのも、この私のアドバイスがあったからじゃなかったかい？」

これまで幾度となく聞かされてきた台詞だ。

「そのネタでいったいどれだけ俺に飯を奢《おご》らせたんですか。酒を飲ませたのも数えきれない。今朝の朝飯代だって俺が出している。恩は十分返したはずです」

俺は吠えるように言った。

「私は君に代わって、様々な現場を回り、労務者たちの働きぶりをチェックすると同時に、君のライフワークとも言える父親探しまで手伝ってきた。現に、この山谷はもちろんのこと、浅草、湯島、アメ横《よこ》、上野《うえの》駅での目撃情報もキャッチした」

岩井は部屋の壁に貼られた洋一郎の顔写真に顎をしゃくった。

「しかしすべて目撃情報だけでした。話を聞いてすぐに現場に急行したが、親父の姿を見るまでもなかった。居場所など到底突き止められない。まるで蜃気楼《しんきろう》みたいです」

「元ラグビー選手だっただけあって、君はなかなか動きが速い。父君のこととなると、短慮な四郎に負けず劣らず、猪突猛進《ちょとつもうしん》に突き進む」

岩井が鷹揚に微笑《ほほえ》みながら、緩やかに歩いた。

こんなところは高貴な家柄の出身かと思わせる雰囲気である。

「ともかく私は、今日という今日は、明日の仕事が見つかるまではここを離れないからね」

岩井はいけしゃあしゃあと言うと、大テーブルの前の椅子に座って、難しそうな本を広げた。

またもや口では負けたようなものである。

「勝手にしてください！」

俺は投げやりに言い放ち、パソコンに向かった。

5

しばらく俺は、パソコンを見て、どの取引先に連絡しようか思案していた。

そこには現場名、住所、交通アクセス、元締めとなるゼネコン名、建設額、工期、関係する下請《う》け業者の名前が記されている。

付き合いのあるのは、中小の下請け業者だ。話をするのは、大きい現場では、下請け業者の現場責任者で、その上にゼネコンの若い現場監督がいる。小さい現場では、社長と直接話す。

日雇い土工などへの支払いは、各現場ごと仕事が終わった後で本人に支払われる。手配師への取り分は、会社ごとに、労務者の日当から差し引いてプールされ、毎月末に精算してまとめて振り込まれる。

コーヒーのいい匂いが漂ってきた。バッハで挽いてもらった豆が置いてあるのだ。

見れば岩井が、いつしか台所に立っていた。

「今朝も五時過ぎから来たのに、あぶれたんでは、どうにも頭の回転が本調子とはいかず、眠くてしょうがない。コーヒーでも飲んで頭をクリアにしようと思って。でないと本に集中できない」

「そんなに眠けりゃ、おかむらに帰ればいいじゃないですか。どうせあぶれなんだから、自分の部屋でたっぷり寝ればいい。間違っても、俺のベッドでは寝ないでください」

俺は目を光らせて言った。

台所の向こうには、今時めずらしいアコーディオンカーテンが引かれ、ベッドルームになっている。風呂はない。トイレは大盛屋と共同で一階にあるものを使用する。

俺は岩井がこの部屋に住みつくのを警戒していた。

そうでなくとも、四郎が帰ってくれば、彼は床にマットを敷いて、安宿さながらに寝袋にくるまって寝る。これ以上の厄介者は御免であった。

「そうピリピリすることはないだろう。私だってプライバシーは必要だ。人間は難しい生き物だね。孤独と自由を欲しがるくせに、人の温もりや連帯するのも楽しいと来ている」

暇があれば難しそうな本ばかり読んでいる岩井は、たしかに山谷では特異な知識人であり、またそれらしい話し方もした。

そんな姿を見せつけられると、実はコソ泥ではなく詐欺師ではないかと思ってしまう。

ともかく岩井がいたのでは、営業を掛けづらかった。事務所に居ついて、新しい現場があれば、真っ先に仕事にありつこうと待機しているようなものなのだ。しかも派遣先から、岩井はダメだと釘《くぎ》を刺されることもあり、そうなるといつまで経っても帰らなくなり、挙句に晩飯をたかられることもしばしばである。

四郎がいれば、適当な口実を見つけて岩井を連れ出してもらい、その間に目星をつけておいた現場に連絡することができたが、二人きりではそれもかなわない。

ノックする音が聞こえた。

嫌な予感が頭を過る。

時間帯が悪かった。

昼前……それは顔を見たくもない男の出勤時間だ。南千住汐入《しおいり》のニュータウンの分不相応な高級タワーマンションに住んでいる男……。

俺が返事をする前にドアが開いた。

身長は百七十センチくらいと決して大きくなかったが、体はがっちりしている。敏捷《びんしょう》そうで、濁《にご》った目を光らせる。髪は短く刈り込んでいる。

「いい匂いをさせてるじゃねえか」

男は黒のスーツをぞんざいに着ていた。白いワイシャツにネクタイは締めておらず、やくざ者と同じように、ブランド品のセカンドバッグを腋《わき》に抱える。どの品も一級品である。スーツは誂《あつら》えだ。

「こっちがやくざ以下だったら舐《な》められるからな。取り締まるほうも経費が嵩んで大変だ」

それがこの男、隅田《すみだ》署組織犯罪対策三課の刑事、松橋和彦《まつはしかずひこ》警部補の決まり文句だ。歳は五十歳。組対三課は、いわゆる暴力団対策、マル暴である。

出世などとうの昔に諦めて、いや端《はな》から出世など眼中になかったような男だ。ハイエナのように金になりそうな場所を探して嗅《か》ぎ回っている。

「俺にも一杯淹《い》れてくれ」

松橋は、面接用の大テーブルの前に座ると、岩井に言った。

「それもうんと濃いやつをな。昨日湯島で飲み過ぎたせいで、まだ頭が痛むわ。コーヒーの前に、まずは水を一杯だ」

岩井は、自分の分のコーヒーをカップに注ぐと、出がらしの粉を捨て、新しいコーヒー粉をコーヒーメーカーにセットする。そして冷蔵庫からミネラルウォーターを出し、グラスに注いでトレーに載せると、うつむき加減に運んだ。

「わりいな、じいさん」

松橋は、一気に水を飲み干した。

普段は口さがない岩井も、松橋の前ではほとんど口を利かないし、顔を上げようともしない。

ここら辺から、岩井には前科《まえ》があると俺は見ている。

岩井は台所に戻ると、立ったまま熱いはずのコーヒーを慌てて喉《のど》に流し込む。

「あとはよろひく……」

舌でも火傷《やけど》したのか言い残し、本を手に取り出て行った。

俺はデスクで体を硬くしていた。

密室で第三者は不在という、またとない脅迫《きようはく》場面が設定されたのである。

「どうだ、仕事は」

松橋はややしわがれた声で話した。

よほど酒を飲んだのだろう。

「コーヒー淹れます」

俺はデスクを離れて台所に向かった。

コーヒーがフィルターを通してゆっくりガラスの容器に落ちている。

その音がはっきりと聞こえるくらい、室内は静かであった。

松橋の高級ライターがカチッと音を立てた。

松橋が吐く息とともに紫煙《しえん》が立ち上る。

「この不景気のご時世に、それもトーシローが手配師をやるなんてなあ。おまえも奇特な男だぜ。絶滅危惧《きぐ》種と言ってもいいかな。おっと待て。手配師が絶滅することを、誰も危惧したりしないか」

松橋は高らかに笑った。

俺はムッとしながら、換気扇を回した。

「今からちょうど一年前だ。黒崎が死んで、誰もあいつの縄張りを分捕ろうとする奴はいなかった。東京スカイツリーの建設が終われば、廃業する予定だった手配師も結構いた。みんな寄る年波には勝てねえってことだ。時代が変わっちまったんだよ。手配師なんて稼業、もはや風前のともしびだ。それなのにバカな若造が一人、首を突っ込みやがった。秋川組にしてみれば、てめえの島に事務所を構えられて面白くねえ。何も知らないトーシローは恐いよね」

松橋は世間話でもするように気楽な調子で話した。

「秋川組といやあ、山谷を牛耳る老舗だ。暴対法が強化されてから、一時は目も当てられないくらいに凋落《ちょうらく》していたが、高浦《たかうら》って奴が、陰で福祉ビジネスをやり出してからは、また盛り返してきやがった。おかげで高浦は、若頭補佐まで一気に出世した。それもどこかで、この国の裏の権力と結んでいる節がある。だから俺たち警察も、簡単には手出しができねえ。裏権力の実行部隊となることで、力をつけてきたってもっぱらの噂だ」

コーヒーが落ち切った。

俺はカップに淹れて黒砂糖の入った容器と一緒に運んだ。

黒砂糖は松橋の好みで強要されて置いてあるのだ。

松橋は黒砂糖をスプーンで二杯入れ、コーヒーをかき回した。

「うん、いいねえ。さすがはバッハブレンドだ」

鼻で匂いを嗅いで、ゆっくり啜る。

「味もいい。あのじいさんの淹れるコーヒーは、プロはだしだな」

それは俺も前から思っていたことだ。

岩井はそれだけ美食家というか、うまいものに目がなかった。酒やワインもいいものしか嗜《たしな》まない。

「わかるか、譲二。おまえは、警察も手を出しあぐねている秋川のシマに、手を突っこんだんだよ。そしたら今度は神風が吹いたみたいに東日本大震災だ。原発事故も重なって、東関東の土木、建設業者は、猫の手も借りたいくらいの忙しさになってるんだろ? おまえにはツキがある。ツキのある奴は、俺は嫌いじゃないんでね」

松橋は、気持ちよさそうに煙草を吸うと、俺をしゃぶり尽くすような目で見た。

まるで獲物を目の前にしたハイエナである。

「おまえは知らないかもしれないが、阪神大震災の時には、この山谷《ヤマ》から土工も鳶も姿を消した。なんでかわかるか?」

俺は自分の椅子に戻って首を振る。

松橋が煙草を揉《も》み消す。

「みんな関西に出張で向かったのさ。大阪の寄せ場、釜ヶ崎《かまがさき》はいわゆる復興バブルで大いに沸《わ》いた。で、震災から一年が経ち、おまえのところも、そろそろバブルっているんじゃないかと思ってさ。秋川配下の手配師たちは、口々に、このあたりじゃおまえが一番の稼ぎ頭だと言ってる。そんなおまえの存在そのものが、秋川組にとっちゃ、邪魔でしょうがねえ。近いうちに潰してやろうと手ぐすね引いて待ってるらしいぜ。せいぜい気をつけるこった」

松橋はそう言って、薄ら笑いを浮かべた。

月に二十万円稼ぐのがやっとの手配師が、どこがバブルだというのか。見当違いもはなはだしい。

「なんでもおまえは、若い労働力を集めるのが得意らしいじゃねえか。だから依頼が多いとか」

それは俺自身がたまには現場に出るからだし、四郎もいる。時にはＯＫゲストハウスに宿泊しているバックパッカーが旅行資金を稼ぐために働くこともあるからだ。

「俺も今年は、上の子が私立の名門女子大に入ったりして、寄付金だなんだと物入りでよ。マンションのローンもまだまだ残っているし。復興バブルならその恩恵を、こっちにも少々回してもらおうと思ってな」

松橋が右人差し指で鼻を触った。

俺は唾《つば》を呑み込んだ。

これまでも月に三万、みかじめ料を支払わされているのだ。

「十でいいや。安いもんだろ」

「十万なんて！　暮らせなくなるじゃないですか」

松橋は俺を制するように、右手の平を広げて突き出した。

「いいか、おまえのやっていることは労働者派遣法五十九条違反なんだぜ。この場合、一年以下の懲役または百万円以下の罰金が科せられる。それを見逃してやっているんだ。その上、俺がこうしてちょくちょく顔を出すことで、おまえを叩きつぶそうと狙っている秋川組から守ることになる。さらにおまえは山谷労働者福祉連合などボランティア筋からも目の敵《かたき》にされている。なんたって真っ当な労務者から賃金をピンハネしているんだ。おかげでこの山谷《ヤマ》じゃ、おまえは、俺がいなけりゃ孤立無援だ」

松橋は、さもうれしそうに笑った。

「もし金がないなら、丸山の親父に泣きつけばいい。おまえの事務所がここにあるばかりに、丸山は、有形無形の影響力を行使できるようになっている。丸山は暴力団じゃないから、秋川みたいに、店からみかじめ料を取るようなことはしないが、祭の時や普段でも、山谷のスーパー等で丸山系列の屋台が出る機会が増えているだろう」

松橋は、町の微妙な変化に敏感だった。よく観察している。

「そんなこと言われても、俺は丸山の親父の舎弟でもなんでもないんです。ただのトーシローなんですよ」

　俺は反論した。

「そこが前々から腑《ふ》に落ちねえんだなあ。いかにもトーシローのおめえが、それもその若さで、なんで手配師なんてやっている。何か事情でもあるのか？」

　松橋は、鋭《するど》い目つきで俺を見透かすように目を細めた。

「成り行きですよ。成り行き。山谷で日雇いをやったのがきっかけです。どんな商売でも、親方が早死にするとそれまでの顧客を継承できて、若くても儲けられると聞いてましたが、何のことはない。この手配師だけはあがったりです」

　俺は両手を挙げて万歳して見せる。

　この男にだけは、洋一郎のことを知られたくなかった。弱みを握られたくないのだ。

　そう思った矢先に、松橋が壁の写真を指差した。

「ところで、下の大盛屋にも貼ってあったが、あの写真の男は誰だ？」

「あ、あれですか？　あれは……俺から金を借りたままとんずらした男です」

　表向きは、そういうことになっている。

「名前は？」

「鈴木……鈴木一郎」

「メジャーリーグでイチローが活躍して以来、流行っている偽名だな。どこかで見たような顔だと、前から気にはなっていたんだが……」

指名手配犯は、日本全国で千人近くもいるという。

警察官であっても、いちいちデータを覚えきれるものではないだろう。写真や名前が一般に公開されている者は、現時点で十二名だけである。

「警察に届けるわけにはいかないし、みんなに探してもらうよう、写真を貼っておいたんですよ。どこかの現場で出くわさないとも限らないでしょう?」

俺は松橋の様子にさりげなく注意しながら騙《かた》った。

「なるほどな……」

松橋は納得した素振りを見せるが、こいつも食えない山谷の狢だ。油断はならない。

俺は松橋が帰ったら、写真を剝《は》がしておこうと思った。松橋は刑事だ。どこで指名手配犯の顔を見ないとも限らない。

この男に付け入られる隙を見せたら、骨の髄《ずい》までしゃぶられそうである。いや、もうすでに、親父が指名手配犯とわかったところで、しゃぶられる髄もないほどだ。

それでも松橋には、余計な情報など与えないほうがいい。山谷でシノギを削《けず》る男の直感だった。

その時、俺のスマートフォンが鳴った。

松橋が破顔した。

「出ろよ!」

電話は大倉建設の下請けの安藤《あんどう》設計からだった。本社は浅草である。大倉は東京スカイツリーの建設にも加わったほどで建設関係なら何でもやるが、安藤はマンション専門の建設会社だ。補修や耐震化工事も行っている。

「よう、譲二か」

「いつもお世話になってます！」

相手は安藤設計の二代目安藤虎男《とらお》からだった。

安藤は、俺の出身校である法明《ほうめい》大学ラグビー部のライバル、帝都学園《ていとがくえん》大学ラグビー部の出身で、歳は安藤が上だが、一年半前、現場で出会ってから何かと世話になっている。

「仙台《せんだい》なんだが、斫《はつ》りで若いの三人、寄越しちゃくれねえか。なんだったらおまえに来てもらってもいい」

「斫りですか？」

俺は訊ねた。

斫りとは、コンクリートの壁や床などを、ドリルなどを使ってこそぎ落とすことである。かなりの体力を要《よう》する。仕事ができる鳥居や山川でも体力的に厳しいだろう。

「今回の震災で半壊したマンションの補修及び、耐震化工事だ。東北の復興事業は遅れていて、昔から東北を縄張りとするゼネコンの中には、営業マンが、営業するのではなく、役所に公共事業の断りを入れに行っているほどだ。ついこの前まで痩せ細っていたこの業界で、それも東北なんざ、干からびる寸前だった。何しろこの十五年で市場規模が半減しているんだからよ。復興需要が訪れても、おいそれとこなせるわけがねえ。何よりまずは技術者が足りねえし、重機や人夫、資材もとことん不足していやがる。だから役所の入札も二割以上が不調続きなんだぜ。かと言って、簡単にはよそ者を入れさせまいと、地元業者と他県業者のつばぜり合いが続いている」

「それなのに、よく仕事を取れましたね」

「まあな。大倉の長谷川《はせがわ》専務が宮城出身でな。結構力を持っている。公共事業よりまずは仙台のマンションからだと読んだ。それがまんまと当たったのさ」

「どういうことです？」

「人手がないから、工事ができない。すると相場が高くなる。大倉が落としたこの現場でも、通常の一・五倍の落札額だったそうだ。その分うちまで余禄にあずかれる。ただしこんな状態だから、仙台のマンション補修に人手が集中し、被害の大きかった三陸《さんりく》地方の公共工事が進まないってわけだよ。中には二倍に吹っかける奴までいやがるって話さ。一番足りないのが型枠大工だ。コンクリート建築にはなくてはならない大工だからな。次に鳶が足りねえ。足場がなかったら工事ができないだろう。三番目が体力勝負の土工。もとより若い土工なんざ、このところめっきり少なくなった。肉体労働を好む若者が極端に減ったし、この業界の高齢化は、日本の高齢化のさらに一歩も二歩も先を歩いているようなものだから。ところが外国人労働者はご法度《はっと》と来ている。こなせるわけがねえだろう」

自嘲《じちょう》気味に安藤は言う。

「それで日当だが、白手帳付きで破格の二万だ。どうだ、おいしい仕事だろ」

「二、二万ですか？　しかも白手帳まで付いて」

俺はつい声が裏返り、松橋の濁った目が光るのを見て、顔を伏せた。

松橋は、まさにハイエナ。金の匂いを嗅ぎつけてくるものである。

「三人集められるか？　期間は十日間。その間に、十階建てのビルの壁なんかを斫って、出たガラをすべて一階の所定の場所に集めてもらう。宿舎は三人一部屋のウィークリーマンションだ」

ガラとは瓦礫《がれき》、コンクリート片のことである。

俺は話を聞きながら、まずは自分が行くことは決めていた。安藤に指名されたようなものなのだ。行かないわけにはいかないだろう。月に何度かは現場で汗を流すのもいい。体も気持ちもしゃきっとするのだ。

その間、事務所は、また例のごとく越前屋の芹沢唯にバイトを頼めばいい。

彼女は双葉《ふたば》女子大二年の女子大生である。ちゃきちゃきの江戸っ子で、小さい頃から店に出ていたからだろう。一癖も二癖もある鳶や土工、ホームレスからやくざまで、物おじもせずに捌《さば》くことができる。

看板娘と言われる姉の美紀とは、体格も性格も好対照である。

唯が小柄で誰にでも人懐っこいのに対して、美紀は痩身で背が高くすらっとしている。物静かないかにも日本的な美人で、彼女の顔を拝みたいがために、多少は値段が高くても、つい越前屋に足が向いてしまう客も多かった。

俺もそんな美紀ファンの一人だ。

あしたのジョーでいえば、マドンナの白木葉子《しらきようこ》のイメージだ。

俺が留守にしている間、早朝の人夫集めを中止にすることは、いつもどおりに大盛屋の吉永に言っておけばいい。

唯には毎日事務所に来て、仕事の依頼のファックスを確認して俺のスマホに電話させる。レギュラーで働いている三人には、唯からの報告をもとに、毎夜俺が、電話で直接翌日の仕事を伝える。メールは九十九・九パーセントが迷惑メールなのでどうということはない。英語でわからないものがあったら、OKゲストハウスの垂水陽子に訊けば済む。

忙しくない現状で、十日間ならなんとかなりそうだった。

「で、どうなんだよ?」

安藤の声が聞こえた。

「なんとかします。で、いつからですか?」

「明日仙台に入ってくれ。仕事は明後日《あさって》からだ」

「明日ですか？」

「無理か？」

「いいえ、行きます」

ようやく復興需要が巡ってきたのだ。手放す道理はなかった。

「頼んだ」

と言って、安藤からの電話は切れた。

俺が行くなら岩井を連れて行ってもいいだろう。体力が足りない分はカバーできるし、たまには仕事を回さないとうるさくてしようがない。あと一人、若い働き手をＯＫゲストハウスに探しに行くか。

そう思ったところに、ドアが開いた。

「帰ったぜ！」

リュックとシュラフをかついだ四郎が、サングラスを外しながら姿を見せた。

茶髪の坊主頭のごんたくれは、Ｔシャツに短パン姿で、革のサンダルを突っかけ、真っ黒に日焼けしている。

これで三人揃った。

俺はぐっと腹に力が入った。

今月は、自分の労働も含めて四十万は行きそうである。滞《とどこお》っている敏子の入院費用にもいくらかは回せそうだ。しかしその内十万を松橋に上納しなければならない。電話の会話を聞いていたのだ。ただで帰るはずがない。

松橋が鼻を鳴らして言った。

「なんか、麻薬の匂いがするんじゃねえか」

四郎が慌てて、Tシャツの胸のあたりを摘《つま》んで匂いを嗅いでいる。

まるで麻薬をやってきましたと自ら告白しているようなものである。

四郎は、成田《なりた》空港で麻薬犬に吠えられなかったはずなのに、その事実が頭からすっぽり抜け落ちていた。

俺は、四郎のバカさ加減に気持ちが萎《な》えた。

「ま、今日のところは大目に見てやる。譲二、月末にはきっちり集金に来るからな。新しい仕事が決まった以上、十だからな。間違えんなよ」

松橋はそう言って、洋一郎の写真に一瞥くれると部屋から出て行った。

6

マンションの建設現場には、何種類もの職人や業者が出入りする。

職人のヒエラルキーでもっとも高い位置にいるのが鳶職である。大工、左官、鉄筋工、ペンキ屋が続き、電気屋、ガス屋、サッシ屋など建物本体の建設には関わりが少ない設備関係者は、現場での発言力も低い。発言力はとくになくても、もっとも荒っぽいのが解体屋で、型枠大工が作ったコンクリートの木枠を壊す時や、それこそ建物を解体する時にやってくる。ミキサーや重機、産廃やダンプの運転手は、現場にいる時間が短いことから、現場の人間関係の枠外にいる。

仙台のマンションは、震災によって半壊と診断されていた。十階建で計九十戸が入っていたが、一時的でも引っ越すと費用がばかにならないので、生活してもらいながらの作業だ。震災後、工事契約まで一年以上を費やしたのは、住民の合意形成が難しかったのと、業者の選定が難航したためである。

俺たちが現場に入った五月十六日には、すでにマンションは、アルミ製の足場で囲われていた。周囲のマンションでも、ところどころで緑色の防塵《ぼうじん》ネットを張って工事が行われている。

復興バブルと言うわりにこぢんまりとした印象だった。

俺たちは、安藤設計の現場監督西野秀雄《にしのひでお》の指示で、最上階の十階から斫り作業に入った。

ひび割れがひどいのは、外壁と廊下、ベランダ部分の外回りが中心だ。

また窓枠が歪《ゆが》んで窓が開閉できなくなっていたり、ドアが閉まらなくなっているところも手を付けることになっている。

補修が必要な箇所は、すでに緑色のテープでマーキングが施《ほどこ》されており、その部分を鉄筋がむき出しになるまで斫るのである。その後型枠を作って、グラウチングし補強する。

グラウチングとは、セメント系の薬液を注入する作業のことだ。速乾性が高いため、ダムやトンネル工事、ビルの耐震化工事などでも使用する。震災復旧工事ではなくてはならない工法だった。

俺たち以外にも、斫り作業に駆り出された三人組が三組いた。建物を四等分して、作業範囲を決めてある。

一人がドリルで斫り、もう一人がガラを集める。そして残りの一人が集まったガラをネコ（一輪車）に載せて一階の駐車場に集めるのだ。ガラはそこでベルトコンベアーを使って産廃のダンプに積み込まれる。

建物内のエレベーターは住民が使用するので、業者は足場の横に取り付けられた金網製の簡易エレベーターで行き来する。

俺は白いヘルメットに、作業着ブランド寅壱《とらいち》のダークグリーンのニッカポッカ、白いハイネックシャツを着ていた。足元は地下足袋である。ニッカポッカも八分と言われる長さで、ふくらはぎから下がきゅっと締まっている。野球選手のユニフォームと同じ形状だ。

普通土工は、岩井のように単なる作業着の上下に長靴を履くが、俺や四郎は鳶の手元を任されることも多かったので、鳶職と同じ服装をした。そのほうが動きやすいのだ。

現場に入って三日目、俺は空のネコを前に置き、一階にエレベーターが降りてくるのを待っていた。

汗がじんわりと肌着を濡らしているのがわかる。ヘルメットをやや上げて、タオルで顔や首回りを拭った。

「フーッ！」

と大きく息を吐く。

汗を拭った部分のタオルが茶色くなっている。それだけ埃《ほこり》が舞っているのだ。

連日の作業で、腰が重く、二の腕が筋肉痛になっている。ネコにガラを入れて運ぶのは、結構腰に来る。腕から脇腹にかけてが痛いのは、ドリルを使った斫り作業のせいだ。

筋肉痛も、細胞がプチプチと音を立てて変化しているのだと思うと、悪くない感触だった。昨日の自分とは違った新しい自分に生まれ変わっているような実感がある。

肉体労働には、そんな肉体の喜びが伴っている。生きていることが、自分の手の中にあることがはっきりと確信できる。

三友電機で営業をやっていた時よりよほど性に合う。

「バカ野郎！　そこの大工、埃を落とすんじゃねえ！　足場を外されたいのか、こら！

ぶっ殺すぞ、てめえ！」

三階あたりで足場の養生《ようじょう》をしていた鳶の親方工藤勝《くどうまさる》が、上に向かって怒鳴った。

「すみません！　親方」

上から大工が詫《わ》びている。

ちょっとした油断が、大怪我や死亡事故につながりかねない。

緊張感がなくてはならない現場では、響く声も痛快だ。

俺は思わず微笑んだ。

工藤は、腰に小さな箒を付けており、箒を手に取ると、肩にかかった埃を払った。

ただでさえ埃の出やすい現場で、鳶の親方工藤が睨みを利かせている以上、たとえどんな作業であっても、ぞんざいなことはできない。きれい好きで高い所に平気で上り、足場を作る鳶職は、作業員全員の命を預かる存在なのである。たとえ現場監督であっても、鳶の親方には頭が上がらないものだ。

岩井によれば、その昔、現場を頼む時には、施主が鳶の親方の家に一升瓶を二本持って挨拶に行っていたという。

エレベーターが降りてきた。

ピンク色の作業着を着たガタイのいい解体屋の若造が、斫ったガラをネコに満載に積み込んでいる。かなりの重さがありそうだ。

ヘルメットの縁《ふち》を指で持ち上げると、俺を見てガンを飛ばした。

眉毛《まゆげ》が異様に細く、目の奥に憎悪がこもっている。

この若者がいる三人組の作業がもっとも早かった。彼らはまるで自らの体力を誇示《こじ》するかのように働いている。

この男も身長は百八十センチ以上、体重も八十キロはありそうだ。ネコを運ぶ二の腕は筋肉が盛り上がり、彫られた髑髏《どくろ》の入れ墨《ずみ》がやけに太く醜《みにく》くなっている。

俺は若造の視線を外した。無用な諍《いさか》いなど御免だ。

俺たちのチームは、岩井の体力に合わせていた。しかし現場仕事の長い岩井は、仕事は遅いが丁寧《ていねい》で、俺たちが作業をした後には、塵《ちり》一つ落ちてなかった。

仕上がりを見れば、大雑把《おおざっぱ》な仕事しかしない解体屋とは歴然の差があった。

若造と入れ替わって、エレベーターで八階に行く。

マスクを再び口に当て、廊下にネコを出して走らせる。四郎が斫る場所に近い廊下《ろうか》には、空きバケツが置いてあり、そこにネコを置き、代わりにバケツを持ってアルミ製の足場を進み、四郎のところで岩井が集めたガラの入ったバケツと交換、ネコに戻ってガラを投入、これを何度も繰り返し、ネコが一杯になると、ガラ置き場と化している一階の駐車場に捨てに行くのだ。

「兄貴、そろそろ代わってくれよ。もう腕がパンパンだ」

四郎が脚立の上から防塵マスクを外して言った。

「しょうがねえな」

俺はドリルを受け取り、四郎と交替してベランダの手すりに座った。

耳栓をし、ポケットに入れていた防塵眼鏡もかける。

体重をドリルに押し込み、タイル張りの壁に打ち込む。

耳をつんざくような音がするので耳栓は欠かせない。

小刻みで強い衝撃が体に跳ね返ってくる。それを力で押し返す。斫る箇所に精神を集中し、ガラが落下しそうなところまできたら、慎重に少しずつドリルを入れる。

足場の掃除や片付けを主な仕事にしている土工では、到底やり切れる範疇《はんちゅう》の作業ではなかった。よくて岩井のように、手元の補助作業がいいところだ。

ガラが下に落ちないように気を付ける。コンクリートの塊《かたまり》を一個ずつ手に取っては、岩井に手渡す。

「一服してくれ、休憩だ、休憩！」

西野が足場を歩きながら職人たちに声を掛けていく。

「中にいる者にも言ってくれ」

室内のドア枠などを斫っている者もいる。

四組で斫り作業を行って、一日で一階ずつ作業を進め、計十日間で一階に溜められたガラもすべて撤去する計画になっている。休日がないのは労基法に抵触するが、住民のことを考えてスピード感のある仕事が望まれていた。

西野の話では、宮城県内の現場では、防塵マスクの着用や安全管理が徹底せず、九割近い現場で労基署の指導を受けているという。どこの現場も人手が足りずに、あまりに忙しく、注意も怠《おこた》りがちになっているのだ。それだけ急を要する現場が多い証左でもある。

三人一緒にエレベーターで階下に降りた。

四郎が防塵マスクを外して言った。

「兄貴、解体屋の若造がガンを飛ばしてきやがって」

「あんな奴、相手にするな」

「そうは言っても、一度焼きを入れてやったほうがいいんじゃないのか？」

「だから相手にするなと言っているだろう。俺たちは稼ぎに来てるんだ。おまえも、もうやくざじゃないんだぞ」

俺は口を酸《す》っぱくして四郎に言った。

暴力団の準構成員から足を洗ったと言っても、まだ一年程度では、考え方の根本が変わるまでには至っていない。時折元チンピラらしく、後先のことを考えない、あるいは「サルの浅知恵」的なことを言う。

下に降りると、玄関脇の植え込み近くで、職人たちがグループごとに固まって、地べたに腰を下ろしていた。

現場では午前十時と午後三時に一服がある。鳶の親方工藤が気持ちよさそうに煙をくゆらせる。

四郎が缶コーヒーを買ってきた。

三人同時にプルタブを開け、喉を鳴らして飲んだ。

東北の五月は、東京の春先と大差ない。暑くない分、楽だった。これが真夏だったら、最低三リットルの水と塩を用意しなければ体が持たない。

それでもハイネックのシャツは汗まみれになっている。

「東京タワーのペンキ、最初に誰が塗ったか知っているかな?」

「出ました。じいさんの物知りクイズ」

岩井の問いを四郎が茶化した。

もちろん四郎は答えがわからないからである。

「おまえ、わかるか?」

四郎がにやにやしながら解体屋の若造に訊《き》く。

「え? 誰っすか?」

ヘルメットを取った若造は、五厘刈りの坊主頭を撫《な》でながらバカ面を下げて訊き返した。

「おめえ、そんなことも知らねえのか」

鳶の親方工藤が煙草を手に持ちながら、職人たちを見回した。

「親方、高浦にそんなことを訊くほうが野暮《やぼ》ってもんです」

解体屋のリーダー格の男が言った。

若造は高浦と言うのだろう。自分が四郎にばかにされたと思い込んだのか、四郎を暗い目つきで睨みつけている。

この日来ているのは、斫り作業の十二人と、型枠大工が四人、鳶が三人、ガラをベルトコンベアーに積み込む土工が二人、産廃ダンプの運転手に現場監督の西野であった。

「西野、おめえは知ってるだろうな?」

「東京タワーの建てられた頃、俺、まだ生まれていませんよ」

西野は俺と同じくらいの年齢だった。大卒でまともに建設会社に就職すれば、二十代後半から現場監督を任される。

現場監督というから、野球の監督みたいに魅力的なポジションかと思っていたがさにあらず。本社との技術的な協議、職人たちの調整や、重機やミキサー車等の手配、喧嘩の仲裁、事故が起きないように気を配り、弁当の注文までする。まるで運動部のマネージャーよろしく、こま鼠《ねずみ》のように立ち働くのだ。

そこで人間力を身に付け、具体的な現場の動かし方を学んでいく。そしてやがては大きな現場を任されるようになる。

「譲二、おまえなら知ってるだろ?」

西野が俺に振ってくる。

「たしか静岡の蒲原《かんばら》出身のペンキ屋が専属でやっていると聞いたことが……」

もしかしたら、以前岩井から聞いた話かもしれなかった。

「さすがは譲二だ」

工藤が一目置くように俺を見た。

岩井が得意げな顔をしながら説明する。

「……蒲原は、サクラエビ漁とミカン栽培が盛んなのだが、いかんせん後背地には山が迫っているために猫の額《ひたい》ほどの土地しか持たない。そこで男たちは、ペンキ職人になって日本中の工事現場を、それこそ刷毛《はけ》一本を手に渡り歩いた。ペンキ職人なら蒲原とその実力が響き渡り、東京タワーのペンキ塗りでは日本一の蒲原の職人を使うことになった。その時の伝説の男が磯部《いそべ》塗装の鈴木だ。逆台形の展望台の下の部分を宙づりになって塗ったという。以降、五年ごとの塗り直しには、今では本社を東京に移した蒲原出身のペンキ会社が継承している」

「ホホーッ!」

四郎と解体屋の若い衆が、声を合わせて感心する。

「譲二、最終日にでも一杯行くか？」

工藤が猪口《ちょこ》を傾《かたむ》ける仕草をした。

「いいですねえ」

「震災以降、仙台一の繁華街国分町《こくぶんちょう》はまるで復興バブルだ。役人からボランティア、業者までいてかなりの賑《にぎ》わいだ。俺が通っているキャバクラのミーちゃんが言うには、おかげさまで毎日が土日だってよ。被災地で金を稼いだら、被災地に金を落としていくんだ。それも復興支援の一つさ」

工藤が吸いかけの煙草を携帯灰皿で揉《も》み消すのを待っていたかのように、

「よし、休憩終了！　みんな仕事に戻ってくれ」

と監督の西野が声を張り上げた。

「仙台のキャバクラかあ。いいっすね」

四郎が鼻の下を伸ばした。

三人揃って現場に戻る。

昼食までは俺がドリルで壁を斫り、昼食後はまた四郎に代わった。三時の一服が終わって、今度は俺が、室内の歪《ゆが》んだドアの周囲を斫っていた時である。

四郎がなかなか戻ってこないので、岩井が様子を見に行った。

岩井は戻ってくるなり、口をパクパクさせながら、しきりに下の階を指差している。

俺はドリルを止めて、耳栓とマスク、眼鏡を取った。

「どうした?」

脚立《きゃたつ》の上から訊ねると、

「四郎が解体屋の若いのともめて、一触即発の様相になっている。早く来てくれ。監督は見つからないし、工藤の親方は、用事が出来たとかで、別の現場に行ってしまった。あの二人の様子では、殺し合いになりかねない。早く!」

俺は、四郎が、たぶん解体屋の高浦ともめたのだろうと察した。

四郎は元やくざだ。切れでもすれば、相手を半殺しにしかねず、そうなると、安藤設計の仕事は当分回ってこなくなる。

俺は考えれば考えるほどバッドになった。

四郎の喧嘩が、ひいては俺の手配師稼業の先細りにつながるのだ。努力しても先細りは避《さ》けられないのに、なんてことをしてくれた。

「堅気《かたぎ》になるんじゃなかったのかよ……」

俺は小声でぼやきつつ、エレベーターで階下に降りた。四郎とは、堅気になるという約束で、俺のそばに置いているのだ。

「こっちだ!」

エレベーターが一階に到着すると、岩井が左足を引きずりながら先に行く。

半地下の駐車場に入った。薄暗い内部には、奥のほうからガラが山になって積み上げられている。地震で落ちた瓦礫も一緒になっているのだ。隅にはベルトコンベアーが備え付けられている。

二人は荒い息を吐きながら睨み合っていた。

四郎が着ている紫色のニッカポッカと鯉《こい》がデザインされた長袖Tシャツは、埃にまみれて薄汚れている。

片や高浦も、ピンク色の作業着の上下とも灰色がかっている。さらには鼻と口から血を滴《したた》らせていた。

幼さを残した顔立ちからまだ二十歳くらいだろう。

「いくら体がでかくても、ウドの大木って言葉知っているか？　俺とやり合うには百年早いんだよ」

きれいな顔の四郎が目を細めて言った。

やくざの目つきに舞い戻っている。

やくざの目つき……それは、笑いながらでも、相手が震え上がるまで容赦《ようしゃ》しない覚悟のこもったものである。

四郎は俺の姿を認めると、ちらっと得意げな笑みを浮かべた。

俺は心底落胆した。

喧嘩に勝ってどうなるというのだ。直情型の四郎には、いつもそうだが思慮というものがなさ過ぎた。

「なんでこんなことになったのだ?」

岩井が最前列で見ている土工の一人に訊ねた。

「いや、俺が便所から戻ってきたら、エレベーターにどっちが先に乗るかでもめて、最初は罵《ののし》り合っていたのが、やがて殴り合いになり……」

二人とも、力が余っているのだ。

「てめえ、ぶっ殺してやる!」

高浦は、ニッカポッカの後ろのポケットから飛び出しナイフを取り出すと、フェンシングのように、二度、三度と突きながら体を前に出す。

にわかに顔色の変わった四郎は、敏捷に右に左にナイフをかわしつつ、後退している。

四郎が徐々に駐車場の隅に追い詰められていく。

高浦は本気で四郎を刺すつもりのようだ。

「やっちまえ!」

解体屋の仲間の一人が、俺の背後で声援を飛ばした。

高浦の目に暗い光が灯り、全身に力が漲《みなぎ》った。

これだからバカは困るのだ。

俺は咄嗟《とっさ》に振り返り、仲間の男のみぞおちに、強烈な右ボディブローを見舞った。

男はうずくまる。

俺はヘルメットを取って膝《ひざ》に手を置き、中腰に構えると、四郎に迫る高浦に照準を合わせた。

社会人まで、ラグビーで最前列の二番、フォワードのフッカーをやっていたのだ。タックルならお手の物である。高浦が俺より一回りでかいと言っても、ラガーマンには、それくらいの体格の連中はいくらでもいた。

息を吸い込み、低い姿勢からダッシュした。足に馴染む地下足袋は、短い距離ならスパイクよりも動きやすいくらいだ。

高浦が気づいた時には、俺は奴の横から両足を取り、猛烈な勢いで押し倒していた。

ナイフが光って宙を舞う。

後頭部からガラの山に激突した高浦は、埃の舞う中、白目を開けて失神していた。

7

仙台の現場に入って、八日目――。

残すところあと二日となって、俺たち三人は仕事から戻ってくると、ウィークリーマンションでぐったりしていた。

階を下るごとに地震の揺れの影響を受けており、斫り箇所が多くなったのだ。

俺は腰も腕もパンパンになり、それは四郎も同じで、もはや喧嘩する体力も残されていないようである。

喧嘩は両成敗が基本だが、高浦がナイフを出したのは明らかに常軌《じょうき》を逸《いっ》していた。話を聞いた西野が浅草の本社に連絡し、解体屋は次の日から別の解体屋に代わった。

解体屋には、斫り仕事が終わっても、型枠大工が残していった型枠をばらす作業が続いて入っている。放逐された解体屋にしてみれば、結構金になる仕事を愚《おろ》かな若造一人のせいで失ったことになる。

キッチンに立つ岩井が鍋の味見をしている。

「うん、いい味が出ている。そろそろそちらに持って行くからセットしなさい」

俺と四郎は重い腰を上げると、食卓にカセットコンロや茶碗、どんぶり、箸、取り皿を並べた。

岩井が煮え立った鍋を持ってくる。

「また鍋か」

四郎が愚痴《ぐち》る。

一昨日もキムチ鍋だったのだ。

「鍋は安上がりでいい。それに普段は一人暮らしだからね。鍋を食う機会も少ない。今日は旭川《あさひかわ》部屋直伝の塩ちゃんこ鍋だ。初ガツオの刺身もある」

俺はざるに入った野菜を運び、飯を茶碗によそった。四郎がビールをグラスに注ぎ、岩井が刺身を持ってくる。

それにしても、岩井は相撲部屋とどんな関係があったのか。小柄なところから、呼び出しか床山《とこやま》か、それとも行司でもやっていたとか。まさか贔屓《ひいき》筋だったわけではあるまい。山谷に暮らす連中は、出自がはっきりしない者も多かったが、岩井はその最右翼と言える。

ビールで乾杯し、俺と四郎は一気に飲み干すと刺身を口に放り込み、飯を掻《か》っ込み、煮えたぎったちゃんこ鍋の具をどんぶりに入れて、口でフーフー言いながら冷ますのももどかしく、食べた。熱くなった口の中は冷えたビールで冷ました。

自慢するだけあって、ちゃんこ鍋は絶品だった。

越前屋でも冬にはみんなで鍋を囲んだ。つい美紀の顔が目に浮かぶ。

俺は、父親の洋一郎のことが片付き、借金を返して手配師稼業を店じまいして、何か正業にでも就《つ》ければ、いつかは美紀に告白したいと思っていた。

山谷から世界チャンピオンを目指したあしたのジョーに比べれば、あまりにささやかな願いだが、これが俺流あしたのジョーの夢なのである。

美紀は、店ではいつもアップにしている髪を、昼間は長いままに風になびかせて自転車で買い物に行く。時には立ち話をすることもあった。店を離れれば意外に気さくでよく話し、笑った。歯切れのいい話し方、少しお高くとまった様子、目線の強さ、小さなお尻、すらっと伸びた足、長い黒髪……すべてに夢中だ。

いい歳をして、俺は完璧にプラトニックなラブに心を奪われていた。

「オイ、いいのかよ。最後の肉団子食っちまうぜ」

四郎の声が耳に届いた。

「俺はまだ三個しか……」

「早いもん勝ちだ」

四郎はまるで悪魔のような微笑みを浮かべると、肉団子をこれ見よがしに箸で突き刺し、口に放り込む。

「こうして鍋を囲むと家族みたいだな」

岩井が宮城の銘酒『浦霞《うらかすみ》』を冷でチビチビやりながら言う。

「どこが家族だよ」

俺は二人を見て、突き放すように声を飛ばした。

四郎は頭の中身の少ないやくざのパシリ崩れだし、岩井は天涯孤独な日雇い土工だ。

「君も案外冷たい男なんだね」

「うるさい！　それよりおっと、最後の刺身は俺がいただきっ！」

「あっ！」

岩井が声を上げるより前に、新鮮な刺身は俺の口の中に入った。

さすが仙台は、東京よりも魚が旨《うま》かった。空気がいいせいか、岩井の腕がいいのか、毎晩旨いものばかり食べているような気がする。

十五分もすると、鍋も刺身も五合の飯も空になり、どこに隠していたのか岩井が残った三切れのカツオの刺身で酒を飲み続ける。

食器を流しに運び終わるとスマホが鳴った。

「唯から電話だ。四郎、洗い物、頼んだぞ」

「なんか、調子よすぎじゃねえのか。唯ちゃんに片付けの時間を見計らって電話させているんだろう」

「そんなことはないって。たまたまだ」

部屋の時計は七時半を指していた。唯には八時までに電話するよう頼んであった。土工の夜は早いのだ。

「もしもし譲二、私、唯」

「ご苦労さん、で、来週からの仕事のファックスは入ったか？」

「それが全然……。入っているのは今週までよ」

俺はため息を吐いた。

こちらから営業を仕掛けないでは、仕事は取れない。それほど世の中甘くないのだ。

「で、譲二たちは明後日帰ってくるんでしょ？　何時頃着くの？」

最終日は鳶の親方工藤と、国分町で飲む約束になっていた。

「なんでそんなこと訊くんだよ。飯でも食わせろってか？」

「私はね、教授じゃないんだからね。一日五千円の日当で十分よ」

「俺がいつ、そんなに出すって言った。十日間、ひっくるめて二万円の約束だっただろ」

俺は知らずしらずに声高になっていた。

「なに焦《あせ》ってんのよ。譲二って、お金のことになると、すぐにビビったりしてさ。いい歳をして、まだ子供ね」

どっちが子供だ。

俺は腹の中で悪態をついた。

「お姉ちゃんがね、店に来るんなら席を予約しておいたほうがいいって言うの。二十五日の金曜日でしょ。お店、結構混むから」

「ちょ、ちょ、ちょっと待てよ」

俺は通話口を手で押さえた。

「明後日、どうする？　唯が店に来るか聞いてきたんだ」

俺は言いながら、気持ちは一気に越前屋に傾いていた。美紀の心遣いを蹴《け》ってまで国分町のキャバクラで遊ぼうとは思わない。

俺の出張帰りは、いつだって、まずは美紀の顔を拝むことから始まっている。美紀がそんな俺の習慣を察してくれているのがうれしかった。

「兄貴、なに鼻の下を伸ばしてるんだよ。こうなったら、親方には断るしかないでしょう。俺だって唯ちゃんの顔を見たいから。じいさんも行くんだろ」

四郎の問いかけに、岩井がにやりと笑って応える。

「割り勘だからな」

俺は念を押しておく。

工藤とはまたの機会に飲みに行けばいい。

「じゃあ唯、三人で予約しておいてくれ。九時前には行けると思う」

「わかった。それからTGIに変なメールが届いていたよ」

「迷惑メールじゃないのか」

「うーん、わかんないけど、行方不明の男を知っているとか英語で書いてある。先月、バンコクのカオサンで一緒になって、その時に撮ったんだって。添付があったんで、開けて見てみると、事務所に貼ってあるのと同じ顔の写真が出てきた。これって何？　TGIのホームページでも探していた人でしょ？　借金して逃げた人じゃやなかったの？　そんな人が、どうしてバンコクなんかにいるの？」

唯には洋一郎のことを話してなかった。

俺は胸が高鳴った。洋一郎と直接会った人間がついに現れたのだ。

それも先月のことである。

「詳しくはまた話すから、そのメール、添付写真も一緒に、俺のスマートフォンに転送してくれ。今すぐだ！」

「どうしたのよ、譲二？」

「いいから早く！」

唯に説明するのももどかしく、俺は電話口で怒鳴った。

「何よ、バーカ、譲二って、最低！」

唯はそう言って、電話を切った。

二十歳の女子大生は、俺の手には負えない。

やはり美紀のような大人の女がいい。

ほどなくメールが届いた。

添付された写真は、ややふっくらとし、長髪で口髭《ひげ》をたくわえていたが、間違いなく洋一郎その人だった。

撮影日は今年の四月十日。イギリス人のこの男は、なんでも先週、四郎から話を聞いて、ＴＧＩのホームページを開いてみると、知っている男が行方不明者になっていることに驚いた。彼とは二年前に会い、つい先月もカオサンで再会したばかりだったという。それが洋一郎なのである。

「でかした！　四郎！」

俺はメールの受信画面を見ながらガッツポーズを作った。

四郎がポカンと口を開けている。

「おまえがタイで知り合ったイギリス人が、親父とも知り合いだったんだよ。パットというイギリス人だ。知っているだろう」

「なんだと⁉」

四郎が肩にかけたタオルで手を拭きながら駆け寄ってくる。

四郎のタイ旅行も、陽子にやってもらったホームページの開設も決して無駄ではなかった。このご時世、いつ、どこで、世界がつながるかわかったものではない。それを証明したようなものである。

「どれどれ……」

岩井が俺のスマートフォンを覗き込む。

「しかし名前が違うな」

岩井は見るなりまず言った。

「その男は香港《ほんこん》人で、陳英傑《ちんえいけつ》と名乗っていたと書いてある。日本とタイを行ったり来たりしていると話していたと……」

岩井がパットの英文メールを日本語に変えて読む。

「じゃあ中国人って、ことなのか?」

俺は訊ねた。

「いや、香港人は中国人と呼ばれることを極端に嫌う。本土の中国人とは意識も考え方もかなり異なるし、香港が中国に返還されてからまださほど経っていない。現に制度も違う。香港人は香港人なのだよ」

「ところでこのメールなんだけど、陳英傑の部分だけ漢字で名前が書いてある。パットは中国語ができるのか?」

俺はスマホの画面を指差しながら四郎に訊ねた。

「中国語ができるというより、漢字マニアで、日本人や中国人などには漢字で名前を書いてもらってた。最近のタイは、中国人観光客がべらぼうに増えてるんだぜ。俺がパットとつるんでいたのは、ゴールデンウィークの前だから、兄貴の親父さんがいた頃には、俺もカオサンにいた。畜生! カオサンでニアミスしてたってことだ」

四郎が悔しそうに拳を振り下ろす。

「親父が偽名を使っているってことですか?」

俺は岩井に疑問を呈《てい》した。

「いや、まだ断言はできない。日本とタイを行き来しているその陳英傑が、譲二の親父さん、後藤洋一郎だという確証がない。今のところ写真で確かめるしかないが、他人の空似ということだってあり得る」

岩井が冷静に言う。

「そうか、そうですよね。ちょっと焦り過ぎたな」

俺は、つい想像が逞《たくま》しくなるところを自省した。

「ところで英語で返信できますか？」

俺は岩井に訊ねた。

英語を読むことも会話もできるが、文章を書くのは、日本語でも英語でも苦手なのだ。俺がやったんでは時間がかかる。もどかしかった。

「どうれ」

と言って、岩井がスマートフォンを受け取る。

陳英傑は、日本のどこで、何をしていると言っていたのか？　彼は日本語ができるのか？　英語はどうか？　中国語は？

陳英傑に関する情報がもっとほしかった。そうすれば、自《おの》ずと陳が洋一郎本人なのか判断できるはずである。

岩井はスマートフォンを両手で包むように持つと、両手の親指で、それも英語でかなりの速度でメールの返信を打ち込みながら言った。

「で、君の父君は、言語はどうだった?」

「英語はかなりのものだった。俺の名前譲二も、将来海外で暮らすようになっても、外国人にわかりやすいようにと付けられたんです。中国語は知らないが、ワンニーと付き合っていたから、タイ語も話せたはず」

「さすがじいさん、だてに教授なんて、みんなから呼ばれていないよ。メール打つの、無茶苦茶速いじゃないですか。パットは今頃バンコクあたりにいるだろうから、向こうは夕方の六時か……」

四郎が壁の時計を見ながら言って、岩井の隣に座った。

「よし、送信完了だ」

俺も岩井の正面に腰かける。

ほどなく返信が届いた。

岩井が画面をスクロールしながら読んだ。

「日本のどこにいるかはわからない。仕事も不明だ。彼は英語が上手かったし、日本語、タイ語に通じているようだった。香港人なので中国語もできたのだろうが、話すのを聞いたことはない。見つかったら私にも知らせてほしい。彼の事業には私も興味があるのだ……パットはそう言っている」

岩井がスマホから顔を上げた。

「もし陳英傑が君の親父さんならば、日本とタイを行き来している以上、偽名というよりも、陳英傑という人物になりすましてパスポートを取っている公算が高い。香港の特別行政区パスポート、あるいは英国の海外市民パスポートを有していれば、中国パスポートとは異なり、ビザなしで簡単に日本に入国できる。そして事業とは何なのか。私はそのことも気になる」

岩井が言って、猪口に入った酒を飲み干す。

俺は岩井の顔を見つめた。

語学力といい、頭の回転の速さといい、知識量といい、まさに教授並みである。

「四郎、俺たちもみんなに倣《なら》って、これからはじいさんのことを教授と呼ぶしかなさそうだな。じいさんと呼んでたんじゃ罰《ばち》が当たりそうだ」

俺が四郎に言うと、四郎は何度もうなずいた。

岩井が澄《す》ました顔で猪口を掲げた。

それから二日後――。

俺たち三人は、仙台から東北新幹線で上野に向かった。仕事が早めに終わったおかげで、午後七時前には上野に着いた。

地下四階のコンコースからエスカレーターで地上階に行く。中央改札から外に出て、タクシーを拾って越前屋に直行しようと考えていた。

地上階は人でごった返していた。いつものことだ。

背の低い岩井が先頭を歩いた。新幹線の中で飲んでいたせいで、ご機嫌である。

「譲二、こうなったら君の父君探しを本格化すべきだ。二日前にメールが届いて私は確信した。こんな新情報が入るのは初めてじゃないか。陳英傑……父君はこの香港人になりすましているのかもしれない。物事には時機というものがある。何か新しい展開がある時には、情報が集約されるものなのだ」

岩井が教授らしい解説をする。

「あ、あれっ？　あの男、兄貴の親父さんじゃ……。でもまさか。そんな都合よく現れたりしないか」

四郎が言って、茶髪の坊主頭を撫でた。

「どこだ!?」

俺と岩井が声を合わせた。

家路を急ぐ勤め人たちが足早に行き来している。

「あっちに向かった。グレーのボルサリーノをかぶってサングラスをしていた」

俺はその風貌に、違和感を覚えた。ボルサリーノにサングラスなど、洋一郎の公務員時代にはあり得なかった。

しかし陳英傑なる人物になりすましているならば、新しい人物像を作っていたとしてもおかしくはない。いや、むしろそのほうが自然だ。

こそこそと隠れるのではなく、大胆にあえて違う人物像を主張することで、元の人格が消されるのである。

なるほどそういう変身の仕方もあったものだと、感心しながら、人混みを掻き分けるように前に進んだ。

ところがグレーのボルサリーノなどどこにも見えない。いくら人混みでも、小柄な岩井ならともかく、百七十五センチある俺ならば視界に入れば見逃すはずはない。

「落ち着くんだ！」

岩井が、俺と四郎の腕を握った。

「いいか、よく考えろ。上野駅には、新幹線も合わせれば二十以上もホームがある。改札の外に出てしまったなら探しようもないが、改札の中にいるなら、今から列車に乗ってどこかに向かうつもりだ。何番線ホームに行ったのか、それを考えてみろ。四郎、君は見ていたはずだ。男の行き先を」

サラリーマンらしき男が俺にぶつかった。通路で三人の男が立っていたんでは邪魔になる。それほど上野駅の通路は狭い。

「あっちってことは?」

四郎が指差した先の天井付近には、十六番、十七番線ホームの表示があった。東北本線・常磐《じょうばん》線と書かれている。

「急げ!」

俺が小走りで先頭を行く。人の間を縫《ぬ》うように走るのは、大学時代、飲み会の後の新《しん》宿《じゅく》駅で散々やった。ラグビーのトレーニングを兼ねての遊びだ。

俺は右に左に、軽快にステップを踏む。

久しぶりのことながら、体が反応してくれるのがうれしい。十日間の現場仕事で、なまった体がほぐされている。

十六番、十七番線ホームは、ラッシュ時間帯にもかかわらずガランとしていた。ホームを歩くボルサリーノの男の背中が見えた。

俺は一直線にダッシュした。

ホームには発車を告げるメロディーが鳴る。

男が車両に乗り込んだ。

しかし追いかけようにも、俺は改札で駅員に止められた。

「特急券か入場券はございますか?」

「今さっき、新幹線で着いたばかりで」

「でしたら、みどりの窓口で入場券か特急券をお求めください」

その間にもホームではベルが鳴り、出発のアナウンスがこだまする。もたもたしていたら、洋一郎を逃がしてしまう。

「十七番線からスーパーひたちが発車いたします……」

アナウンスが最後の呼びかけをしている。

俺は矢も楯《たて》もたまらず、駅員の制止を振り切りホームに駆《か》け込んだ。

しかし無情にも、目の前で車両のドアが閉まった。

俺はふたたび走り始めた。

せめてこの目に洋一郎の姿を刻んでおきたい。

けたたましいまでのチャイムが鳴った。

走る俺を制止しようとしているようだ。なかなか列車は発車しなかった。

俺は全速力で走った。腕を思い切り振る。ホームの風が体を突っ切る。

後方から四両目の車両に洋一郎の姿を見つけた。グリーン車だ。

グレーのボルサリーノにサングラス、ダークスーツを着ている。

「親父！」

俺は立ち止まると、窓に向かって怒鳴った。

「黄色い線までお下がりください！」

俺はアナウンスに、一歩後退して車内を見つめた。

ゆっくりと車両が動き出す。

洋一郎が俺を見た。

サングラスを外した彼は、度胆《どぎも》を抜かれたような顔をしている。

親父を見るのは二年半ぶりだ。

パットと一緒に写っていた写真と同じく、長い髪をオールバックにし、鼻の下に髭をたくわえ、以前よりふっくらしている。その風貌や服装は、大物実業家さながらである。

親父は俺を見て、凍《い》てついたまま動かなかった。

間違いない。本人である。

列車が遠ざかっていく。

俺はふたたび走り出す。走る列車に追いすがる。

そんなことをしても、どうにもならないことくらい頭ではわかっていた。しかし体が自然と動いた。ホームの突端まで全速力で走り抜く。

スーパーひたちの最後尾が虚《むな》しく小さくなっていく。

この二年半で洋一郎に最接近した瞬間だった。

俺は膝に手を当て、息を整えながら考えた。

洋一郎は日本にいたのだ。これまで見つからなかったのは、後藤洋一郎を追っていたからである。追うのはたぶん、陳英傑なのだろう。

スーパーひたちの終点は、福島県のいわき市だ。先週、福島原発に行ってきたばかりなので知っている。陳こと洋一郎は、いわきでいったい何をやっている？

あるいは行先はいわきではなく、途中の柏《かしわ》や土浦《つちうら》、水戸《みと》や日立《ひたち》ということもある。それともいわきから先にいるのだろうか。常磐線は仙台まで続いているはずだ。

「兄貴！　どうだった？」

四郎が駆け込んできた。

「畜生！　改札で止められさえしなければ……。なんでホームに改札があるんだ」

俺はホーム上にある改札に向かって恨み節を投げつけた。

「ここの改札は特別なんだって。特急しか使わないホームだから改札があるんだってさ。入場券は、教授が駅員に説明して立て替えた。で、どうだった？　親父さんだったか？」

「間違いない。親父だった。親父も俺の顔を見てびっくりしていた。他人の空似なんかじゃない。本人だ」

「さっき教授が話していたとおり、チャンスなのかも」

俺は四郎の話にうなずき、肩を並べてホームを戻った。

改札のところに岩井が待っていた。

「すみませんでした……」

俺は岩井をちらっと見て、駅員に頭を下げた。

第2章　闇の中

1

上野駅から俺たちは、タクシーで越前屋に向かった。

四郎と岩井は何か話していたが、俺は何も話さなかった。頭の中が洋一郎のことで一杯だったのだ。

俺に出くわして、親父はさぞ面食らったことだろう。

すまないという気持ちはあるのか。

情婦のワンニーは、湯島のタイバーでチーママをしていた。親父はわざわざ下尾から宇《う》都宮《つのみや》線を使って上野まで通っていたのだ。店の名前は『サワディー』。その店で二年前、タイ人ホステスからワンニーの住所を聞いてバンコクに飛んだのである。

上野界隈はワンニーにとって馴染み深い。もし洋一郎が陳英傑になりすましているならば、その身分は、上野か山谷の裏社会から調達した可能性も否定できない。

山谷なら、薄い膜《まく》が張ったすぐ下にブラックマーケットが存在している。ドロ市に行けば、手掛かりが摑《つか》めるだろう。それとも四郎に訊いたほうが早いかもしれない。彼も元はブラックマーケットの住人なのだ。

ほどなく越前屋に着く。店に入ると、

「いらっしゃい！」

と、美紀が威勢のいい声で迎えてくれた。

長い黒髪をアップにし、格子柄の着物を着ている。四郎と同じ二十五歳とは思えない大人の色気を漂わせている。

「いつも悪いね」

教授が言うと、

「お待ちしていました」

美紀が涼《すず》やかに言う。

俺は目で挨拶をした。美紀も何も言わない。目で返答しただけである。

東京大空襲で奇跡的に難を逃れた建物は、大正時代からのものだった。

二十畳ほどの広間に座卓が六つ並べられている。奥は小庭になっており、三方に庭を眺《なが》められる個室がある。料亭ほどではないが、居酒屋と言うには高級で、落ち着いた佇《たたず》まいだ。雰囲気からすれば、値段が高いとは言えまい。

指定席となっている左側の角の席に座った。

「じゃあ、取りあえず生を三杯！」

上機嫌な四郎とは対照的に、俺は洋一郎の顔が思い出されて仕方がなかった。大好きな美紀の顔でさえ、この夜は盗み見する気さえ起きない。

グリーン車に乗っているくらいだから、金回りはいいようだ。身に着けている衣服も高級そうで、口髭を生やし、大物の実業家風の貫禄だった。

しかし他人の名前を騙《かた》って堂々と生きていけるものなのだろうか。そもそもそんなことが可能なのか。

指名手配犯の多くは、指名手配された当時の顔を変えるべく努力している。整形したり、眼鏡を掛けたり、コンタクトにしてみたり。しかし名前を変えるだけならいざ知らず、まったく別人格の人間として、外国人になりすました例など聞いたことがなかった。あるいはそんな人間は、結局逮捕されることがないから、そうとは判明しなかっただけかもしれぬ。

「親父はいったいどこに行ったのだろう？」

俺はビールで口を湿らせると、二人に訊ねた。

岩井がテーブルに置いた俺のスマートフォンを手に取り、インターネットで即座に調べる。

「あの列車はスーパーひたち五十三号。停車駅は土浦、石岡《いしおか》、友部《ともべ》、水戸、勝田《かった》、大甕《おおみか》、常陸多賀《ひたちたが》、日立、勿来《なこそ》、泉《いずみ》、湯本《ゆもと》、いわきになっている。常磐線は仙台まで続いていたが、東日本大震災以来いわきから五つ目、広野《ひろの》までしか復旧していない。原発事故の影響で、立ち入り禁止区域もあることから、震災後一年以上経っても、道路も鉄道も寸断されたままだ」

「親父の行先は、原発事故と関係があると思うか？」

「それはどうだろう？　スーパーひたちに乗車したというだけでは、推理するにしても材料が少なすぎる」

俺の問いに岩井が答える。

「それよりも、私はパットの言っていた事業のことがずっと気になっていた。陳英傑はどんな事業をしているのか。メールで彼に、直接訊いてみよう」

岩井は素早い指使いで、俺のスマホを操作する。

その間に四郎が唯に注文する。

「どうしたのよ、譲二、塞《ふさ》ぎ込んじゃってさ」

唯が四郎から注文を聞き終わると、話しかけてきた。

「考え事をしてるんだ。今日は静かにしてくれ」

俺は唯に冷たく言い放った。

「何よ、人がせっかく心配しているのに」

唯はぷいっと立ち上がると、畳《たたみ》を踏みつけるように歩いて奥に引っ込んだ。

「四郎、山谷で偽造パスポートを作れるか」

俺は声を潜めて四郎ににじり寄った。

「できないことはないが……」

四郎が何のことかと俺を見つめる。

メールを送信した岩井が体を乗り出してくる。

「もし親父が陳英傑になりすましているならば、日本を出国する前だろう。親父は、警察の捜査では、出国が確認されてない。それなのに、二年前にはすでにバンコクでパットと会っている。だから偽造パスポートは、日本で手に入れたのではないかと考えた」

「なるほど、そういうことか。だったら来週の月曜にでも、ドロ市で蔵《くら》さんに訊いてみようぜ。別名つなぎの蔵さん。表世界と裏世界をつなぐエージェントだよ」

さすがは四郎、ブラックマーケットに通じている。

料理が運ばれてくる。

ビールを飲んで料理を食べると自然と目蓋《まぶた》が閉じてくる。

三人とも朝から目いっぱい働いた上での移動だ。疲れていたので、九時過ぎには切り上げることにした。
店を出て山谷通りを渡ると、岩井が旅館おかむらへ向かう路地に入って立ち止まる。
「ではまた来週、月曜日に。さすがに疲れた。土日はゆっくりさせてもらうよ」
岩井は言うと、右手を挙げて気分よさそうに千鳥足で歩いて行った。
静けさは住宅街と変わらない。
山谷は朝が早い分、夜も早いのだ。
日雇い労務者たちは、すでに簡易宿泊所に帰ってプロ野球中継でも観《み》ている時間だ。
俺と四郎は大盛屋の裏口から入った。吉永が施錠をし忘れたのか、開いていた。
二階に上がって部屋に入った。ここも唯がカギをかけ忘れたようである。
ドアを引いて開け、部屋に足を踏み入れる。
真っ暗なはずの部屋に、パソコン画面が青白い光を放っている。
唯が消し忘れたのか。
しかし度忘れも、ここまで連鎖するのはおかしい。
俺の頭に警戒信号が光った。
その時、暗闇に人影が過《よぎ》った。
次の瞬間、みぞおちにボディブローを食らった。
俺は思わず膝を折り、咳《せ》き込んだ。

「兄貴、どうした⁉」

背後から走り込んでくる四郎の声も束の間、大柄な男が四郎に殴りかかった。

倒れ込んだ俺の腹には、トーキックが飛んでくる。

二度、三度、四度と蹴りを入れられる。

俺は両手で腹を守りつつ体を丸めた。

それでも男は、脇腹に容赦なく蹴りを打ち込んでくる。リズムよく呼吸する。

いったい誰だ？

誰がこんな真似をする？

俺は心の中で叫んだ。

声を出す暇もなかった。

男の動きはプロだった。やり慣れた者らしく、息が上がることもない。

何より恐ろしいのは、蹴りに感情がこもってないことだ。感情がこもっていなければ、どこまでも暴力が続くように思える。こちらが反抗しなければ、死の淵まで攻め立てられる。そんな恐怖がせり上がる。

俺は防戦一方である。

男の蹴りは続いた。

暴力は、肉体よりも精神に大きなダメージを与える。

それを地で行く男の蹴りだった。

きっとやくざだ。

松橋の忠告がふっと頭に過った。

秋川組か……？

一度だけだが、大学時代に新宿歌舞伎町《かぶきちょう》でやくざにしばかれたことがある。助けてもらったこれもやくざに、さんざん説教された。酔っぱらっていきがるのは愚《ぐ》の骨頂だと。

その時にしばかれた冷たい感触が蘇《よみがえ》る。

片や四郎のほうは、大きな男が殴るたび、呻《うめ》くように吠えていた。夜半過ぎに、要《い》らぬ物音を立てないようにしながらも、感情のこもった声だった。

四郎は反撃する様子もなく、ただ肉の塊が潰《つぶ》れる音が続いた。

「なかなか頑丈な体にできていやがる。おい、起きろ」

男の話す声に、微《かす》かに息の乱れを感じた。

俺だって、だてに社会人までラグビーをやっていたわけではない。高校、大学時代にとことんまで肉体と精神を追い詰めたからこそ、ラグビーで就職できたのだ。鍛え方は半端でなかった。

大学時代、夏の菅平《すがだいら》合宿は、毎日が血反吐《ちへど》を吐く寸前だった。おいそれと叩きのめされるような体ではない。

俺は歯を食い縛って、膝を折ったまま上体を起こした。

男の顔を見つめた。

どこまでも酷薄そうな顔……。

その男が冷たい微笑みを浮かべた。

「身の程をわきまえるんだな」

男のあまりにクールな声に、俺は体の胆が震えた。

恐怖で全身が金縛りになる。

これがやくざの凄味だ。逃げ場はない。

ひざまずいて命乞いするしかないのか。

自然にそう思わせる声である。

次の瞬間、男の足がこれまでよりも高い位置で旋回した。

激しい衝撃が後頭部を襲った。

俺は前のめりにばったりと倒れた。

気を失った。

どれくらい経ったのだろう。

夢の中ではグレーのボルサリーノをかぶった洋一郎が、葉巻をくゆらせていた。この男が、かつて下尾市の市役所職員だったと誰が信じるだろう。オールバックの長髪で、髭をたくわえ、まるで政財界の陰のフィクサーのようなムードを漂わせている。

地味で無口で、まさに公務員そのもの。いつも妻の敏子に文句を言われていた男だったのに……。

「俺は人生の賭けに出たのさ」

洋一郎は言った。

「一度は女にまんまと一杯食わされて、地の底に落とされたがな。たった一人で這《は》い上がってきた。真の男になるために……。いいか、譲二。男って生き物はな、男になるために人生を全《まっと》うするんだ。それが男だ。わかるか？」

二年前、ラグビーを引退した俺は、三友電機の営業をやっていた。まったく面白くなく、やる気もなかった。

ラグビーの指導者に進む道を、会社との話し合いの末断念し、一般社員待遇になっていた。大学の同期で、大学時代からキャプテンを務めていた河瀬《かわせ》がその座を射止め、ニュージーランドに指導者留学した。ラグビーを奪われ、挫折した俺はくさくさしていた。どうしても頭の切り替えができなかった。

だから父親の犯した横領のせいで退社するのは、精神的にはかえって好都合だった面もある。

洋一郎の顔が岩井に変わった。

イギリス紳士のような服装の岩井が、大盛屋で納豆定食を食べている。

その言葉は、洋一郎ではなく、岩井のものだったのか……。

突然、寒気に襲われて、夢から解かれた。

目を開けると、顔を腫《は》らした四郎が、正体もなく床に大の字に倒れていた。周辺のカーペットにはどす黒い血の跡が点在している。

俺は水をかけられたようだった。

顔を拭って体を起こす。

水滴が髪の毛を伝って床に落ちた。

「オイ、朝倉譲二。あんまりやくざをなめるなよ。調子こいて手配師をやってるんじゃねえ。おかげでこっちには、仕事が減ったと配下の手配師たちから苦情が殺到してるんだ」

男が、俺の指定席であるパソコンの前の椅子に、足を組んで座って言った。

表情には冷たい微笑を湛えている。

ストライプの入った濃紺のスーツを着こなし、靴も見るからに高級品だ。ワックスで固めた短い髪はオールバックで、額は広く、切れ長の目には、陰のある光が宿る。

見たところ、やはりピッカピカのやくざであった。

「今日はこの前の、ほんのお礼参りだ。仕事を一つ干されたせいで、俺のところの実入りも一つなくなったんでね。それに弟が、どうしても落とし前をつけたいとうるさかったものだから」

よく見ると、四郎の傍《かたわ》らに立った大きな男は、この前、俺が仙台の現場で気絶させた高浦だった。五厘刈りの坊主頭のバカ面は、忘れようがない。何が入っているのか、手にビニール袋を持っている。

この日の服装は、上下揃いの白と黒のジャージだ。胸と背中に大きな髑髏《どくろ》のマークが入っている。二の腕に彫った刺青に合わせてコーディネートしたのだろう。

「俺は秋川組の高浦甫《はじめ》、若頭補佐だ。こっちが弟の和也《かずや》。せっかく堅気だったのに、今度の件で会社を首になった。しょうがねえ。しばらくの間、俺が面倒をみることになったってわけさ。しかし四郎も相変わらずバカだねえ。一年前までは秋川組の一員だったんだ。こいつの名前が高浦だと聞いた時、ピンと来てもよさそうなものを」

高浦兄は、四十歳くらいだろう。ずいぶん歳の離れた兄弟だ。

俺は二人を見比べた。

弟は兄より二回りも体が大きく、顔も似ていなかった。目は大きく、鼻も兄のように尖《とが》っていない。団子っ鼻だ。

「俺たちの母親は、ズベタでね。親父がコロコロと変わりやがった。だからテテ親違いの兄弟なのさ」

高浦兄は、俺の疑問を察したように、自嘲気味に言う。

「いいか、譲二、これからは秋川組の高浦の目が光っていることを忘れるな。うちと丸山興業との兼ね合いもあるから、即座に手を引けとは言わんが、あんまり派手にちょろちょろするな。分をわきまえるんだな。何かあったら、次はこの程度では済まさねえ。おまえごときを潰すのは屁でもない。わかっているだろ？　あと、金になる山があったら、またこっちに回せ。悪いようにはしねえから」

高浦兄は、何の感情もこもっていないような目で念押しすると、椅子から立ち上がった。

「またこっちに回せ」とはどういうことだろう。

俺は高浦兄を見た。

「おまえは知らなかったかもしれないが、こいつ、タイから麻薬を密輸していやがる」

高浦兄は、正体のない四郎を顎でしゃくった。

弟が、手に持ったビニール袋を持ち上げる。中に麻薬の類《たぐ》いが入っているのだろう。凹《おう》凸《とつ》具合から錠剤のようだった。

「やくざもんは簡単には足を洗えねえんだよ。それからおまえも、手配師をやっている以上、もはや堅気じゃない。人間、好むと好まざるとにかかわらず、なっちまうものなんだよ。何になるかは、何をしたかによるがな」

俺は高浦兄の言葉に、真実の凄味を感じた。

高浦は、暴力と違法行為の数々で人を食い物にして伸《の》してきた。だからこそ本物のやくざになった。

貧しい日雇い労務者の労賃を掠《かす》め取る手配師の俺は、いったい何になるのだろうか。

その前に洋一郎を捕まえることができるのか。

しかし洋一郎の行方は、いまだわからないままである。

美紀の笑顔と、俺の夢見るあしたのジョーが遠退いていくようだった。

2

俺は大きめの鍋を氷水で満たすと四郎に浴びせた。

「あ、兄貴……」

四郎は震えて目を覚まし、頭を軽く振って、いかにも重そうに体をもたげた。

「おまえ、タイから麻薬を持ち込んでいるそうだな。やくざから足を洗ったんじゃなかったのか。俺のことを騙しやがって。金輪際《こんりんざい》、ここに置いておくわけにはいかない。今すぐ出て行け！」

俺は唾を飛ばして、激しく罵った。

相変わらず部屋にはパソコン画面の明かりしかなかった。

しかし目が慣れたせいで、困るようなことはなかった。

肉の塊のように顔を腫らした四郎が、口元の血を拭った。

「兄貴、すまない。魔が差したんだ」

俺は四郎の言い訳にカチンときた。

「魔が差しただと？　よく言うね。魔が差して麻薬の密輸をする輩《やから》はいないだろう？　確信犯のくせしやがって。今まで何回やった？　去年秋川組を辞めてから、都合三回海外に行っているよな」

俺は、パソコンの前の椅子に座った。

四郎は正座し、俺に正対した。

「今回が初めてだ。本当だ。スカイツリーの建設が終わって、手配師の仕事が厳しいことはわかっていた。少しでも兄貴を助けたいと思ったんだよ」

「麻薬で助けるってか？　なんでおまえの頭の中は、いつまで経ってもそんなんなんだ。簡単に非合法に走りたがる」

非合法の手配師である俺が吐けるような台詞ではないと思いつつ、俺は言った。

四郎は膝に置いた拳に力を込める。

「兄貴くらいの人間ならば、学歴もあるし、どこでも正規に勤められると思う。それを何が悲しくて手配師をやっているのか俺は知っている」

四郎が俺の目を盗むように見る。

「……親父を探すためだ」

俺は無理やりにでも言い切った。

「それは違う！」

四郎は挑《いど》むような目を俺に向けてきた。

「この町に住む、日雇いやホームレスのことが好きだから……。放っておけないからじゃないか！」

「おまえ、言うに事欠いて、ケツの穴が涼しくなるようなことを抜かすな。風邪《かぜ》をひいちまうだろうがよ」

俺は言って、後頭部から首筋にかけてしきりに撫でた。

高浦兄に蹴られたところに鈍痛が残っているのだ。

それに四郎の言い分もあながち的《まと》外れとは言えない部分もあり、少々照れ臭かった。いつもは搾取《さくしゅ》している相手の日雇いや、この町に住むホームレスの連中も、決して嫌いではなかったのだ。

「俺のことより、問題はおまえのことだ。俺の機嫌を取ろうったってそうはいかない」

俺が睨むと四郎は頭《こうべ》を垂れた。

四郎の目は、腫れた肉に埋もれて見えなくなっているが、彼からは見えるようである。

「俺は兄貴を助けたかった。それだけなんだ。兄貴は世間から零《こぼ》れ落ちたような日雇いやホームレスの連中を放っておけない。だからこそ手配師をやっている。兄貴がどう言おうと、俺はそう感じている。そんな兄貴だからこそ、俺は半殺しにされながらも秋川組を辞めて、やくざから足を洗い、兄貴について行こうと思った……」

「やくざから足を洗った男が、今度は麻薬の運び屋か？　運び屋に懐かれても困るんだよな」

正座している四郎の両肩が震えた。

「いいか、四郎。人間は、なっちまうものなんだよ。何になるかは、何をしたかによるが……」

俺は思わず高浦兄の言った台詞を口にしていた。

高浦はやくざだったが、本物だった。本物の言う言葉には真実の凄味が秘められている。

四郎の嗚咽《おえつ》が聞こえる。

俺は席を立ち、冷蔵庫からミネラルウォーターを出して飲んだ。

部屋の真ん中でぽつねんと正座して泣いている四郎を見ていると、悲しくなった。

まだ二十五歳なのに、哀れに見えて仕方がないのだ。

四郎の出身は北海道である。母親はススキノのスナックに勤めていた。実の父親の顔は知らない。二つ上の姉がいた。中学生の頃、母親のヒモのような男が一緒に暮らすようになった。やがてその男は、母親の目を盗んで、四郎を暴力で屈服させ、無理やり姉と関係を持つようになった。姉の輝美《てるみ》は、気づいた四郎に口止めした。中学を卒業すれば家を出られるからそれまでの辛抱だと。

しかし四郎は男が許せなかった。

ある夜、姉を襲っていた男の背中に包丁を突き刺した。

男は一命を取り留めたが、四郎は少年院送りになった。輝美は、四郎が少年院にいる間、東京に出た。少年院を出所した四郎は北海道でヤンキーになり、やがて東京に出てきてやくざ者に転落した。だから輝美にはもう十年も会ってない。

俺は二年前まで、人生の過酷さをさほど感じたことなどなかった。

父親は公務員、母親は小学教師というごく普通の家庭に育ち、高校から大学とラグビーに明け暮れた。ラグビーをとことんやったおかげで、就職も強豪ラグビー部のある一流メーカー三友電機にすんなりと決まった。

勉強でもラグビーでも、トップを取れたことはなかったが、高校、大学いずれでもラグビー部では副主将をつとめ、一所懸命に頑張れば、報《むく》われることを実感できた。

しかし父親の洋一郎が指名手配になって以来、それまで培《つちか》ってきた人生や社会に対する信頼が一気に崩れた。

大袈裟《おおげさ》ではなく、世界がひっくり返った。

妹の良美が鬱《うつ》になって引きこもり、母親の敏子は認知症で入院したままだ。家庭は崩壊し、俺自身も、多額の借金を背負って手配師にまで転落している。

そして四郎や岩井をはじめとする山谷の孤独な男たちと接することで、人生の悲哀を肌で感じた。誰もが貧しく、決して幸せなどと言えるような境遇ではなかった。

なぜそんなことになってしまったのか。

岩井に言わせれば、落ちこぼれるのはすべて本人の責任だ。

ただ俺は、そうとも言い切れないように思えた。

貧困を生み出す社会が悪いのだろうか。

貧困者が搾取されているからなのか。

俺は手配師である。つまり搾取する側なのだが、貧困者と大差なかった。単に若さと体力に物を言わせているだけで、稼ぎも似たようなものである。

四郎が泣いている。

その姿は、札幌《さっぽろ》のアパートの一室で、暗がりの中、一人の少年が寂しく泣いているように見えた。

四郎はなるべくして社会の闇の中に落ちた人間なのだ。

では俺はいったい何なのだろう？

四郎とは違う人間だと言い切れるのか？

俺は何も言わずに彼を見つめた。

三友電機の社員だった頃なら、こんな男のことは、歯牙《しが》にもかけなかったであろう。山谷で働く日雇いのことも眼中にはなかった。酔っ払って新宿あたりでホームレスを見かけるたびに、心の中で「ああはなりたくはないね」と何度だって思った。

それが今では、「ああはなりたくはないね」と思った人間たちの側、闇の中にいるのだ。俺自身が山谷の貉《むじな》たちとくらべて、人間として大差ないことは、この二年間で思い知らされている。

そして不思議なのは、山谷が存外に居心地のいいことである。

ここにはあからさまな人間が多かった。貧しい人、恐い人、強い人、弱い人、威勢のいい人、優しい人、ずる賢い人、暴力的な人など、一見してそうとわかるのだ。地元の人も、下町らしく言いたいことを言う。

とにかく気持ちが清々するところがよかった。それが落ちるところまで落ちた自覚なのかもしれないが……。

いつしか四郎が泣き止んだ。

「ところで兄貴、俺が麻薬の密輪をしていると誰から聞いたんです？」

四郎が今さらながらに怪訝《けげん》な顔をした。

四郎は高浦兄が話した時、伸されていたのだ。

「秋川組の若頭補佐、高浦からだ。ついさっき……」

俺は弟のことも説明した。

「嘘だろ?」

四郎の顔色が変わった。

言ってベッドのほうへ行く。

俺は明かりを点けた。

「何を探しているんだ?」

「畜生、やっぱりだ。あいつら、これを奪いに来たんだ」

四郎は言って、リュックの隣に置いてあったシュラフを広げた。

ナイフのようなものでズタズタに切り裂かれている。

「まんまとやられた。ここに隠しておいたんだ。せっかく税関検査はすり抜けられたのに……。高浦さんは、復讐する目的もあったんだろうが、本当の狙いはヤーパーだった」

「ヤーパーって……」

「俺が密輸したのはヤーパーだった。タイではかなりポピュラーな錠剤型の覚せい剤さ。安いもので一錠千円もしない。日本ならうまく捌《さば》けば四、五千円になるから一錠三千円で一括で買い上げてやるって言われた」

「誰に？」

「南千住駅の近くにある喫茶店『ぺぺ』のマスター牛島徹《うしじまとおる》さんだ。ノミ屋の集金係をやっていた時からの知り合いで、裏で麻薬の卸《おろし》をしている」

「で、何錠密輸した？」

「千錠」

「千錠と言えば一錠千円でも百万円だ。よくそんな金があったな」

「ノミ屋をやっていた頃、貯《た》めていたから」

「しかしまたどうして、高浦の知るところになったんだ」

「牛島さんの商売は、秋川組の息がかかっている。牛島さんはお調子もんだから、何かの拍子に口に出したんだろう。どうやって密輸するか、隠し場所も相談していたし」

どっちがお調子者なのか……。

俺は呆《あき》れて四郎を見やった。

四郎は大きくため息をつくと、緑色のシュラフの前で肩を落とした。

秋川組の高浦から、金でもブツでも奪い返すのは、考える以前の問題だ。不可能に近いほど困難である。

そのことを四郎もよくわかっているのであろう。

あるいは四郎は、最初から牛島と高浦の策略にはめられたのかもしれない。

奴らは、リスクも負わず、出資もせず、まんまと四、五百万円になるヤーパーを暴力に物を言わせて手に入れられたのだ。

高浦は「金になる山があったら、またこっちに回せ」と言っていた。

俺はようやくその意味がわかった。

「兄貴、牛島さんに相談すれば、何とかなるかもしれない」

四郎は、まだわからないようである。

「おまえは牛島と高浦にいいように使われたんだ。牛島に相談したって、奴らは同じ穴の貉だ。高浦相手に戦争できなきゃ、泣き寝入りするしかない」

俺は高浦に対する恐怖が腹の底からせり上がってきた。

やくざ相手に戦争できるか？

高浦に蹴られた痛みが、まだジンジンするほど体に残っているのだ。

「それに手配師ってのは、所詮違法な稼業だ。そこのところをわきまえないといけない」

俺は自嘲気味に言う。

丸山興業に一人頭千円払うだけだったらまだよかったが、隅田署の松橋にたかられ、秋川組の高浦までが、四郎をだしに、俺のビジネスに絡《から》もうとしている。現に四郎はいいようにされて百万円強奪され、彼らの儲けは三、四百万になる。濡れ手に粟《あわ》のやくざらしいおいしいビジネスだ。

弱き者、貧しき者こそが搾取される。

それが世の常だと言わんばかりの現実だった。

新興宗教の勧誘も、一戸建てや裕福そうなマンションは素通りし、安普請のアパートに狙いを定めて訪問するのが鉄則だそうである。

弱い人、貧しい人ほど救いを求め、金払いもいい。だから貧しい。おかげで弱い存在となる。弱くて貧しいから救いを求める……。

そんな負のスパイラルにいる人間を利用できれば、人の生血を吸えるのだ。

政府は税金という名目で金を集めて太り、企業は労働者や下請け企業から搾取して一流企業に成長する。

負のスパイラルにいる貧しき人々に寄生し、生かさず殺さず利用することで、権力側にいる者だけが、その恩恵に与《あずか》れる。恩恵に与るために、人々は、受験勉強をして狭き門を目指すのだ。そして狭き門を通るためには教育費が必要で、つまるところ正のスパイラルに身を置いていないかぎり、恩恵に与れる確率は相当低い。

暴力団や悪徳な新興宗教は、世の中の裏側にあり、しかし負のスパイラルにいる者を食い物にするという点では、表側にいる政府や企業と同じなのである。

山谷に暮らしていると、世間がそんな風に見えてくる。

これまた岩井の受け売りだったが……。

それにしても、岩井はいったい何者なのか？

あれほどのインテリジェンスがありながら、どうして山谷に落ちたのか？

四郎が緑色のシュラフを丹念にもみながら、ヤーパーの錠剤が一錠でも残っていないか、性懲《こ》りもなく確かめている。

俺は急激に睡魔に襲われた。

考えてみれば、長い一日だった。午後四時近くまで仙台の現場で汗を流していたのだ。時計の針は、日付が変わって午前三時を指している。

あと二時間ほどで始まる人集めも、新しい現場がない以上休みだ。幸い土曜日なので、集まってくる土工たちも少ないだろう。

しかし何としてでも来週分の現場を探す必要がある。このまま福島原発の現場だけでは干上がってしまう。

ベッドを見ると、アコーディオンカーテンのすぐ脇で、四郎がズタボロのシュラフを抱いたまま寝入っていた。

今日叩き出すのは、物理的に困難だった。

俺は大きな欠伸《あくび》をすると、部屋の明かりを消してアコーディオンカーテンを開け、ベッドに横になる。

ポケットから出したスマホに着信ランプが点いていた。

バンコクにいるパットからメールが届いていた。

「陳英傑は貧困者を救済する事業に関わっていると言っていた……。もし連絡できれば、事業内容について一度話を聞かせてもらいたい」

間違いない。

陳英傑は後藤洋一郎その人だ。

二人の人物の顔が、俺の頭の中で重なった。

公金横領が発覚するまで、洋一郎は、もっとも熱心な生活保護のスペシャリストという評価だったのである。

俺はスマホを手にしたまま寝入った。

3

五月二十八日月曜日、午前六時過ぎ――。

土曜日に必死に営業をかけたおかげで、清瀬《きよせ》と汐留《しおどめ》の二つの現場に計四人の新規の仕事が取れた。そこに鈴木、渡辺《わたなべ》、菅原《すがはら》、目黒《めぐろ》を選んで、散々デヅラが安いと文句を言われながら見送ると、俺は、三百五十円の納豆定食を掻っ込んで、大盛屋から表通りに出た。

「兄貴もいざとなったら、早飯食いだからな」

四郎がそう言って、俺の斜め後ろで楊枝を口から飛ばした。

四郎は高浦弟に殴られた痕《あと》がまだ治りきっておらず、顔がいびつに赤黒く腫れている。俺も体中に青あざができていた。ただ高浦兄は顔を殴らなかったので、四郎と違って見かけはまったくわからない。

岩井も一緒についてくる。

これから四郎の知り合いの情報屋の蔵田《くらた》から話を聞くつもりだった。ジーンズのポケットには、事務所から剝《は》がしてきた洋一郎の写真を折り畳んで入れている。大盛屋に貼り付けてあった写真も念のために剝がしておいた。松橋の目に触れさせないためである。

外はすでに明るくなっていた。

片側二車線の吉野《よしの》通り……通称山谷通りには、車道にまで男たちが溢《あふ》れている。その数は、年々減っているというものの、歩道だけでは狭すぎる。

そこかしこで立ち話をしたり、カップ酒をあおっていたり、真面目な顔を作って手配師から声が掛かるのをじっと待っていたり、言い争いをしていたり、所在なさげに煙草を吹かす者も多い。喧嘩でもしたのだろう、頭から血を流している男が通りがかるが、これでも至って平穏《へいおん》な普通の朝である。

台車に載せた大きなビニール袋に空き缶を拾って入れる者、シケモクを探す者、自販機の釣り銭口に手を突っ込み、なおかつ頬《ほお》を地べたにつけて自販機の下に小銭が落ちていないか確認する者、『ビッグイシュー』を手に掲げて「一冊三百円！」と声を張《は》り上げている者もいる。

俺はズボンの尻ポケットから財布を取り出し、三百円を右手に握った。大抵毎号買っている。

『ビッグイシュー』は英国生まれの雑誌で、ホームレスたちが手売りしている。彼らの経済的自立を促そうといった目的がある。既存の雑誌にはないテーマの取り上げ方が魅力だ。月に二回発行されている。

この号の特集は社会的企業だ。人気お笑いタレントのインタビュー記事もある。

「一冊おくれ」

「ありがとうございます！」

男は雑誌を俺に手渡しながら、日焼けした顔を向けた。

金を受け取る手は薄汚れている。

年齢は四十代くらいだろうが、痩せ細り、肉体労働には不向きなように思えた。世間に叩かれ続けた挙句、人に対して臆病になり、社会不適応になったのだろう。視線が弱々しく、態度に落ち着きがない。

しかしそこから立ち直ろうと『ビッグイシュー』を売っている。一日に三、四十冊売れれば、アパートを借りて自立できるというが、なかなかそこまで根性を見せる人間は少ない。なぜなら、根性を見せられないからこそ社会不適応なわけで、結果としてホームレスになってしまうのだ。

この一年で何度かホームレスも現場に手配したが、評判のよかったものは一人もいない。彼らは働かないのではなく、働く以前の問題を抱えている者が多かった。

俺は雑誌を丸めて上着の内ポケットに突っ込んだ。

パットからのメールを思い出す。

「そう言えば教授、親父はパットに、貧困者を救う事業に関わっていると言っていたそうです」

隣を歩く岩井に話した。

「父君が生活保護のスペシャリストだったことを考え合わせれば、納得できる話だ。その貧困者救済事業とスーパーひたちの行先に何か関連があるやもしれない。頭に入れておいたほうがよさそうだ。ところで四郎、その顔はどうした?」

岩井があらためて、四郎の顔をしげしげと見る。

金曜日の夜、事務所で高浦兄弟に襲われたことを話した。麻薬のこともだ。

「譲二も手配師としては秋川組とバッティングするからな。今後どんなことを仕掛けてくるか。秋川組は今や組員が三十名足らず、準構成員を入れても百名ほどだろう。昔に比べてかなり規模が縮小したが、その分、地下に潜《もぐ》って凶暴化し、勢力を盛り返しているらしい。用心するに越したことはない。それから四郎は、麻薬とは今後一切手を切ることだな」

岩井が四郎の顔を見ながら、険《けわ》しい顔つきになる。

四郎が深々とうなずく。

こんな内々の話は、誰が聞き耳を立てているかわからないので、大盛屋ではできなかったのだ。

「譲二!」

正面から黄色いシャツにジーンズ姿の女性が、眉間《みけん》に皺《しわ》を寄せながら、鷹《たか》のような鋭い目つきで近づいてきた。色白で痩身、美形だ。長い黒髪が揺れている。

彼女の周囲には学生か、学生崩れにも見える運動家の男が三人、まるでボディガードのように、あるいは親衛隊のように脇を固める。ただしガタイは貧弱である。服装は四人ともいたって質素だ。

俺は嫌な女に出くわしたと思った。

女の名前は飯島初音《いいじまはつね》。歳の頃は俺と変わらない。NPO法人『日本貧困ネットワーク』山谷支部の支部長である。当然のことながら、手配師を目の敵にしている。

「どうですか? お仕事は? 復興バブルだって耳にしますよ、とくにおたくは。労基署には、手配師の違法性を訴えているんですけど、お役人は現状維持で事を荒立てないことを好むようで、いくら社会悪でも野放しにしている。我慢ならないんですよね。あなたがそうやって、まるで自分の庭のように、この町を練り歩くのを見かけると。それに、一見して手配師とは見えないような服装でいるところが、また憎いわね」

初音は会うなり、嫌味を言った。

この日俺は、ジーンズにピンクのポロシャツとジャケットを着ていた。

「おまえなあ、練り歩くって、どういう意味だよ？　ただ歩いていただけだろうが」

四郎が赤黒く腫れの残る顔で凄んだ。親衛隊の男たちが一斉に身構えて四郎を睨む。

「あら、ヤダ。やくざみたいな若い衆まで従えているなんて」

四郎の服装はTシャツにジーンズだ。決してやくざっぽくはなかった。

やくざの普段着は上下揃いの派手なジャージで、草履《ぞうり》を突っかけ、ピカピカのセカンドバッグを持っているのが相場だ。

初音は、俺以外の手配師に、こうして直接話しかけるようなことはしなかった。

俺がサラリーマン出身で、それも同年代だから、与《くみ》しやすしと軽く見て標的にしているのである。

彼女の団体は、おもにキリスト教団体の支援を受けており、土日の炊き出し、冬場の寝袋や毛布の配布、賃金不払いの申し立て、生活保護申請手続き、ホームレスの死亡時の供養、野宿者排除の役所への抗議活動などを行っている。

「暴対法に抵触するような行為があった場合には、すみやかに隅田署を動かしますので、そのつもりで。手配師なんて貧困ビジネス、さっさと店じまいしてもらいたいものだわ。弱者を食い物にするなんて最低。あなたの将来にとっても、そのほうがよろしいんじゃないかしら。あなたなら、他に仕事はいくらでもあるでしょうに。更生したいと思うなら、まずは改心なさい……」

いつも初音の話は、説教から始まる。

「今日はまた何か？」

俺は彼女の話を受け流して訊ねた。

こっちは洋一郎のことで、これからドロ市で蔵田を訪ねる用事があるのだ。

「またずいぶんあっさりとした物言いで。そんなところが余計に癪《しゃく》に障《さわ》るのよね。あなたって、自分のしていることをまるで悪びれない。手配師を必要悪とでも考えているんでしょう？　ただ社会的立場についてははっきり自覚しているわよね、自分がブラックそのものだって。運が悪ければ逮捕される犯罪者だって。そうでしょう？　私の洞察力もまんざらでもないでしょう？」

初音は勝ち誇《ほこ》ったように言う。

たしかに初音の言うとおりだ。

俺は何も言い返せなかった。

ところが四郎は、俺の脇腹を肘で小突いて、いかにも可笑しそうにしている。

「そんなこと言って、あんた、兄貴の事が好きなんだ。そうに決まってら。俺も子供の頃は、好きな子にわざと嫌がらせをしたもんだ」

四郎が子供っぽいことを得意げに言う。

四郎を睨む初音の頬が、みるみる赤く染まった。

初音がわざとらしく咳払いした。

「まったくそんな出鱈目《でたらめ》を、よく言えたものだわね。今日は訊きたいことがあったのよ。あなたなら、この町の人間には詳しいと思って。シマさんが仕事をもらいに来なかった？」

初音は俺に向かって言いながら、ちらちらと岩井を見た。

俺よりも、山谷の生き字引と言われる岩井を当てにしていたようである。

「教授、シマさんって、知ってるか？」

俺は初音に代わって岩井に訊ねた。

「シマさんは、生活保護を受けているんじゃないのか？　もう七十五近かったはずだ」

岩井が逆に、初音に訊き返す。

「やっぱりご存知でしたか？　シマさん、仁愛会《じんあいかい》というＮＰＯが経営する福祉アパート

『みんなの家』に囲い込まれているんです。アパート代や諸経費の名目で生活保護費を天引きされて、食べていくのもギリギリだって……。この仁愛会、秋川組が関係しているともっぱらの噂で、東京中からホームレスの人をスカウトしてきて、無理やりこの福祉アパートに住まわせているらしいんです。ホームレスでは、住所不定者にくくられるために、生活保護を受けられない。住所が定まれば生活保護が受けられるので、みんなの家に移り住んだホームレスの人たちが、生活保護を受けられるようになるのはいいのですが、悪質NPOの餌食《えじき》にされるばかりか、搾取されたお金がやくざの資金源になっている。まさに貧困ビジネス。私たちは、そんな人たちを救い出し、私たちでお世話しようと……」

初音は、俺や四郎に対する時とは違って、岩井には丁寧語で話した。

「元々生活保護費は、秋川組だけでなく、暴力団の資金源になっている。そんなことは、やくざの世界じゃ常識だぜ。高浦さんが言うには、裏の権力が強いから、役所も突っぱねるのは難しいんだってさ。俺はしたことはないけれど、シノギのために生活保護を受けている先輩もいた。あんたのやろうとしていることは、秋川組のシノギに手を突っ込むことになるんだ。そんなことをやったら、秋川組とガチンコ勝負だ。オー、恐い」

四郎が暗い目で言った。

いつまで経っても高浦兄を「さん」付けでしか呼べないのは、それだけ痛めつけられてきたからだろう。

初音はあえて挑むような目で、俺たちを見回した。

「社会は誰かが変えていくもの。私はそう考えている。やくざだろうが、何だろうが、社会悪とは徹底的に戦うつもりよ。そんな気持ちがなくって、どうしてこの町でＮＰＯの支部長をやっていけると思う？　弱き者も生きられる社会にしていく。弱き者が命や財産を奪われる社会であってはならない。そうでしょう？　弱き者が痛めつけられるような今の世の中って、絶対に間違っている！」

初音が言うと、親衛隊の面々が目を輝かせてうなずいている。

「ところであなた、前からどこかで見たことがあると思っていたけど、以前、秋川組のノミ屋をやってた人じゃない？　自転車に乗って毎日のように山谷をうろついていたでしょ？　だったら、やっぱりやくざじゃないの」

初音が四郎を見て、わざとらしく震えて見せる。

「それがノミ屋も勤まらなくなって、今度は手配師の事務所で働いている？」

初音は明らかに四郎を見下していた。

「なんだと……」

「ほーら、すぐ頭に血が上る。そんなことだから、いつまで経っても真っ当な人間になれないのよ」

初音は一歩前に踏み出して言った。

顎を突き出し、決然とした表情だ。

このくらい気が強くなければ、この町では食い物にされるのが落ちである。

初音は根性の据《す》わった活動家であった。

「四郎、やめておけ」

俺は四郎を制した。

「あなたに忠告されるまでもなく、暴力団のことが心配だから、こうして注意して町を歩いているんじゃないの」

初音は周りを囲む親衛隊の若者に目配せした。

決して強そうではなかったが、この態勢なら初音がどこかに連れ込まれ、焼きを入れられることもないだろう。

「シマさんは、秋川組の不法行為に関して、重大な証拠を握っているらしいの。たぶん貧困ビジネスのことだと思うんだけど、それをネタに逆に秋川を脅《おど》しにかかった。だから狙われている。部屋を出て行ったきり行方がつかめなくなっている。命の危険もあるかもしれない。それでこうして探しているんじゃない」

一見平穏そうな山谷でも、水面下では一触即発の状況が生まれているのだ。

それを察して、初音自らが先頭に立ってシマを捜索している。

「もしシマさんのことが耳に入ったら、教えてちょうだい」

初音は俺と岩井を交互に見つめ、四郎は無視した。

初音のような、貧困者や日雇い労務者の支援者は、案外、ホームレスや労務者の人となりや人間関係には疎《うと》い。なぜなら彼女たちは、貧困者や労務者の外側にいるから深い関係にはなりにくく、また所詮当事者ではないからだ。

そういう点で俺たちは、まぎれもなく当事者だった。

初音もそんなことはわかっているから、声をかけてきたのであろう。

また彼女は、弱き者たちが単なる弱者ではなく、一筋縄ではいかない山谷の貉であることもよく知っているはずである。当事者たちの手を借りなければ、らちが明かない。

「じゃあ、お願いね」

初音は言って、胸を反《そ》らせると、人ごみの中を歩いて行った。

「兄貴、絶対あの女、兄貴にホの字ですよ。間違いないです。俺が保証します」

四郎が相変わらず呆《ほう》けたことを言う。

「兄貴って、なんだかんだ言って、女にもてるんですよね。ＯＫゲストハウスの陽子さんだって、何かと言っては兄貴に近づいてくるし、悔しいけど唯ちゃんもそうだし。すげない態度をするもんだから、きっと女のほうが追っかけたくなるんだな」

四郎は腕を組んで納得しきりにうなずいている。

ただし本命の美紀の名前が入っていない。

俺は自嘲気味に笑った。

「女性はそんなものなのか？」

岩井が真面目な顔で四郎に訊ねる。

「さすがの教授も色恋沙汰《ざた》では素人《しろうと》ですか？　そっち方面のことなら、俺に何なりと訊いてください。好きなこれでもいるんすか」

四郎が得意そうに胸を張り、小指を立てる。

「そんな女性はいないが、昔ちょっと……」

岩井が真剣な顔で答えた。

岩井は過去に、色恋沙汰でよほど大きなトラウマでも抱えているのかもしれない。

「下らないこと言ってないで、ほら行くぞ。蔵さんに話を聞かなくちゃ」

俺は四郎を急《せ》かした。

山谷通りを渡って、立ち食いけんちん汁屋の角を路地に入った。

今やブルーテント住宅街と化している玉姫《たまひめ》公園の周囲には、まるでアジアのどこかの発展途上国にあるような露店市が開かれていた。五十軒は出ているだろうか。客も店主も九十九パーセントが男だ。それも平均年齢は六十歳を過ぎている。初音のようなボランティア関係の人間だけが異様に若い。

男たちは、ヒマそうに店を見ながらうろつき、しゃがんで顔なじみの店主と話し込む者もいる。

「蔵さんだ。俺が先に行くから、兄貴たちは合図したら来てくれ」

四郎が早足で、電信柱の陰に立つ男のもとに行く。あたりを気にしながら、蔵田と話し込む。

蔵田は、どんなものでも調達してくるという闇のビジネスマンである。

痩せて背が高い。長袖のドレスシャツは黒っぽい柄で、黒のズボンに革靴を履いている。年の頃は四十前後。長い前髪が表情をわかりにくくする。

まるで社会の闇の中を自在に漂うアメンボのような佇まいだ。

秋川組とは関係がなく、ショバ代を支払う代わりに、警察情報などを流して相殺している。四郎とはその昔から妙に波長が合い、たまに一緒に飲みに行くこともあるという。

「蔵田は山谷一の情報屋だ。四郎は四郎で、人懐っこいあの性格だ。あっちこっちに出入りしているから、自分では気づかないうち、様々な情報を拾っている。蔵田は、だから四郎を大事にしている」

岩井が時間つぶしに解説した。

「兄貴！」

四郎が小さく手を振り、呼んでいる。

俺と岩井は目立たぬように注意しながら、電信柱のそばにいる二人に近づいた。どこで誰の目が光っているとも限らない。

四郎の隣に色白の蔵田が物憂《う》げに立っている。

「四郎から話は聞いた。陳英傑なる香港人のパスポートを扱ったのは俺じゃない。湯島のタイ人ホステスの筋ならば、『シャングリラ』の王宝玉《おうほうぎょく》が仕切ったんじゃないのか。王は潮州《ちょうしゅう》系の中国人で、潮州系の華僑《かきょう》といやあ、香港を皮切りに、タイやマレーシア、シンガポールでも幅を利かせ、東南アジアの一大勢力になっている。そんな縁で、シャングリラや湯島の姉妹店を中心に、アジア各地からホステスを送り込んでいる。もちろんパスポートの手配もお茶の子だ」

「湯島の姉妹店はサワディーというんじゃ？」

俺は勢い込んで訊ねた。

サワディーはワンニーが勤めていた店である。

「よく知ってるな」

蔵田がニヒルに笑った。

「王が仕切ったんなら、秋川組と関連があるかもしれない」

岩井が指摘する。

「さすが教授だ。鋭い所を突いてくる。たしかに王と秋川組の若頭補佐高浦甫は、ビジネスパートナーだ。そして王がかき集めてくるのは何もホステスだけに限らない。男女を問わずだ。王が連れてきたアジア系外国人を、高浦の舎弟たちが、浅草近辺の町工場や飲食店に斡旋している」

　蔵田にやくざの匂いはなかった。暴力とは縁遠そうな優男である。

　遠くに目をやり警戒しながら話した。

「王は食えない女だ。その後藤洋一郎とやらが、仮に、王から新しい名前とパスポートを用意してもらったとすれば、見返りに、金以外の代償を払わされているのは想像に難《かた》くない。ただし後藤洋一郎は聞いたことがない名前だ。王の関係でいえば、陳英傑なら、二年ほど前からよく聞く名前だが……」

「陳は何をしているんですか？」

　俺は訊ねた。

　蔵田の細い目が光った。

「シャングリラやサワディーなど王の店の社長だ。突然現れて社長に収まっている。巷《ちまた》じゃ王の男じゃないかともっぱらの噂だ」

　蔵田が親指を立てる。

　俺は事務所から剝がしてきた洋一郎の写真をジーンズのポケットから出して広げた。

「陳はこの男ですか？」

「こ、これは？」

蔵田は写真を見つめた。

「たしかに陳にそっくりだ。ただ、雰囲気が少し違う。陳はもう少し太っているし、口髭をはやしている。髪も長い。それに……あんたにも似ているな」

蔵田は俺を見て言った。

「この男が後藤洋一郎なんです！」

俺は強い口調で言いながら、後藤と陳が同一人物であるという確信がさらに深まった。と同時に胸糞《むなくそ》が悪くもなる。

俺自身が洋一郎に似ているなどと言われたくなかった。彼は犯罪者なのである。犯罪者の血を引いているなど、思い出したくもない現実なのだ。

「それでどうなんですか？　蔵さんは二人が同一人物だと思いますか？」

四郎が身を乗り出して訊く。

「この写真がその後藤洋一郎なる日本人なら、彼が陳英傑になりすましている可能性は極めて高い。四郎に聞いたが、タイ語に通じているのなら、タイバーの社長に収まっているのも、まさに適任だ。陳のパスポートを用意してもらった見返りなんだろう。……それにしても、この写真とあんたも顔が似すぎている。もしや血縁か？」

蔵田は写真から目を上げると、俺を見ながら言った。

俺はかすかにうなずいた。

「ただし陳は、近頃とんと店に顔を出さなくなっている。王は福島でかなり儲けてるって話だから、そちらと関連がある仕事をしているのかもしれない」

「福島？　まさか原発関連？」

俺は驚いて声を上げた。

原発に作業員を送ったばかりなのである。

「俺も詳しくは知らない。ただこのところ、高浦まで福島のいわきにご執心でな。度々足を運んでいるらしい」

遠くを見ていた蔵田の目が鈍《にぶ》く光った。

「おっと、俺はさっさと退散するぜ」

蔵田は表情を変えると、急に緊張している。

振り返ると、松橋がめずらしく朝っぱらからうろついている。こちらに気づき、土工たちを押しのけて早足に近づいてくる。

「とにかく、シャングリラの王のところに行ってみな。何か出てくるさ。じゃあ、またな」

蔵田は長い脚で駆け出すと、瞬《また》く間に路地に消えた。

俺たちのそばに来た松橋が、息を整えながら鋭い視線をぶつけてくる。

「朝っぱらから雁首《がんくび》並べて、情報屋と何を話してた？」

「いや、何って？　ご機嫌伺いですよ。最近どうですかって？」

四郎がしらばっくれた。

「ほんとか？　どうも怪しいな。ま、いい。今日はそれどころじゃねえんだ。おまえら、後藤洋一郎という五十がらみの男を知らねえか。蔵田に訊こうと思ってたんだが。俺の情報じゃ、秋川組の高浦とつるんで裏ビジネスをしている」

松橋が声を潜めて不気味に笑った。またぞろ金になる話でも摑んだような顔である。

裏ビジネスとは、外国人労働者の斡旋のことなのか？

しかし俺たちは、後藤洋一郎という名前を聞いて、声も出なかった。

「どうした、おまえら……」

松橋が怪訝《けげん》な顔をする。

「その男が何をしているんです？」

俺は本心を隠すべく、あえて押し出しを強く訊ねた。

「何をしているって？　……そこまでは、言えねえなあ」

松橋は暗い目を光らせる。

「とにかく、そいつの首を獲《と》るしかねえんだよ！」

「首を獲る!?」

俺は大仰に声を上げた。

「ハハ……。ちょっと大袈裟すぎたか。首を獲るったってな。ヘッドハンティングみたいなもんだ」

松橋は踵《きびす》を返すと、秋川組の事務所があるほうに向かって歩いて行った。

4

俺たちは、松橋の後ろ姿を呆然と見送った。

松橋から後藤洋一郎の名前が出たのだ。それも指名手配犯としてではなく、彼の個人的な金づるとしてである。洋一郎の首を獲れば、金になるのだ。

親父もまた、俺と同じく闇の中に身を潜めているようである。

「松橋が兄貴の親父さんを探しているとなると、事ですよ」

四郎が興奮気味に話した。

「しかし情報通の蔵田でも、後藤洋一郎の名前は知らなかった。そうなると、秋川組の中でも後藤洋一郎の存在は、幹部の一部にしか知られてないのだろう。何か大きな裏ビジネスに絡んでいるのかもしれない。その情報を、松橋がどこかで拾い、金になると踏んで動き出したってことだろう」

四郎は、こと裏ビジネスの話になると、やけに頭が速く回った。

「後藤と陳の関係は？」

俺は訊ねた。

一人二役ならば、それぞれどんな役を演じているのか？

岩井が顎に手をやりながら話した。

「陳はサワディーやシャングリラなど王宝玉が経営するタイバーの社長をやっている。それもかなり堂々と。そして後藤の名前では、相当重要な裏ビジネスに絡んでいると考えられる。こちらは一部の関係者しか知らない事実だ。蔵田の話から察すれば、後藤洋一郎に陳の名前を与えたのは王宝玉だろう。王と高浦がつながっている以上、その線から譲二の父君も高浦とつながり、表に出せない日本名後藤洋一郎を使って、裏ビジネスと関わった。蔵田も言っていたとおり、あのママが簡単に、金だけでパスポートを用意するはずがない。偽造パスポートを提供する見返りに、店を手伝わせるだけでなく、裏ビジネスにも引き込んだのだろう」

岩井の推理は、蔵田と松橋が話したことの断片をうまくつなぎ合わせていた。

「ただ私は、君の父君が貧困者救済事業に関わっているとパットが言っていたことが引っ掛かっている。裏ビジネスと貧困者救済事業では、まったく正反対の性格だ」

三人そろって唸《うな》った。

これまでの情報では、ここまでの推理が限界だ。

「……そう言えば兄貴、俺、今まで言いそびれていたことがあるんだ」

四郎がもじもじしながら、俺に許しを乞うような目をする。

「実は俺が兄貴の親父さんを見たの、シャングリラだったんだ」

「なんだと⁉」

俺は語気を強めた。四郎の言葉の裏側に麻薬の匂いを嗅ぎ取った。四郎の胸倉をつかんで、電信柱に押し付ける。

「また麻薬がらみか？」

四郎は大きく首を横に振る。

「そうなんだけど、まだ兄貴に会う前だった。許しておくれよ」

俺は手を離した。

四郎が息を吐く。

「俺が兄貴の親父さんに会ったのは二年前の三月。蔵さんに麻薬を横流ししていたことがばれて、店で高浦さんに焼きを入れられていた。もちろん蔵さんの名前は出さなかった。だからこそ、さっき蔵さんは気持ちよく話してくれた。ヤクが絡んでいたから、親父さんのこと、話せなかったんだ……」

まるでオセロゲームのような展開である。この時、四郎が蔵田の名前を出していたなら、先ほどの情報は入らなかったことになる。

「親父に会った時の状況を説明しろ」

「高浦さんにいいようにいたぶられていた時、兄貴の親父さんが助け舟を出してくれた。もうその辺でいいだろうって。親父さんは、客として来てたようだが、ママの王宝玉とはとても親しいようだった」

俺は「山谷で見た」という四郎の話を、この二年間、ずっと朝の山谷の路上で見かけたものと勝手に思い込んでいた。だからどういう状況だったのか、確かめるまでもなかった。

岩井が訳知り顔でうなずいている。

「教授もそのママ、王宝玉のこと、知っているんですか?」

俺は訊ねた。

「私も一度だけだが物見遊山《ものみゆさん》で店に行ったことがある。シャングリラはまさに掃き溜めに鶴。店が山谷にあるとは思えないほど、きれいどころが揃っていた。王宝玉の経営手腕は相当なものだ。蔵田のおかげで、あの店が裏では潮州系のシンジケートと結ばれ、秋川組とも深い関係にあることがわかった。そこに譲二の親父さんが関わっている。探りを入れて相手を揺さぶる時が来たようだな」

岩井が妙にうれしそうに微笑む。

「教授の言うとおりですよね。俺たちの稼ぎじゃ、そうは行けない店ですからね」

四郎もにんまりしている。

俺は二人の顔を見てげんなりした。

いったいいくら調査費用がかかるのか。仙台で稼いだ金が飛んでいく。しかし行かないわけにはいくまい。

「早速今晩にでも行ってみるか」

俺は答えて、事務所に戻るべく路地を歩いた。

「イテッ！　気をつけろ！」

四郎の怒鳴り声と、体の小さい男が走っていく背中が見えた。白っぽいアロハシャツに綿パン姿だ。

「どかんかい！　こら、待たんかい！」

すぐ後ろから、関西弁の男が追いかける。

こちらはガタイが大きく、見るからにやくざ者だ。

「シマさんだ！」

言うや、岩井が左足を引きずりながら駆け出した。

シマは七十五歳のわりには若々しい恰好で、動きも敏捷である。

俺は四郎と顔を見合わせ、すぐに岩井を追い越すと、先に行く二人を追いかけた。

山谷通りには、まだ男たちが集まっていた。

シマが歩道柵にぶつかるように立ち止まり、短い脚で乗り越える。

男は柵を軽く跨《また》いで、シマを捕まえた。

シマが目を血走らせ、こちらを振り返る。

男はシマの背後から、肩のあたりとベルトを摑む。

右手、南千住方面から宅配の二トントラックが走ってくる。

周囲には、二人の様子に注意を払う者はいない。

よくある喧嘩か、諍いか、じゃれ合いか……。そんな目つきで、あたりの風景から二人が際立つことはなかった。あくまで朝の山谷のワンシーンである。

シマが一車線しかなくなっている車道に向かって放り出された。

「あっ！」

俺と四郎は同時に声を上げた。

トラックの急ブレーキが鳴った。

次の瞬間、鈍い音が響いた。

その音で、周囲の男たちの動きが止まった。

一瞬の静寂……。

「当たり屋だ！　当たり屋だ！」

騒ぎ出したのは、近くにいた高浦弟だった。白黒の髑髏ジャージを着て、肩から上が周囲の男たちから抜け出している。あたかも待ってましたと言わんばかりの煽動《せんどう》だ。反対車線にいた者たちも、そこが車道であることなどお構いなしに集まってくる。あたりが騒然とし始めた。

当たり屋……それは食い詰め者の、命を賭《か》けた生き延びるための最終手段の一つだ。自ら走ってくる車に飛び込んで、入院し、その間はただ飯、ただ宿、休日保障の保険金もせしめられる。ただし打ち所が悪ければ、待っているのはあの世だ。

「これでしばらくは安泰だな」

「うまく飛び込みやがってよ」

人垣の後ろからは、そんな羨《うらや》む声が聞こえる。

社会の闇の中には、この場所にしかないような命をつなぐ橋が架《か》かっている。しかしその橋はあまりにか細い。

俺は四郎と前のほうに行った。

両目を見開いたままのシマは、頭がぱっくりと割れていた。あたりは血の海である。白っぽいアロハシャツが真っ赤な血で染まっている。

当たり屋で安泰どころではなかった。見るからに即死だ。

シマを追っていた関西弁の男が、シマのポケットに手を突っ込んでいる。

「急に飛び出してきたんだ！　悪いのは俺じゃない！」

車から降りてきた宅配便のドライバーが、悲痛な声を上げている。

「おい、何やってるんだ！　テメエ！」

四郎が、関西弁の男の背中に怒鳴った。

男は四郎を一瞥すると、人垣を掻き分けその場を離れた。

「失敗したのか……」

「哀れだね……」

「当たり屋なんかじゃねえ！　あの男がシマさんを道路に放り投げたんだ」

四郎が叫んだ。

しかし男の姿はすでになかった。

「死んじまったから、これで苦労することもなくなるだろうよ」

「所詮老い先は長くなかったんだ」

四郎の声を打ち消すように次々に声が重なる。

闇の中に架けられた橋を一歩踏み外せば、下には何が流れているのか誰もが知っている。

……それが死だ。

死は常に、山谷《ここ》では隣人のようなものである。

一人の男がシマの目を閉じる。数人の男たちが神妙に、シマの亡骸《なきがら》に両手を合わせている。

　ほどなく救急車のサイレンと、パトカーの音が聞こえた。

　どこから現れたのか、ノーネクタイでスーツ姿の高浦兄が、ドライバーの横に立って、一枚の紙を見せながら何か話し込んでいる。

「オイ、譲二。当たり屋だってなあ」

　岩井と連れ立つように松橋が声をかけてきた。

「当たり屋なんかじゃないですよ。殺しです」

　俺は声を低く話した。

「ホシを見たのか」

　急に松橋の声が真剣になる。

「関西弁のガタイのでかい男です」

「流れもんか」

　松橋が膝に手を載せ、腰を折ってシマの遺体を見つめる。

「それにしてもひでえ有様だ。可哀そうによ」

「……シマさんは、秋川組に食い物にされていた。生活保護を受けながら福祉アパートで暮らしていたんだが、トータルで十三万円ほどになる生活保護費の大部分を、家賃、食費等の名目で天引きされていた。本人に渡るのは二、三万円ほどの小遣いだけだ」

いつもは冷静な岩井が、かろうじて怒りが爆発するのを抑えるように、声を震わせながら話した。

「でもシマさんは、秋川組の弱みを握ってたって、あの女が言ってたでしょ」

四郎が話した後で、そこに松橋がいることに気づいて、ばつの悪そうな顔をする。

「ははーん。で、弱みってのは何だ?」

松橋は、その弱みを突いて金にしようと企《たくら》んでいる。そんな顔である。

「そこまでは知りません」

四郎に代わって俺が答えた。

「シマさん! どうしてこんなことになったの? 当たり屋なんかじゃないわ! シマさんは殺されたのよ!」

あたりに女の声が轟《とどろ》いた。

見れば飯島初音であった。

「シマさん! シマさん!」

初音は自らが血で染まることも厭わず、シマの遺体を抱きかかえ、声を上げて泣いた。

見守る男たちがおろおろしている。

山谷の男たちの多くはフェミニストだ。普段は乱暴な物言い、振る舞いをするのに、女の前では手も足も出せない亀のようになる。

救急車が到着し、隊員がシマの様子をつぶさに確認して無線で連絡する。

山谷交番の警官が大声を上げて周囲を整理し始めている。

初音が親衛隊の男たちに抱えられて人垣から外に連れ出された。

松橋が到着した覆面パトのところに行った。

俺のスマホが鳴る。

ＯＫゲストハウスの垂水陽子からだった。

「譲二、すぐに来てくれない？　やくざみたいな男が押し込んできて、カギをどこで手に入れたのか、お客さんの部屋に勝手に入り込んでいて……」

俺は話を聞くなりピンと来た。

「それ、シマさんの部屋じゃないのか？」

「なんでわかるの？　それに譲二、シマさんのこと知ってるの？」

「知ってるも何も、つい今しがた、たぶんそのやくざに殺された。山谷通りで車が走ってきたところに放り出された、カギはその後でやくざがシマさんのポケットから奪ったんだ」

「…………」

電話の向こうで陽子は声を失っている。

「陽子、すぐに警察に電話しろ。あと、おばさんにも連絡を。陽子はとにかく建物から外に出るんだ」

「あたしゃあ、ここに来ているさ！」

靖枝の声が響いた。

「だったらおばさんも表に出てください！」

俺は電話をひとまず切ると、四郎の肩を叩いて、人混みから出て、小走りに山谷通りを渡った。後方から岩井も足を引きずりながらついてくる。

「兄貴、どうした？」

「さっきの関西弁がＯＫゲストハウスを襲っている」

「なんでだよ」

「シマさんがＯＫゲストハウスに泊まっていたんだと。関西弁は、シマさんが秋川組の弱みを部屋に隠しているとでも思ったんだろう」

ＯＫゲストハウスに急行すると、玄関前には、靖枝と陽子のほか、数人の白人旅行者が、心配そうに中の様子を窺《うかが》っている。

「おばさん！　陽子！」

俺が声を上げた時、建物内から一際大柄な関西弁が飛び出してきた。

「譲二！　そっちだよ！」

靖枝が突き飛ばされながら、逃げる関西弁を手で指し示している。六十過ぎても気合だけなら、近所で彼女に勝てる人間はそうはいない。

俺は関西弁と目が合った。

関西弁は、俺を一瞥すると、明治《めいじ》通りへと続く路地を入った。

「とっ捕まえるんだよ！」

靖枝が威勢のいい声を張り上げる。

俺はギアを入れ替えるように、スピードを上げて路地に入った。

すでに関西弁は明治通りに達している。

そこに白いメルセデスが来て止まった。

運転席に座っているのは高浦弟だった。

俺が明治通りに着く頃には、メルセデスは上野方面に向かって走り去っていた。

5

ＯＫゲストハウスに戻ると、ほんの小さなロビーで、靖枝が陽子の治療を受けていた。

「まったくあの男、レディを突き飛ばしたりして、今度顔を見たらタダじゃすまないからね」

靖枝は怒り心頭に発した。

「おばさん、あんまり無茶しないでくださいよ。相手は殺人犯だったんですから」

陽子が靖枝の肘に消毒し、絆創膏《ばんそうこう》を貼り付ける。

「なんの、あんな男の一人や二人。昔はね、ここいら辺りはシャブ中がうろついて、そりゃ今よりよっぽど治安が悪かったんだからね。山谷交番のおまわりだって、今みたいに悠長に構えちゃいないさ。いつも目を吊《つ》り上げて警戒していた。なんたってここら辺じゃ、警察は労働者の敵だから、いつ集団で襲われるかわかったもんじゃない。あの頃は今朝みたいに毎日事件があって面白かったね。どいつもこいつもギラギラしててさ。裕次郎じゃないけど太陽の季節さ」

「それが今ではこの町も、福祉の町に没落ですか……」

「自分が没落したからって、あたしたちまで一緒にしなさんな」

俺が言った冗談が、返す刀でぶった斬られる。

靖枝には敵わなかった。

白人の泊まり客が、何事もなかったかのように、椅子に座ってコーヒーを飲んだり、パンを食べたり、スマートフォンでメールをしたり、パソコンの前に座っている者もいる。

「シマさん、可哀そうにね」

治療が終わると、靖枝はジャージの袖《そで》を手首まで伸ばしてしんみりと言った。

俺は靖枝の隣に座った。岩井が無料のお茶を取りに行く。四郎は立ったままだ。空いた椅子がなかった。

「おばさん、あのこと……」

陽子が靖枝をうながす。

「……ああ、あのことね。実はシマさんとはもう長い間の知り合いで、十年くらい前までは、おかむらに泊まることも多かった。それがどうしたわけか、今回はバックパッカー御用達のこっちに泊まっている。驚いたんだけど、身を隠すには、こっちのほうがもってこいってわかってさ。ここならば、やくざ筋の追い込みなんてかからない。それでシマさん、相談したいことがあるって言うから、それなら譲二のところに行ってきなってアドバイスしてやったんだ。岩井さんもいるって言ったら、やけに乗り気になってね。それがこんなことになるなんて……」

さすがの靖枝も、シマが殺されたことにはショックを隠せない。

ガラス張りの玄関ドアをノックする男が見えた。二人いる。

「隅田署の者ですが……」

インターフォンの声が聞こえる。

私服刑事のようである。先ほどの現場での松橋の様子からすると、すでに殺人事件の捜査が始められているのかもしれない。

「おばさん、俺はひとまず帰ります」

俺は四郎と岩井に目配せした。

岩井が慌ててお茶を飲み干す。

刑事と話していいことなど何もない。こちらは非合法な手配師なのである。警察がその気になればいつでも後ろに手が回る。

「そうだね。何かあったらまた連絡するよ。先にお行き」

靖枝が顎で玄関を指し示す。

靖枝もその辺の機微を察したようだった。

俺たちは刑事より先に玄関から外に出た。

二人の刑事が、俺たち三人を怪しんでいる。

しかし彼らには、ＯＫゲストハウスでの聞き込みがある。俺たちを引き留める理由がなかった。

靖枝の配慮は、まるで熟練の技である。あうんの呼吸で危機を回避した。

「教授、刑事と聞いた時には焦りましたね」

四郎がゲストハウスの玄関を振り返りながら言う。

「まったくだ。あそこで事情を聴かれて、手配師であることが判明すれば、譲二がシマさん殺しとは別件で引っ張られていたかもしれない。話がどう展開するかは読めんからな」

そう言って、岩井が相槌《あいづち》を打つ。

「ところで教授、シマさんは、本当はどんな人なんですか？」

俺は岩井に訊ねた。

生活保護を受けている弱々しいシマの人物像と、山谷を牛耳る秋川組の弱みを握って強請《ゆす》るシマの人物像が一致しないのだ。年のわりに逃げ足も速いようだった。

「シマさんはな、これだった」

岩井が右手の人差し指を鉤《かぎ》状にして見せる。

「泥棒？」

四郎がきょとんとした顔をしている。

「現場に行っちゃ、高価な大工道具などを盗み、ドロ市に卸していた。捕まったのも一度や二度ではなかったはずだ。最近は道具にGPS機能が付いているものも多くなったから、もう引退だと春先だったか、『ウインズ浅草』で会った時に話していた。生活保護を受けているのは、刑務所で勧められたからだとか。高齢の出所者に働く場所などないのが現実だからな」

俺は初音の顔が頭に浮かび、苦笑した。

シマは弱いばかりの老人などではなかったのだ。白っぽいアロハシャツに綿パンをはいているところなど、見かけからして若々しい。

どこまで行っても山谷の貉は食えない男ばかりだ。

「そんなシマさんが、生活保護費を秋川組に毟《むし》り取られていた。泣き寝入りするわけがない。仕返しに秋川組から何かをコレしたんじゃないのか」

岩井がふたたび右手の人差し指で鉤を作って見せる。

「でも、秋川組の事務所はセキュリティーには相当力を入れている。上野の反町《そりまち》連合の出入りがいつあるかもしれないと警戒している。窓だってすべて鉄板が入っているんだぜ。そんな事務所においそれと入れるか？」

四郎が首を捻った。

「シマさんには、事務所を訪れる口実くらいいくらでもあった。秋川組にとってはいいお客さんだ。油断していたんだろう。セキュリティーを破ることくらい、内部に入って事情を知れば、たやすいことだった。なんと言ってもプロだったのだから」

岩井が説明してみせる。

「秋川組が関西弁に、シマさんを殺させてメリットがあったんだろうか？　部屋で何か見つけた風でもなかったし」

俺は疑問を呈する。

「私もそこが引っ掛かるのだよ。あそこまで追い詰めたなら、秋川組の事務所まで連れていけないこともなかっただろう」

「でも教授、いくら秋川組でも、朝の山谷は、あれだけの労務者がいるんだ。それに初音さんのボランティア団体も目を光らせている。簡単には拉致《らち》できないでしょう」

四郎がめずらしく的を射たことを言う。

「だったら、はじめからシマさんを殺すつもりだったと……」

俺は四郎を見つめた。

「関西からわざわざ人を呼んでやらせているんだ。高浦さんは相当に力《リキ》が入っていた。人殺しは三十万が最低額だが、関西から呼び寄せたんなら、百は下らないはず」

「さすがは元準構成員だ。分析に説得力がある。百を下らないと言うことは、秋川組はシマさんを殺せば、少なくとも百万円以上の利益が見込めるということだ。貧困ビジネスを守るためとはいえ、百万円もかけて人を殺すとは、いったいシマさんは、秋川組のどんな秘密を握っていたのか」

岩井が新たな疑問を投げかけた。

大盛屋に着く。

テレビでは、朝の連続テレビ小説が始まっていた。店内は、酒を飲む労務者たちがちらほらと席を埋める程度だ。

「マスター、今朝、シマさんが来なかった？」

俺は厨房を覗いて訊ねた。

「話は聞いたぜ。シマさん、亡くなったんだってな。みんなは当たり屋が失敗したと話しているが、つい今し方だ。松橋の旦那が顔を見せて、譲二に首を洗って待っていろと伝えておけって。なんでも殺しの目があるらしい……」

コック帽の吉永が、首を縮めて、とたんに声を潜めた。

俺は胆がひやっとした。

殺しの目があるから、俺に首を洗って待っていろとはどういう意味か？

俺が真犯人でないことくらい、現場に一緒にいた松橋ならわかっているはずだ。

「やくざ絡みの生活保護費ピンハネ問題が、シマさん殺しの根本にはあるとかで、隅田署の捜査一課も松橋の旦那の組対三課も、駆り出されることになった。もちろん本庁も動くそうだ。弱い人間を食い物にするなんて、とんでもないことだ。今回ばかりは警察に頑張ってほしいもんだよ」

吉永が持っていたお玉を威勢よく振り下ろす。

「それはそうと、シェフ。今朝、私たちが出て行ったあと、シマさんが来なかったか？」

岩井が靖枝の話を確認するように訊ねた。

「そうそう、シマさん。血相変えて入ってきて、譲二はいるかって喚《わめ》き散らして、しばらく店で待ってたんだが、ガタイのでかいのが二人入ってきたんで、慌てて出て行った」

一人は関西弁、一人は高浦弟にちがいない。

「それで、シェフ。そのことを松橋には話したのかね？」

岩井が訊ねる。

「もちろんだとも」

吉永は、胸を張って言ったあと、ばつが悪そうに白いコック帽をお玉で軽く叩いた。

「……あっ、そうか。譲二は手配師だったんだよな。そのことをうっかりしていた。警察に事情を聴かれる時には、まず職業を訊ねられる。手配師なんて答えた日には……」

吉永が言いながら、俺たちを見回した。

「後ろに手が回る……」

四郎が暗い目で手錠をかけられる恰好をした。

俺は頭がクラクラした。

OKゲストハウスで刑事を遣り過ごしてきたばかりなのだ。

社会の闇の中に潜んでいると、いつ火の粉が飛んでくるかわからない。常に火の粉はあたりを舞っているのだ。

運が悪ければ、警察に事情を聴かれるままに労働者派遣法違反で逮捕、検挙される可能性も出てきた。

美紀との幸せな未来など木っ端微塵《こばみじん》に吹き飛ぶ。

所詮あしたのジョーなど叶《かな》わぬ夢だったのか。

俺はスーッと意識が遠退いた。

「もういいよ……」

俺は急に力が抜けて、階段をヨロヨロと上がった。

「悪かったな、譲二。気がつかなくってよ。この町じゃ、手配師が犯罪者だなんて誰も意識してないだろう。だから、さ、つい。でもよう、貧困ビジネスは、金輪際、許せねえじゃねえか、そうだろ……」

吉永は言い訳にもならないことを言っている。

一般的には手配師も、飯島初音が言うように貧困ビジネスの一味なのである。

問題は、吉永が、松橋に俺のところに来るような情報を提供したことだ。

シマが俺のところに来たとなれば、俺も事件関係者ということになり、警察が事情を聴きに来るのが普通だ。それも公務で来るとなれば、刑事は二人一組。いつものように松橋に金を渡せば済むような事態ではなかった。

だからこそ松橋は「首を洗って待っておけ」と言ったのだろう。

刑事が俺の職業を訊き、ごまかしきれないで手配師だと見破られれば、労働者派遣法違反で逮捕されるのである。

俺はドアを開けて事務所に入ると、パソコンの前にどっかと座って、ため息をつく。

「兄貴、こうなったらいっそのこと、しばらく関西にでも身を隠したほうがいいんじゃ。よければ俺が何とかするぜ。向こうには知り合いがいるんだ。向こうで手配師をやってもいいわけだし」

　四郎が面接用のテーブルの前に座って言った。

　どうして関西にまで行って、手配師をやらなければならないのか。もとより四郎に、この世界以外の世界で生きていくことなど思いつくわけがなかった。

　四郎のいかにも名案を思い付いたような明るい顔が、さらに俺を落胆させる。

　土台四郎には、順法精神など求めるのは無理である。そもそも順法的な社会で生きたことがない。

「譲二、君がこの状況で悪いことを考えてしまうのはわかる。しかし先回りして変に考えても、そうなるとは限らない。思ったとおりに運ばないのが人生だ。だったら、あんまり悪いことは予想せず、その時、その時で考えればいいではないか」

　岩井が台所でコーヒーを淹れながら言う。

「その場しのぎだなんて、また教授らしくないことを言いますね。頭のいい人間は、失敗しないように、近い将来を予測して、前もって危険を回避するものなんじゃないですか」

　俺は皮肉で答えた。

　頭がいいはずの教授も、なぜかこうして山谷に沈んでいるのだ。

「……それはどうかな。成功に失敗は付き物なんだよ。君が言う意味での頭がいいか悪いかは、人間にとって、さほど重要なこととも思えないがね。第一君は、まだ逮捕されると決まったわけじゃない」

岩井はなぜか自信ありげだ。

「そんなことより、君の親父さんのことだ。指名手配されている親父さんを探すため、君は山谷に来たのだし、手配師をやっている。そうじゃなかったのかね」

「まあ、そうだけど……」

「二年間待って、ようやく会えそうなチャンスが訪れている。現状でわかったことを整理しておこうじゃないか。ホワイトボードを出してくれ」

四郎が席を立つと、手配師の開業祝で靖枝からもらったホワイトボードをデスクの後ろから引っ張り出してくる。仕事の予定などを書いても、非合法営業の証拠を残すことになるので、これまで使わずじまいになっていた。

「コーヒーが入ったぞ」

岩井の声を合図に、俺はコーヒーを取ってくると、四郎と並んでテーブルの前に座った。

コーヒーを飲んで気分を変える。

岩井はコーヒーで口を湿らせると、ホワイトボードの横に立つ。

まさに教授さながらである。

「まずは父君の写真をここに貼り付けよう」

俺がポケットから写真を出して広げ、立ってボードに貼り付けに行く。

「どうだ、この写真と今とはかなり顔が変わっていたか？」

俺は写真をじっと見つめた。

「親父を見たのは二年半ぶりだった。最後に会ったのは、忘れもしない。一昨々年の十二月の寒い日だった。神宮《じんぐう》にある秩父宮《ちちぶのみや》ラグビー場でトップリーグの試合があった。引退と同時に退部していた俺も、スタンドから三友電機のチームを応援していた。帰り際、親父に会ってびっくりした。会うのは久しぶりだったんだ。ノーネクタイの背広姿で、今の俺と同じ、休日の勤め人みたいな服装だった。がんばれよと肩を叩かれたっけ。その二日後さ。親父に逮捕状が出たのは。あの日から行方不明になったとあとでわかった……」

俺はスマホの画面を開き、パットから送られてきた写真データをプリンターに送信した。ほどなく印刷された写真が出てくる。それを手配写真の隣に貼り付ける。

二年半前の写真と一か月半前の写真が並ぶ。

「蔵さんが言ってたように、兄貴って、やっぱ親父さんに似ているよ。親子って似るもんだね」

四郎が写真と俺を交互に見て言う。

「どこが似ているんだ！　こんな男。俺はこいつを逮捕してムショにぶち込むために、人生を賭けて追いかけている。それを呑気に、似ているなんて言いやがって」

俺は四郎に対して、発火装置が点火したように激情にかられた。時折親父に対する怒りのマグマが爆発するのだ。

「……悪かったよ、兄貴」

四郎が首をすくめる。

「落ち着くんだ、譲二。本題に入るから」

岩井の眼鏡が蛍光灯の明かりで光った。

俺は息を大きく吸い込んで、四郎の隣の席に戻った。

やや間を置いてから、岩井が話し始める。

「この人物が後藤洋一郎。またの名前を陳英傑。陳英傑はシャングリラの王宝玉が与えた名前だ。陳名義のパスポートも持っているだろう。しかし本名の後藤洋一郎を、なぜか松橋警部補が追っている。また、二度会っているパット情報によれば、陳英傑は英語、日本語、タイ語に通じ、貧困者を救済する事業に関わっている。タイで目撃されたのは一昨年と今年の四月十日。日本では、四郎が見かけた二年前の三月と先週の上野駅、五月二十五日だ」

岩井がボードに日付を記す。

「でも兄貴の親父さんは、陳英傑という名前で日本とタイを行ったり来たりして何をやってるんだろう？　まさか麻薬を密輸しているとか……」

四郎が俺を盗み見しながら、おっかなびっくりの表情で言った。

岩井が腕を組んで言う。

「蔵田の話から想像すると、陳英傑は、アジア各地から労働者を連れてくる役割を担っていたのではないか。王宝玉が経営するシャングリラや湯島の姉妹店にホステスを手配するだけでなく、秋川組の斡旋で、町工場や食堂などにも派遣していた。現地に潮州系の華僑の協力者がいればたやすい仕事だ」

「それじゃあ兄貴の仕事と似たようなもんだね。親子して手配師なんて、めずらしいんじゃないの」

俺は四郎を睨んだ。

しかし当たっているだけに、俺は怒れなかった。

「蔵田と松橋の話を合わせると譲二の父君は、表では陳英傑の名前でタイバーの経営者兼アジアからの人材派遣を、裏では後藤洋一郎の名前で高浦とつるんで裏ビジネスをしているにちがいない。それも秋川組の権力の中枢《ちゅうすう》に関係するような重要な役割だ。そこまではまず間違いないだろう……」

突然岩井が、口の前に人差し指を立てた。

ドアのほうを親指で指す。

俺も人の気配を感じた。

6

俺は忍び足でドアに近づいた。

不安が募《つの》る。

まさか松橋が来たとか……。

だったらまずい。警察に引っ張られることはもとより、彼に後藤洋一郎の正体を知らせるわけにはいかない。知られたら最後、どんなことをさせられるかわからないのだ。

今や後藤洋一郎その人が、松橋の金づるとしてターゲットにされている。金のためなら何だってやるのが松橋だ。

俺はいきなりドアを引いた。

「キャーッ！」

芹沢唯の顔が正面にある。

長い黒髪が印象的な姉と違って、妹は髪を軽めの茶色に染めてボブにしている。

そのボブヘアーが逆立ったように見えた。

この日は薄ピンクのブラウスに同色のミニスカート、茶色のブーツを履いている。

「どうした⁉」

下の階から労務者たちが顔を出す。

唯はスカートの尻を押さえる。

「唯ちゃん、大丈夫かい？」

コック帽の吉永が、心配そうに顔を覗かせた。

「何でもない！」

俺は体を外に出して言うと、唯を部屋の中に引き込んだ。

「立ち聞きしてたんだろ？」

俺は唯を睨んだ。

「私はね、そんなはしたないことはしませんよーだ」

唯は反発して、口を尖らせた。

「入ろうと思ったら、何か深刻そうな話をしているし、入りたくてもタイミングがなかっただけよ」

「で、結局話は聞いたのか？」

俺の問いに、唯は戸惑いながらも小さくうなずく。

「譲二にそんな事情があったなんて。訳ありじゃないのとお姉ちゃんは話してたけど……」

俺は心が少し浮き立った。

芹沢姉妹の間で、俺のことが話題になっている……。

唯がごくりと唾を呑む。

意を決したように言う。

「譲二のお父さんが指名手配されてるなんて……。見つけたらどうするつもりなの？　警察に引き渡すの？」

「もちろんだ！」

俺はあえて強い口調で言った。

そうでもしないと決心が揺らぎかねない。

時の経過が、洋一郎に対する怒りを薄めているような気がしてならないのである。

唯の姉、美紀の顔を見るたびに、俺には俺の人生があってもいいのではないかと考えるようになった。美紀が一緒なら、幸せが手に入れられるかもしれない。

だとすれば、洋一郎の幻影から離れたほうが、よりよい運命を切り拓《ひら》けるのではないか。

「……親父さんのせいで、妹さんは結婚を破棄されて鬱病になり、お袋さんは認知症になって入院したままなんだ」

立ち上がった四郎が、唯に耳打ちしている。

俺は暗い目で唯を見た。

「わかっただろ、唯。俺はまともじゃない。だからこうして手配師なんてやっている」

「そりゃ、手配師は真っ当な仕事とは言えないかもしれないけどさ。譲二は真面目にやっているじゃない。この町の人たちはみんな知ってるよ。譲二のおかげで仕事が回ってくるって、喜んでいる人たちだっている。たとえば鳥居さんとか山川さんとか鈴木さんとか……。譲二には照れくさくて直接は言わないだろうけど、私には、あいつは骨があって、なかなか見込みがある……って」

鳥居と山川は福島第一原発に行っている。鈴木は今日から清瀬の現場だ。

「唯ちゃんはいいね。太陽みたいに明るくてさ」

岩井がまぶしそうに唯を見つめた。

「そうそう、バイト代をもらいにきたのよ。二万円」

唯が手を出す。仙台に行っていた時の留守番代である。

俺はジーンズの尻ポケットから財布を取り出し、二万円を手に持った。

その拍子に財布にしまってある写真が落ちた。

唯が目ざとく拾い上げる。

「幸せそうな家族じゃないの」

唯が写真を見つめた。

俺が大学四年の時、ラグビー大学選手権準決勝の試合後撮った写真だ。場所は国立競技場。四人家族の中で、俺だけ全身泥だらけだ。試合には敗れたが、我ながらいい顔をしている。最後の家族写真であった。もう十年も前のものだ。

「ちょっと、返せよ」

俺が手を伸ばすと、

「やーだよ」

と唯が岩井のほうに逃げていく。

「これが兄貴の……」

四郎が唯の手元の写真を覗き込み、しみじみとした顔で言う。

この町に流れてきた者のほとんどに家族はいない。死んでも遺体の引き取り手などいない人もいる。本名さえわからない連中も多く、男たちの過去は封印されたままである。

その山谷に洋一郎も紛れ込んでいる。

洋一郎を追って、俺も紛れ込んでしまった。

岩井も四郎も結局独りだ。

洋一郎を警察に突き出せば、俺はこの町から抜け出せるのか。

あしたのジョーになれるのか。

そう言えば、あしたのジョーのラストはどうだったのだろう？

ジョーは泪橋を逆に渡ったのだろうか？

思い出せない。

ただどうしても、俺は、洋一郎を捕まえなければならない。

「唯、これで用事が済んだろ。とっとと帰ってくれないか。大学だってあるんだろ」

「今日は三限目からだから、まだ余裕なの。さっさと作戦会議を始めてくれていいわよ。これまで私一人を除け者にして、超ムカついているんだもんね。譲二のお父さんのことを知らなかったなんて……。ところで、陽子さんは知っているの？」

「陽子？　陽子には話していないさ。知っているのはここにいる三人と岡村のおばさんくらいだ」

「ふーん……。だったら許してあげてもいいわよ」

唯は途端にほくほくとした顔になる。

俺の隣に座って、ホワイトボードに貼ってある洋一郎の写真を見つめた。

「やっぱり親子だよね。似ているわ」

唯がぽつりと漏《も》らした。

四郎が俺の目を盗むように見る。

彼がつい今し方、同じことを言った時、俺は激怒したのだ。しかし相手が唯では、怒ることもできない。

「髪を短くしてさ、そうだな、顔つきは譲二のほうが精悍《せいかん》かな……」

唯が俺の顔をまじまじと見る。

「でも憎んでいるんだ。お父さんのこと……」

唯が寂しそうな目を向けてくる。

俺は答えず、目を逸らし、パソコンの前に移った。スマホをパソコンとつなぐ。

「TGIのホームページに貼り付けてある親父の写真を更新しておこうと思って。以前とは印象がかなり変わっているから。日本とタイでの目撃データも追加しておく」

「なるほど。時代はどんどん先に行き、私たちは置いて行かれる一方だな」

岩井は皮肉まじりに言った。

「私たち」とは山谷の日雇い土工たちのことだろう。岩井本人は、自在にスマホも操る腕前である。

あと十年もすれば、いや二十年すれば確実に、山谷の寄せ場としての機能は失われ、現在、生活保護を受けている年寄りたちも死んでいく。日雇いもやくざも社会活動家もこの町から去り、警察官が日常的に着用している防弾チョッキを脱ぐのも、そう遠くない日のことのように思える。

そしてこの町は、世界から集まるバックパッカーと健全な住民たちが中心となる。別の性格を持つ町へと変貌するのだ。

しかし、悪や穢《けが》れ、貧困、孤独、老いといった人間の負の要素は、人間が存在する限りなくなるものではない。犯罪的経済活動が消滅するとも思えない。

山谷に巣食うこれら社会の闇は、いったいどこに潜るのか。

「兄貴の親父さんを見つけられたの、唯ちゃんのおかげとも言えるんじゃない？」

四郎が朗《ほが》らかに言った。

「そう言えばそうだ。唯ちゃんから電話があるまで、譲二は国分町のキャバクラに行くつもりだったんだから。もしキャバクラに行っていたら、父君を目撃することも叶わなかった。すなわち唯ちゃんは、譲二の父君探しの救世主であるわけだ」

岩井が高らかに言う。

「譲二、国分町のキャバクラって何？」

唯が目を吊り上げて俺の横に立つと、二の腕を思い切りつねった。

「痛い！　痛いだろうがよ。よせよ、やめろよ」

「キャバクラなんかに行ったら許さないから」

「わかった、わかった」

「それから私もメンバーに入れること」

「わかったよ。わかったから早く手を離せ！」

唯がにんまりとしながら右手を離した。

俺は顔を顰《しか》めて、左腕を擦《こす》った。

滅茶苦茶痛い……。

岩井がホワイトボードの前で姿勢を正した。

「では始めるぞ。君の親父さんは、一人二役をしている。ここまでの情報では、陳英傑という名で王宝玉のビジネスに加わり、後藤洋一郎という名では秋川組の裏ビジネスに関わっている」

岩井はホワイトボードに書いてある二つの名前をペンで叩いた。

事情を詳しく知らない唯を相手に、講義しているようである。

「つまりは、女と一緒にタイに逃げようとして、シャングリラのママと高浦さんの策略にはめられたってことだね」

四郎が言って、冷めたコーヒーを飲む。

アンダーグランドの話になると、四郎はやけに頭が回る。

「そういうことだろう。ただ、私が気になるのは、譲二の父君が貧困者を救う事業に関わっているという点だ。生活保護のスペシャリストだったというから、実に父君らしい話じゃないか。しかも蔵田は、秋川組の高浦が、最近福島のいわきに足しげく通っていると言っていた。この事実は、私たちが譲二の父君を上野駅で目撃したことと一致する。彼の行先は、スーパーひたちの終着駅いわきだったのだ」

「上野駅にお父さんがいたんだ？　で、話はしたの？」

唯が興奮まじりに言った。

「見かけただけだ」

俺はあえて、素っ気なく答えた。

「でも、女房子供を捨て家庭を壊し、横領罪まで犯して女と一緒に逃げた男ですよ。それに指名手配されている。そんな男に貧困者救済事業なんて、できるんすかね？」

四郎が嫌な臭いでも嗅いだように顔を顰める。

「譲二のお父さんのことだもん。きっと何か事情があったのよ」

唯が胸を張って言う。しかし彼女の主張に根拠など何もない。

「どうだね、譲二。君の親父さんのことだ。君はどう思う？」

岩井が俺を包み込むように見た。

「実は頭が混乱しているんです。シマさんのことでもそうですが、人間はそう簡単にこうだと決めつけられないような気がし始めていて……」

俺はずっと洋一郎が、金を持ってワンニーと逃亡したとばかり思っていた。

しかし、表面的にはそうでも、内実は違うのではないかと、期待も込めて、心が揺らぎ始めているのだ。それを裏付けたのがパットから届いたメールだった。

「教授、親父はどこで貧困者救済事業に関わっているのです？　今のところ、どこにもそんな福祉事業の影すら見えない。それどころか、まったく正反対の裏ビジネスに絡んでいるふしがある」

「これまで集めた材料だけでは、これ以上先に進まんだろう。いわき市内を探すにしたって広すぎる。前進するためには、シャングリラのママ、王宝玉に探りを入れてみるしかあるまい。譲二、できるか？」

「その前に、俺自身が逮捕されなければね」

俺は言って、自嘲気味に笑った。

「吉永のおじさんも心配してたけど、譲二、何か悪いことをしたの？」

唯が俺の顔を覗き込む。

彼女には、手配師というだけで逮捕されることなど、まったく頭の中にないのだ。

「法律はね。いい悪いじゃないんだ。法律に則《のっと》っているかどうかが問われる。手配師のやっている仕事は労働者派遣法違反なんだよ」

岩井が唯を諭《さと》すように言う。

「そのくらい知っています」

唯が岩井を睨んだ。

「でも悪くない人が逮捕されなくちゃいけない法律って、どうなの？　法律は万能じゃない。そうでしょ？」

「君は正しい。そのとおりだ。だから時代と共に法律は変えていかなければならない」

岩井が教授のように説明する。

「みんなの役に立っている譲二が逮捕されるなんて、絶対におかしいよ。私はそんなの認めない！　誰が何と言ったたって認めない！」

唯が大きな瞳いっぱいに涙を溜めて訴えた。

俺はいつもの強がりが折れそうになった。

ついほろりとしてしまう。

「唯ちゃんはやさしいね」

岩井がつぶやく。

「兄貴は幸せもんだよ」

四郎が口を尖《とが》らせた。

しかし早ければ今日中に、シマの件で松橋か別の刑事が訪ねてくるだろう。

俺は、今朝掻き込むように食べた納豆定食が思い出されて仕方がなかった。

こんなことなら、卵焼きくらい追加注文しておくべきだった。

運が悪ければ、労働者派遣法違反で逮捕されるのだ。そうなれば、明日の朝からは留置場の飯である。留置場にいるうちは、出前やカップ麺《めん》も頼めるらしいが、拘置所から刑務所へと行くにつれ、制約が多くなり、食事もより質素、言い方を変えれば健康的なものになっていくという。経験者四郎の話だ。

思わぬところで落とし穴が待っていた。

俺は亡くなったシマを怨《うら》んだ。彼が俺に相談にきたせいでこういう展開になったのである。いったいシマは、秋川組のどこに首を突っ込んだのだ。

いずれにしても洋一郎の姿が遠くなる。

洋一郎を刑務所送りにする前に、自分自身が刑務所行きである。

笑うに笑えない現実だ。

そして俺はさらに、社会の闇の深い底にどっぷりと沈むことになる。

「今日はこれで解散しよう。いつ警察が来ないとも限らない。俺が一人で対応するさ。みんなに迷惑はかけられないからな」

「水臭いよ、兄貴」

「おまえがいたら、逆に不利になることでも口走り、立場が悪くなる恐れがあるだろう。俺一人のほうがいい」

俺は四郎の顔の真正面から言い放った。

四郎が口をへの字に曲げる。

「みんな、出て行ってくれ。運がよければ、今晩にでも会おう。会ってパーッとやろう」

「それもそうだな」

岩井がペンを置いてドアに向かった。

「キャバクラはダメ！」

唯が言って、俺に抱きついた。

弾けんばかりの若さに、逆にたじたじとなる。ふくよかな胸を感じた。ほんのりピーチの香水の匂いが鼻に届いた。

「じゃあ、兄貴。逮捕されんなよ」

四郎が言って、置いてけぼりを食った犬のように、少し寂しそうな顔をして部屋から出て行く。

唯と岩井も続いた。

三人がいなくなると、静寂が漂った。

今は静かに待つことである。

頼みの綱は、警察が事情を聴きに来るにしても、殺しの件だということだ。殺しを扱う刑事には、基本、労働者派遣法は関係がない。

第3章　貧困ビジネスのカラクリ

1

俺の前には、松橋と警視庁捜査一課の桜井一馬《さくらいかずま》が座っていた。

やってきたのは昼前である。

殺しのヤマで、事件現場が山谷だったことから、地元に詳しい松橋が駆り出されたようだった。正式な捜査であるために、本庁の刑事を案内するかたちで、所轄の松橋が同行しているのだ。

めずらしく松橋も、同行者に合わせたのだろう。スーツにネクタイを締めていた。

「……それで朝倉さん、島谷《しまたに》さんは今朝、何をしにここに来たのです。下の店の吉永さんも、島谷さんは、留守だったあなたを待っていたと証言しています。だいたいこの事務所は、何をやっている事務所なのですか。看板も出していないし」

桜井は、警察らしい高飛車な感じでそう言うと、部屋を見回した。

鋭い視線だ。

絶対に自分は間違ってない。人を見たら犯罪者と思え……そんな目をしている。犯罪者とばかり付き合っているからそうなる。

すでに、ホワイトボードは裏返しにしてデスクの裏に仕舞ってある。

警察に付け入る隙は与えられない。

桜井はまだ二十代後半くらい。松橋は五十歳。

俺は桜井と松橋を見比べた。

背中を丸めて座る松橋が、いつもと違ってやけに小さく見える。

「ですから、会ってもないのに、何の相談かなんて、わかるわけがないでしょう？　こっちが訊きたいくらいだ」

「あなた、日雇い仕事の斡旋をやっているんじゃないですよね？」

桜井の目が光った。

刑事を見くびるなと言っている。

「冗談じゃない。人材派遣の許可も持ってないですし、日雇い派遣は禁止されています。第一、シマさんは生活保護を受けていたんでしょう？　そんな人が、私に仕事をもらいにくること自体があり得ない。住所もＯＫゲストハウスじゃなかったはずだ」

「よくそれをご存知で。島谷さんはNPO法人仁愛会が経営する福祉アパートみんなの家で暮らしていたのです。このアパートは、ホームレスをスカウトして連れてきては住まわせ、生活保護費をピンハネしているってもっぱらの噂です。裏では秋川組が一枚嚙んでいるとか……。これも手配師と同じで、貧困ビジネスですね」

桜井は俺の目を覗き込むように見る。

俺は真っ当な手配師が、いくら非合法ビジネスであっても、貧困ビジネスの仲間と思われることに忸怩《じくじ》たる思いがあった。秋川組がやっているようなこととはまったく違うのだ。

しかし真っ当な手配師など、唯をはじめ、この山谷の住人の一部の人しか認めてくれない。刑事の桜井相手に主張できるはずもなかった。

「朝倉さん……いったいあなたは何をして生計を立てているんです。職業は何ですか？」

桜井が冷たく言い放つ。

俺はしまったと思った。

警察は、エラそうにする人間に対して、内容はどうあれ、正当性を盾に上から押しつぶそうとする。山谷で学んだことである。しかも桜井は本庁の捜査一課だ。エリートである。

俺は助けを乞うような気持ちで、松橋を見た。

松橋が鷹揚に笑った。

「まあまあ、桜井警部、そう力みなさんな。この朝倉氏が殺人事件の容疑者ってわけでもないんだ。反感を買うような聞き方はまずいよ。あくまでこっちは捜査協力をお願いしているんだ。朝倉氏の仕事に関しては俺がよく知っている。最近山谷は、ＯＫゲストハウスがそうであるように、世界中からバックパッカーたちが集まるようになっているだろ？　そこで彼は東京譲二インベスティゲーションというサイトを立ち上げてね。譲二ってのは、彼の名前だ。外国人相手に、町案内や調査なども含めた、英語で言うところのコーディネーターをやっている。略してＴＧＩ。朝倉さん、ＴＧＩのサイトを見せてもらえないかね」

松橋は、わざとらしくコーディネーターという単語を強調して言った。コーディネーターとは、日本語に直せば手配師とも訳せる。

松橋に英語サイトを見せたことなどなかったが、パソコン画面は面接用のテーブル席からもよく見える位置にある。いつか目ざとく見つけたのであろう。

桜井は、松橋のそんな言葉遊びに気づいていないようだった。まともに英語を習ったのなら、コーディネーターを手配師と訳させるような教科書などない。エリートなだけに、たたき上げの松橋の権謀術策に引っ掛かり、いいように誘導されている。

いつしか会話の中から、手配師のことが消し飛んでいる。

俺は桜井の追及をかわせてホッとすると、席を立ち、デスクの前に座ってパソコンを起動した。

桜井は誘われるように後ろに立った。

英文のホームページの表紙と案内の部分だけを見せる。

桜井が何かメモを取っている。

「もういいですか？　捜査とは直接関係ないと思われるんで……」

俺は桜井がメモを書き終わらないうちにウィンドウを閉じた。

「あっ！」

と言っても、遅いのだ。

権力に、ほんのわずかな抵抗をする。

「朝倉さん、市民が捜査に非協力的なのはまずいんじゃないですか？　捜査協力は市民の義務です。警察はみなさんの安全を守っているんですから」

桜井が嫌味たらしく言った。

しかし警察が究極に守っているのは、みんなの安全などではなく、権力である。それ以外の何ものでもない。

山谷にいると、その事実がよくわかる。

警察が市民の安全を守る市民の味方なら、どうして日雇い土工やホームレスの百パーセントが警察を嫌っているのか。

あるいは日雇い土工やホームレスは、もはや市民とも呼べない存在なのか。そういう考え方もある。

「それで朝倉さん、最後に被害者を見たのはいつです？」

松橋がわざとらしく慇懃《いんぎん》に言う。

いつもの悪徳警官ぶりは、これっぽっちも露《あら》わにしない。いたって真面目で風采《ふうさい》の上がらない所轄刑事の役を好演している。

「現場で見ました。体の大きな関西弁の男が、シマさんを、来た車目がけて放り投げたのです」

「たしかですか？」

桜井の目つきが鋭くなった。

「間違いありません」

俺は桜井の目を見てうなずく。

「これで五人目の目撃者か。殺しの線は、やはり間違いなさそうだ」

桜井が松橋にうなずくと、手帳に何か書き込む。

「桜井さん、もうこの辺でいいでしょう。彼に聴いてもこれ以上は事件に関係ありそうなこと、出てきませんよ。次、行きましょう。次に」

松橋はやけに下手な態度で桜井をドアのほうにうながす。

振り向きざまに、どす黒い眼差しを俺に向ける。

「邪魔したな」

その眼差しは、明々後日《しあさって》には集金に来るからなといった確認にも思えた。明々後日は支払いの約束がある月末三十一日なのである。

エリート刑事も困るが、悪徳刑事はもっと厄介だ。

夜になってから松橋はふたたび事務所に現れた。

ちょうど四郎と岩井が戻ってきたところであった。二人は、かつてノミ屋をやっていた四郎の伝手で、シャングリラのことを訊いて回ったらしかった。面白い話を仕入れたという。

松橋が現れたのは、四郎が話し出す矢先のことだった。

「おい、譲二、コーヒー淹れろ。まったく疲れちまったぜ。あのボンボン刑事と一緒に地取りなんざ、肩が凝《こ》っていけねえ。あれだけ居丈高《いたけだか》な態度じゃ住民には評判悪いし、肝心なことが聞き出せない」

俺は岩井にコーヒーを淹れてくれるよう顎をしゃくった。

「譲二、俺の助け舟がなかったら、今頃は、この事務所もガサ入れされてたかもしんねえな」

松橋は足を組むと、椅子にふんぞり返って満足そうに室内を見回した。

「そうすりゃ、労働者派遣法違反を証拠づけるファックス書類が押収されて、おまえも一巻の終わりだったんだぜ。それをこの俺が寸前で食い止めてやったんだ」

人夫の派遣をファックスで確認するのは、前々から危険だと考えていたが、取引先と互いに証拠になる書類は、先方でも帳簿を付けるのに欠かせない資料となっている。一か月後に入金が確認できれば破棄してきたので、書類が溜まることはなかった。しかしこれからは多少の金を払ってでも、岩井に隠し持ってもらうなど検討したほうがいい。

「それにしても、本庁さんは、ずいぶんエラそうでしたね」

俺は松橋を気遣うつもりで言った。

「そりゃ、あんなボンボン刑事じゃ、頭に来るさ。人生の甘いも酸っぱいも知らねえ。世の中にはドブに汚水が流れていることもな。最近は蓋《ふた》をしちまって隠しているから、見えないんだろうよ。いい家に生まれて教育を受け、いい大学を卒業して警察官になったんだ。この町の土工もホームレスも、奴にとっちゃ虫けらみたいなもんだろ。だけどな、だからといって権力には逆らうな」

松橋は横で立っていた四郎の腕を、座ったまま捩《ね》じ上げた。

「イテテテ……。何をするんです?」

「兄貴分の不手際は、弟分がかぶるんだよ。わかってるんだろうな、このチンピラが」

松橋が悪徳刑事の牙《きば》をむき出しにする。

松橋にとって、この町の住民は、一部虫けらではなく金づるである。そのことを示したいのだ。

「わ、わかりました……」

四郎が呻きながら言う。

「わかりゃあ、いいんだよ」

松橋が手を離すと、四郎がその場にへたり込む。

「それで、今月分です」

俺はエルメスのバッグから封筒を取り出し、松橋の前に置く。約束は明々後日だったが、こんなこともあろうかと一応用意しておいたのである。

松橋は中身を確認すると、

「五万足りねえな」

と言った。

「でも約束では十万じゃ……」

「バッカ野郎、今日、桜井の追及をかわしてやった手間賃が含まれてない。プラス五万円だ」

「でもそんな金……」

「だったら、来月でいい。来月は十五だ」

「そんな金、ありません！」

「嘘つくんじゃねえ。おまえ、シマから何か預かっているんだろ。シマがおまえを頼りにしてたってことは、俺の耳にはちゃーんと入ってきてるんだ。おかむらの女将がつないでくれたんだってな。詳しい話は、あのボンボン刑事の耳には入れてない。関西から来た殺し屋も、ＯＫゲストハウスのシマの部屋を家探ししたのに、何も出なかったらしいじゃねえか。つまりはおまえがブツを秘匿《ひとく》している。そうじゃねえのか。なんたってコーディネーターだからな。シマはおまえに、秋川組の高浦との交渉役でも頼むつもりだったんだろうよ。で、ブツは何だ？　なんだったら俺が高浦と交渉してやってもいいんだぜ。手数料は高いがよ」

松橋は大笑いすると、岩井が運んできたコーヒーを啜《すす》った。

「やっぱうめえな、ここのコーヒーはよ。捜査本部じゃこうはいかねえ。じいさんの淹れるコーヒーは、玄人《くろうと》はだしだね」

松橋は笑いながら俺を見た。

しかし目の奥では笑っていない。

この日の松橋は、いつになく緊迫している。

「シマが死んじまった以上、ブツの代金は、全額おまえが受け取ることになるんだろ。いったいいくらだ。一千万か、二千万か？　ま、半分でいいから俺に差し出せ。五万とは別にな。五万なんて、それから比べれば屁みたいなもんだろう」

俺は何も言えずに松橋を見た。

これまで俺も含めて、弱い立場の者から小さな金をたかるのとでは、金額が違い過ぎるのだ。どこからか金銭的な追い込みでもかけられているのかもしれない。

俺はいきり立っている松橋に、努めて冷静に説明した。

「シマさんからは、本当に何も預かってないんです。今朝、下の大盛屋でしばらく待っていたらしいですが、関西弁の殺し屋と秋川組の高浦弟の二人に追いかけられて、出て行ったというんです」

「……吉永もそんなことを言っていたな」

「だから、俺がシマさんからブツを預かるチャンスなんてなかった。だいたいシマさんがここに来たのだって、靖枝さんの、ほんの軽い紹介なんです。俺はシマさんに会ったこともなかったんですよ。それにいくらコーディネーターだからって、秋川組との交渉なんてヤバすぎます」

松橋は椅子にもたれかかって、カミソリのような目で俺を見る。音を立ててコーヒーを啜った。

「おまえの言うことには説得力があるよなあ。たしかにそのとおりだ。だが関西弁の男が、何かを探していたのは間違いねえんだよ」

「ところで、関西弁の殺し屋と高浦弟の行方はわかったんですか？」

今度は俺のほうから押し出すように訊ねた。

「非常線を張ろうにも、逃げ足が速かったからまだだ。ただ、島谷のブツが出てくりゃあ、高浦の兄のほうを脅せる。個人的に脅した後で、捜査本部にガサ入れをかけさせりゃあ、否が応でも高浦は犯人を差し出すだろうよ。そいつが真犯人かどうかはわからんが。秋川組の若頭補佐なりの落とし前をつけるってことさ。しかしおまえ、本当にブツを預かってないんだな」

松橋の表情に気落ちした様子が見える。

俺から大金は手に入らないと、ようやく理解したようである。

「シマさんは、コインロッカーに隠したんでは？」

俺は思いつきで言った。

山谷には、定住しない日雇いやホームレスが利用するコインロッカーが、それこそ何百台も設置してあるのだ。月極めのものも多い。

「おまえ、なかなかいい線ついて来るじゃねえか」

松橋がにんまりとする。

「ところで警部補、後藤洋一郎の件はどうなりました？」

「シマが殺されたとあっちゃ、後藤もこの件に噛んでいるんじゃねえかとプンプン臭うのさ。この俺の鼻にな」

「どういうことです？」

俺だけでない。四郎も岩井も聞き耳を立てた。

松橋は、俺たちを見回した。

「バカ野郎！　島谷が住んでいた福祉アパートみんなの家を管理運営する、NPO法人仁《じん》愛会《あいかい》の理事長が後藤洋一郎なんだよ。暴力団構成員の名前でNPO法人は設立できない。理事長はじめ役員は一般人でなければならない。暴対法が強化され、やくざにゃ隠れ蓑《みの》が必要になっている。それを請け負っているのが後藤だ。名義貸しだけなのか、どこまでNPOに関わっているかは不明だ。この男、暴力団関係者にも暴対の警察にもまったく無名でな。俺はここ一週間、躍起になって後藤の行方を追っていた。ところがだ……」

「ところが何です？」

「その後藤とやら、誰も見た者がいない。幽霊《ゆうれい》じゃあるまいし、こんなおかしな話があってたまるか！　NPO設立時に提出された住民票の住所地は、みんなの家になっている。写真もねえから、探すにしたって聞き込みしかなかった。秋川組配下の者の中で、俺の知らねえ顔がいたら、そいつが後藤だ」

どうりで松橋が、朝の山谷で秋川組付近をうろついていたわけである。

俺は、岩井や四郎と顔を見合わせた。

「ともかく、島谷がこんなことになっちまった以上、後藤を捜索することはもとより、島谷が持っていたブツも問題だ。譲二、いいか？　抜け駆けしてみろ。タダじゃおかねえからな。後藤の首とシマのブツを合わせりゃ、クックック……」

松橋は相好《そうごう》を崩して不気味に笑った。

「……見つかったら俺に相談するんだ。高浦との交渉役は俺に任せろ。おまえらも後藤とブツの行方を追うんだ。分け前はきちんとくれてやる。こんなデカいヤマ、滅多にお目にかかれるもんじゃねえ。ただ、心してかかれよ。相手は高浦なんだから。いいな、わかったな。おっと、そろそろ本部に戻らないと」

高級腕時計に目を落とすと、松橋は部屋から出て行った。

俺は茫然《ぼうぜん》と松橋の後ろ姿を目で追った。

松橋の頭の中では、シマ殺しと後藤洋一郎がつながっているのだ。

2

松橋が部屋から出て行くのを見計らって、岩井が言った。

「譲二の父君、後藤洋一郎が仁愛会の理事長に収まっていたとは驚きだな。まっとうなN

POなら、貧困者を救済する事業と言えなくもない。しかしその実態は秋川組そのものだ。こうなると、逆に貧困ビジネスに手を貸していることになる」

岩井が表情を険しくしている。

「松橋って、本当にワルですね。捜査の一歩先を歩いて、秋川組を強請ってから捜査本部に進言し、逮捕させるなんて、やくざも顔負けですよ」

四郎が感心しきりに言った。

「警部補は、またどこから親父のネタを仕入れてきたんだろう?」

俺は首を捻った。

「あの様子じゃ、警部補、かなり厳しい追い込みをかけられているんじゃないかな。松橋が湯島の違法カジノに入り浸っているって話は結構有名で、湯島を仕切っているのが上野の反町連合。反町は秋川組と敵対している。で、反町が警部補のカジノでの借金のカタに、後藤を追わせているんじゃや……」

裏社会に通じる四郎が、俺の疑問をいとも簡単に氷解させた。

「となると、後藤の首には少なくとも百万円からの賞金がかけられている。それくらい後藤の存在価値は大きい。何と言っても、仁愛会の理事長をやっているんだ。そこから上がる貧困ビジネスの儲けはかなりの額に上るはず。反町は、松橋の力を借りて、後藤をヘッドハンティングし、自分の側に引っ張り込むつもりなのではないか。この前、松橋がちらっとそんなことを口走っていた」

岩井の頭脳が冴える。

「さすがは教授、読みがいいっすね」

四郎が得心してうなずく。

「譲二、これで私たちと松橋とは、同床異夢《どうしょういむ》の関係になったってことだ」

「どうしょういむって？　初めて聞いたぜ、そんな言葉」

四郎が口を挟んだ。

「私たちも松橋も、同じく譲二の父君である後藤洋一郎を追っている。私たちは後藤を警察に突き出そうと考えているが、松橋の目的は反町に渡して金にしようとしている。つまりは同じ立場にありながら、その目的は異なるという意味だ、同じ床《とこ》で眠りつつ、異なる夢を見ている」

「床《ゆか》って、しょうとも読むんだな。なるほど。俺がまともに学校で勉強したの、小学四年までだったから、わかんなくてもしょうがないけど」

四郎がひとりごちている。

「でも教授、指名手配犯でもＮＰＯの理事長なんて、なれるんですか？」

俺は四郎など相手にせずに、疑問を呈した。

「背任罪などを犯した者は、刑が執行終了後二年間はなれないが、後藤洋一郎はまだ逮捕されてもいないのだ。書類上うまくすり抜けたんだろう。それよりも、暴力団員かどうかは徹底的に調べられたにちがいない。暴力団員ではもちろん役員には就けないからね」

岩井がよどみなく解説した。

「ところで、シマさんが持っていたブツって、何ですかね」

四郎が思いついたように顔を上げた。

「それについては、私もまったくわからない」

岩井でさえも白旗を上げる。

「そうそう、昼間聞いてきた話を……」

俺はいったん話題を松橋の筋から離した。

四郎が言うには、シャングリラの常連で、千束《せんぞく》で馬肉屋をやっている『櫻屋《さくらや》』の主人、辻村喜作《つじむらきさく》から有力な情報を仕入れてきたというのだ。

「で、櫻屋の主人辻村は何と言っていたんだ」

「辻村さんは、俺が高浦さんにシバかれていた時も、店にいたんだって。そんでもって、兄貴の親父さんとはちょくちょく一緒に飲んでいた。もちろん名前は陳英傑……」

「それで近頃、陳は店に来るのか?」

俺は訊ねた。

「とんと顔をみなくなったと。もう一年以上になるらしい」

「高浦が通っているといういわきとの接点は？」

「……わからない」

「ところで、陳は何をやっているんだ？」

「それが辻村さんも知らない。ただ王宝玉のこれじゃないかと言うんだ」

四郎が親指を立てる。

「男ってことか」

「まあ、そういうこと。少なくとも辻村さんたち常連はそう思い込んでいる。陳は自分のことになると、とたんに口を閉ざすから、詳しい経歴は誰も知らない」

俺はその話に違和感を覚えた。

洋一郎はワンニーに夢中だったはずなのだ。今でもタイと日本を行ったり来たりしているのは、王のビジネスを手伝いながら、彼女に会うためではないのか。

「一年前と言えば……陳の顔を見なくなったのは、東日本大震災の後からなのか？」

俺は四郎に訊ねた。

「だろうね。春頃だって言っていたから」

四郎に続いて、岩井が話す。

「あの大震災では、被災地でなくても、振動が伝わったように、日本のあちこちで変化が起きた。人が移動し、仕事が終わり、仕事が始まり、人と人とが断絶し、また新たな関係が生まれた」

陳にはどんな影響があって、いわきに行くようになったのか。あるいは現在、向こうに住んでいる可能性もある。

腕時計の針は午後八時を指していた。松橋が来たので夕食もまだだった。

「ラーメンでも食べてから、シャングリラに乗り込むか」

俺は言った。

「シャングリラはタイ料理がうまいんですよね。ついでに晩飯も食べればいいじゃないですか」

「だったらそうするか」

「ヨッシャー!」

ガッツポーズする四郎を、俺は冷ややかに眺めた。

「おまえなあ、単に飲みに行くんじゃないんだぞ。陳英傑のことを調べに行くんだ。ママは相当なヤリ手なんだろ。一筋縄ではいかないだろう」

「だから兄貴が作戦を考えてくれればいいんだよ。俺はバカを演じる。そのほうが、相手が油断しやすいだろう?　兄貴、もっとここを使ってよ。教授、行こうぜ」

四郎は頭を指差し、陽気に岩井と事務所を出て行く。

シャングリラは、今ではシャッター通りと化した日《ひ》の出《で》商店街の中にある。

赤やピンクのけばけばしいまでのネオンはそこだけが異彩を放つ。シャッターが下りた店々の前で、ホームレスたちが、布団や寝袋、ダンボールを敷いて、寝る準備を始めているのとは対照的である。

山谷の持つ最後のエネルギーをすべて吸い尽くしているかのようだった。

四郎が先頭で店に入った。

「いらっしゃい、まっせー！」

チャイナドレスを着た若い女に、訛《なま》った日本語で迎えられた。

思った以上に若くて、きれいどころが居並んでいた。どの女も二十代前半に見える。

四郎がやけに喜んでいたわけである。

店は七分の入りで、客の大半は近所の商店主のようだった。

長いカウンターの先にソファ席がある。湯島のサワディーと同じような内装である。

「エリカです」

「ミナコです」

「ユウコです」

ホステスたちは、名前は日本人でも、その容貌から中国や東南アジアから来た者のようだった。

客一人にホステスが一人ずつ付いた。チャイナドレスの盛り上がった胸にカタカナの名札がついている。化粧は決して上手くはないが、そこがまた素人っぽくそそるものがある。

「兄貴、ここの女は、みんな、言ってみれば受験生なんすよ」

四郎がうれしそうに言った。

「なんで受験生がホステスをやっているんだ」

「日本は物価が高いでしょ。だからなるべく自分で生活費を稼ごうとバイトしているんです。で、彼女たちの大半は、来春晴れて日本の大学や専門学校の生徒になる。金を稼げるうえに、日本語学習の実地勉強にもってこい。客は若い子揃いで喜び、店も儲かる。ヤリ手のママらしい経営でしょ」

四郎は簡単に説明すると、聞き込みで来たことなど忘れたように、水割りを飲みながら、横に座った若いタイ人留学生と話し込む。四郎は以前にも増してタイ語が流暢《りゅうちょう》になったようだった。

岩井の隣に座ったのは、ほっそりとしたベトナム人だ。こちらは片言の日本語だ。

そう言えば湯島のサワディーも若い子ばかりが揃っていた。三十過ぎのワンニーは、洋一郎が通っていた頃チーママだった。

「私はエリカ、中国人です。お客さん、名前は?」

俺の隣に座ったエリカが名刺を差し出してくる。

「お仕事は？」

俺は名刺をジャケットのポケットに突っ込みながら、手配師とも言えず、「コーディネーター」と答えた。

「コーディネーターって、日本語に直せば調整役という意味になるでしょ。よく知られているのは、テレビの海外取材や映画の撮影でのコーディネーター。私、将来はマスコミ志望なので、興味があるんです。このお店で働いているのも、社会勉強のつもりです」

エリカは、何の苦もなく日本語を操った。知的レベルも相当高そうである。

「お名刺、いただけないかしら」

俺は名刺を渡した。

冠《かんむり》には「東京譲二インベスティゲーション」、役職は「チーフ・コーディネーター」と記してある。裏側は英語表記だ。

エリカを見ていると、唯がいかにも子供に思えてならない。

胸の谷間が見え、太腿《ふともも》にスリットの入った真紅《しんく》のチャイナドレスはあまりに官能的である。その恰好で、舌足らずな日本語を駆使しながら知的な会話をするのだ。中年男が夢中になるのは目に見えている。

俺はどうやってママの王から話を引き出そうか考えながら、エリカの話に調子を合わせた。

「コーディネーターと言ってもね。俺の場合は、なんでも屋みたいなものさ」

「なんでも屋？　それはどんなお店です？」

「お店と言うか、インターネットでホームページを立ち上げていて、旅行案内や調査や捜査、人材派遣をしている」

「私、日本でこういう話を聞きたかったんです。中国はまだまだ情報が自由化されていないので、多くのビジネスチャンスを逃しています。メディアもそうですが、情報の自由化を促進することが、中国の将来には必ず必要になってきます」

エリカが真面目に話せば話すほど、その話す内容と、真紅のチャイナドレスから零《こぼ》れるような豊かな肢体とのギャップが大きく、そこに俺はクラクラときた。才色兼備とはこのことだ。

一瞬、唯の怒り狂う顔が浮かんだが、頭を振って打ち消す。

「君、日本の大学ではなく、大学院に進もうと思っているんじゃないの？」

エリカは高校を卒業したばかりとも思えなかった。

「わかります？　中国では武漢《ぶかん》大学を卒業しました。中国ではトップテンの大学なんですよ。日本では東大の大学院に入ります。大学同士に交流があるので」

エリカはうれしそうに微笑んだ。

水割りを作って、谷間の見える胸の前から手渡す。飲まずにいられなくなる。

俺は一気飲みした。

「四郎ちゃん、久しぶりじゃない。どうだった？　バンコクは？」

四十代と思われる王が現れた。彼女は紫色のビロード生地のチャイナドレス姿だ。髪をアップにし、妖艶《ようえん》である。

「今日は兄貴を紹介しようと思ってさ」

四郎が屈託なく話した。

王はエリカに目配せして席をずらさせ、俺の隣に座った。

「こっちが俺の兄貴で、朝倉譲二。東京譲二インベスティゲーション、ＴＧＩの社長だよ」

「はじめまして。王宝玉と申します。お噂はかねがね……。またずいぶんと景気がよろしいようで」

王の目が暗がりに光った。まるで豹《ひょう》が夜闇に乗じて獲物を探すようである。

この油断ならない女豹に、どこから仕掛ければいいのか。

「今日は、秋川組の高浦さんは来てないの？」

俺は店内を見回しながら訊ねた。

「高浦さんがいらっしゃるのは、もっと遅くなってから。いつも女の子がいなくなってからです。女の子のいる時間帯は、近所のお店のお客様がいらっしゃるので、あの方なりに気を遣っているんでしょう。では、まずは乾杯！」

俺は王のグラスに自分のグラスを重ね合わせた。

「それにしてもこの店は、女の子たちが若くて粒《つぶ》ぞろいですね」

「ありがとうございます。どの子も日本語学校に通っているので、アルバイトする許可は取っていますよ」

王はさりげなく法的な正当性を主張すると、水割りで軽く舌を湿らせた。

しかし風俗営業に労働許可は下りないはずである。

以前アイルランド人留学生を探す仕事をしていた時に、捜査の過程で法律を聞きかじった。

「兄貴、つまみを頼んでいいかい？　この店、タイ料理が絶品なんだよ」

四郎が陽気に言った。

どの席でも何皿か料理が出ている。

つまり店の形態は、風俗営業ではなく、飲食業のくくりなのだろう。警察が来れば、外に寝ているホームレスあたりから連絡が入るのかもしれない。その場合、ホステスたちは速《すみ》やかにカウンターの中に入るのだ。隣に座って接客しなければ、風営店にはならない。

ただし現にホステスが横についているのだ。厳密には風営法違反であった。

「じゃあ、ポークリブにカニのカレー炒《いた》め、トムヤムクン、あとタイ風さつま揚げに青パパイヤのサラダ、それに空芯菜《くうしんさい》炒めともち米だな」

四郎が岩井とメニューを見ながらうなずき合って、隣のタイ人ホステスにタイ語で注文している。

「ところで今日は、陳さんは？」

俺はそれとなく訊ねた。

王の顔が一瞬強張る。

「いや、この前の金曜日に上野駅で見かけてね」

「朝倉さんと言いましたか。あなた、陳とはどういったお知り合いで？」

「彼の展開している貧困者救済事業に興味がありまして。知り合ったのは、タイのバンコクにいた二年前なんですが、それからずっと気になっていたんです」

俺はパットの話を、自分のことのように持ち出した。

「ホーッ！　手配師のあなたが貧困者救済事業を？　貧困ビジネスの間違いでは？」

王が大仰に驚く。

「では陳さんは、貧困ビジネスに関わっていると」

俺は静かに心にナイフを忍《しの》ばせるように訊く。

「何をおっしゃいます。嫌だわ。陳はこの店の社長ですのよ。第一、私どもは貧困ビジネスにも、貧困者救済事業にも一切関わっていません」

王の顔がピンク色に上気している。

「そんなはずは……。確かに彼は、貧困者救済事業に関わっていると言ったんだ!」

俺は思わず語気を荒らげた。

事実、後藤洋一郎は、NPO法人仁愛会の理事長なのである。

ホステスたちが俺を見る。

「大声を出して、すまない……」

ただならぬ周囲の空気に、俺は素直に謝った。

洋一郎に対する思いが湧《わ》き上がり、冷静さを失いかけていた。

かつて生活保護のスペシャリストと称され、家庭も顧《かえり》みず貧困者の救済をまるでライフワークのように、全身全霊で打ちこんできた洋一郎が、どんな事情であれ、貧困ビジネスに手を染めているとは考えたくなかった。

そんなことなら、仕事も家族も人生も捨てて、ワンニーと二人で、タイに愛の逃避行をしてもらっていたほうがよほどいい。

「朝倉さん、あなた、何か勘違いしているようだわ。陳は正真正銘の香港人で、慈善家というより生粋《きっすい》の商売人なのですよ」

王は細いメンソールの煙草に火を点けると、軽く煙を吐き出した。

足を組んで余裕を見せる。

「じゃあ後藤洋一郎は？」

「後藤さん？　誰です？」

王はとぼけた。表情を隠すようにピンク色の中国扇子《せんす》で顔を扇《あお》いだ。ちらちら見える目が強い警戒の光を放つ。

「知っているはずだ」

俺は決めつける。

「しつこいですよ。知らない人は、知らないんです！」

王の黒いアイシャドーが一段ときつく見えた。

「いらっしゃい、ませーっ！」

女の子たちの声が店内に響いた。

新しい客が入ってきたのだ。

「牛島だ！」

四郎が目ざとく立ち上がり、いきなり牛島に突進していく。

バカを演じていたはずの男は、やはり単なるバカというか、単細胞な行動に出た。

3

俺と岩井は、四郎を追って店の外に出た。

ホームレスが寝ているすぐ横で、四郎が牛島に馬乗りになっている。

「ふざけんじゃねえぞ。俺に密輸を唆《そそのか》し、高浦さんと結託してブツを奪った。ブツはともかく、金を返すんだ、この野郎!」

すでに二、三発殴られて、牛島の顔は赤く腫れ上がっている。

「四郎ちゃん、やめなさい!」

王が背中から四郎のTシャツを引っ張った。

「警察を呼ぶわよ!」

ドスの利いたその声は、警察の前に秋川組の若い衆でも呼びそうな勢いだ。

周囲のホームレスたちが、何事かと体を起こして目を擦りながら二人を見つめる。

「おい、四郎、止めておけ。店で静かに話せばいいだろう」

俺は四郎を諭した。

組み伏せられている牛島が、その細い顎を王に向ける。助けを求めているようだ。

王が俺を睨んだ。

「朝倉さん、あなたは金輪際、店には来ないで。陳のことをあれこれ詮索すると、また高浦さんに痛い目に遭わせられますよ。今日のお支払いは結構ですから。牛島さんは、どこでもお好きなところにお連れください」

「ママ、殺生《せっしょう》だぜ」

牛島が呻くように言う。

王はさっと踵を返すと、パンプスの音を響かせながら店に戻った。心配そうに見つめるホステスたちをうながして中に入ると、ピシャリとドアを閉じた。

「オイ、立て！」

四郎が牛島のワイシャツの胸元を持って引っ張り起こした。

「事務所に来るんだ」

立ち上がった牛島は、汚れた黒ズボンを叩《はた》きながら、俺と岩井、それに四郎を見て脅えた。

「四郎、事務所はまずい。脅迫罪になりかねない。ここは衆人環視の中で交渉したほうがいい。明治通りのファミレスに行こう」

岩井が提案する。

もとより俺や岩井に、牛島をぶちのめす理由などなかった。問題は、あくまで四郎が投資した百万円の金である。

俺たちは、牛島を囲むような恰好でファミレスに向かった。

ホームレスたちも眠りに戻る。

ファミレスの店内は、さほど混んでいなかった。勉強する学生や、椅子に立って騒ぐヤンキーなどがいるが、早朝のように日雇い連中の姿は見えない。

時計を見ると十一時だ。

土工の就寝時間はとうに過ぎている。

牛島の両側に俺と岩井が、正面に四郎が座った。

注文したのはドリンクバーだ。岩井が全員分のコーヒーを淹れてくる。

「ヤーパーの話、高浦さんにチクッたんだろう?」

四郎が剣呑《けんのん》な表情になる。

やくざのそれだ。長年沁《し》み付いた挙動は変わらない。

「チクッたんじゃない。元から高浦さんの入れ知恵なんだ。俺は高浦さんのロボットみたいなもんだよ」

「嘘つくな!」

「嘘じゃねえ。文句があるなら高浦さんに言ってくれ。秋川組の若頭補佐にだ。秋川組はこの町を仕切っている。そのことを忘れるな」

牛島の表情に、嘘を言っているような様子はなかった。こうなることは最初からある程度予想しており、高浦の名前を出せば四郎が引き下がると思い込んでいる。

牛島はコーヒーをまずそうに啜ると、ちらっと表情にゆとりを見せた。

「でも高浦さんからブツは受け取っているはずだ。捌くのはあんたの仕事だからな」

四郎が正面から問い詰める。

「高浦さんからブツを受け取ったにしても、おまえのブツかどうかはわからない。ヤーパー一錠一錠に、四郎って名前でも書いてあるのかよ」

牛島はうそぶいて、四郎を見下ろす。

「とにかく、牛島さん、四郎に金を返してやってくれ。返したって、あんたたちは損はしないんだ。売って儲けりゃいいんだから」

俺はテーブル上で腕を組み、隣に座る牛島に顔を傾けた。

「秋川組の若頭補佐ともあろう人が、ケチな詐欺をしちゃあいけない。人が何になるかは、何をしたかによるってね。高浦にそう伝えれば、あの人も納得するさ」

俺は付け加えて言った。

「なんだと？　人が何になるかは、何をしたかによるって？」

牛島が怪訝そうな顔をする。

「そうだ。で、今、いくら持っている？」

俺は牛島を問い詰める。

「あんた、俺にこんなことをして、タダで済むと思うなよ」

牛島が唇を曲げて言う。

「その前にもう一つ、高浦に情報がある。隅田署の松橋が、後藤洋一郎とかいう人物を探して秋川組の周辺をうろついているとな」

「松橋が……」

牛島は、臭いものでも嗅いでしまったような顔をした。

「なんだ。あんた、松橋に食われていたのか」

牛島は鼻でせせら笑った。

「あのハイエナ、今度は高浦さんのシノギまでしゃぶろうって腹だな」

「何のシノギだい？」

俺とは牛島を挟んで反対隣に座る岩井が、おっとり刀で鋭く切り込む。

「えっ？　シノギって、俺は何にも……」

牛島は、とたんに目を白黒させる。

「後藤と秋川組のシノギのことだよ。それを松橋が狙っている。情報を一つ提供したのだ。そちらも情報を……」

岩井が押し出して強く言った。

「……目ざといいじじいだな」

牛島は岩井を見て首をすくめた。

「何をグダグダ言っている？　さっさと話せよ。俺たちが知ったからって、あんたに直接迷惑がかかるわけじゃないだろう」

俺が責めると、牛島は観念したようにコーヒーを啜った。

「……貧困ビジネスさ。高浦さんはシャングリラのママに紹介してもらって、後藤とかいう男と組んで仁愛会を設立した」

牛島が吐き出すように言った。

「そんなことはわかっている！」

俺は牛島の胸倉を摑んだ。

許せなかったのは、そんなことを洋一郎がしていることだ。

「話はそれだけじゃない。離せ、苦しいだろうがよ」

牛島が苦しそうに喚いた。

俺は手を離した。

牛島が、思わぬ俺の凶暴さに驚いている。表情は「元サラリーマンじゃなかったのかよ？」と言っている。

手配師になって一年の俺は、高浦の言うように、どこかでそれらしくなっているのかもしれない。

牛島が唾を呑み込んで話し出す。

「後藤を紹介した見返りとして、シャングリラのママも仁愛会の役員になってるし、弟の和也も名義を貸している。暴力団員は役員になれないからだ。和也の給与は当然のこと、兄である若頭補佐の懐《ふところ》に納まっているんだろうがな。俺もメンバーになりたかったのによ。俺に出す給料はないそうだ。仁愛会は、裏では秋川組とズブズブの関係なのさ。ところがおかしなことに、誰も後藤を見たことがない。秋川組は、暴対法の強化で銀行の口座が開けないばかりか、宅配だって利用できないくらいに締めつけられている。頭のいい高浦さんは、このところ組の資金の一部をどこかに移し、そればかりか、またもや後藤とつるんで、裏のビッグビジネスも手掛けているらしい。だから高浦さん以外の幹部は、彼の独断専行にかなり腹を立てている」

「後藤って、何者なんだ?」

四郎が訊ねる。

「俺だって知るかい。二年前に仁愛会を設立した時に突然現れた」

「ところで牛島、陳は知っているか?」

俺が訊く。

「陳? ああ、シャングリラのママの男だろう? 二年前にママが連れてきて社長に就任。今じゃ復興バブルの追い風を受けて、五店舗も出している。ヤリ手だね」

「後藤も二年前、……陳も二年前に現れたのか」

俺は確認するように訊ねる。

時期が一致するところなど、二人の人間が同一人物であることの何よりの証明だ。

「そういやあ、そうだな。奇遇と言おうか、何と言おうか」

しかし牛島は、二人が同一人物だとは思ってもみないようである。

いや、牛島だけではない。

周囲の誰もが、陳英傑＝後藤洋一郎などとは思っていない。そのことを知っているのは、王と高浦の二人だけなのだ。

「復興バブルの追い風を受けているとは、具体的にどういうことだね」

岩井が、俺の反対隣から牛島の顔を覗き込む。

「あんた、知らねえのか？　福島のいわきは、今復興バブルなんだぜ。原発事故関連の作業員、町ぐるみで大挙避難してきた住民などで、ホテルは満室、アパートを探すのだって容易じゃないそうだ。飲み屋も儲かってしょうがない。とくに外人キャバクラは、日本人が相手では迂闊《うかつ》なことが話せない原発関連の技術者や役人、作業員で繁盛し、連日大入り袋が出てるって噂だ。今じゃいわきに姉妹店が三店舗もある。だから陳は、向こうに貼り付きっぱなしだ」

俺は牛島の言葉を驚きと共に呑み込んだ。

なるほど仙台でも国分町の飲み屋街は復興バブルだと、鳶の親方工藤勝が言っていた。洋一郎はその三店舗の面倒を見るために、いわきに住んでいるのだ。

「店の名前は?」

「『マイペンライ』と『ジャランジャラン』に『カムオン』だ」

四郎の問いに牛島が答える。

「マイペンライは気にしないを意味するタイ語。ジャランジャランが散歩を意味するマレー・インドネシア語、カムオンがありがとうを意味するベトナム語だ」

四郎が日本語訳を披露する。

俺は洋一郎の状況を知って、腹の力が抜けた。

結局洋一郎は、どんな巡り合わせか、陳の名前で手配師と外人キャバクラの社長を、本名の後藤の名前で貧困ビジネスを展開している。

そこには男の矜持《きようじ》などこれっぽっちも感じられない。

俺は思わず小さく笑った。

情けなかった。

こんな男をこれまで二年半もの間、人生を棒に振って追い掛けてきたのだ。

そして松橋は、俺と同様、洋一郎をも食い物にしようとしている。親子して手配師をやり、親子して松橋にたかられたんでは、笑うしかない。

「シマさんが、秋川組のどんな秘密を握っていたのか、知っているか？」

牛島を見る岩井の眼鏡が光った。

「シ、シマのことか？　今朝殺された……」

牛島の表情に脅えが走った。

「あのじいさん、高浦さんの懐に手を突っ込んだってもっぱらの噂だ。詳しい話は恐ろしくて誰も訊けねえ」

「その様子では、秋川組の屋台骨に関わってくるのだろうな」

岩井の問いに、牛島が大きく唾を呑み込んだ。

「……たぶん、そんなとこだろうよ」

牛島から訊きたいことは、これであらかた済んだ。しかも、思わぬいわき情報まで手に入り、次の作戦が立てられそうである。

しかし肝心の交渉はまだこれからだ。

4

俺は話を打ち切り、牛島をうながした。

「財布を出してもらおうか。四郎に百万円を返すんだ」

「百万なんて大金、持ち歩くわけがないだろう?」

牛島がテーブルに黒いクロコダイルの札入れを投げ出した。

中には一万円札が二十枚、十枚ずつに仕分けられて収まっていた。十枚単位で札を仕分けるのは、やくざや水商売関係者がよくやっている。

牛島は、俺の顔を値踏みするように見た。

手持ちの現金で話を済ませられれば、もっけの幸いである。そう顔に書いてある。計算高い男らしかった。

自分で四郎を唆し麻薬を密輸させ、回収は高浦兄に任せた。一番難しいことを他人にやらせ、自分はいつもと同じく麻薬を捌くだけで儲かるのである。リスクは一切背負っていない。

「四郎、俺たちもずいぶん安く見られたもんだな」

俺は四郎に向かって言った。

「こいつ、端からおまえに金を返す気などないみたいだ」

「だったら兄貴、もう店を出ようぜ。隅田川に行こう。金を出すまで川の水をたっぷりと飲んでもらうさ」

四郎が仏のような顔で笑った。

純な男は、一面激しく冷酷でもある。だからこそ秋川組の準構成員だったのだ。

「ちょ、ちょっと待てよ。四郎。俺がいつ金を返さないと言った？　今はこれだけしかないと言っただけだ。わかるだろう？」

「じゃあ、いくら出す？」

俺は笑って言った。

牛島は強がるくせに、四郎の見境のない暴力を心底恐れているのだ。今までは口で何とでも言い包《くる》められたかもしれないが、俺とましてや岩井がついていたのでは、彼の勝ち目は薄かった。

「百だろ？」

牛島が懇願するように俺を見た。

「だからそれは原価だ。四郎の手数料が入っていない」

俺は言いながら、俺も食えない山谷の貉になったものだと自嘲した。金輪際、四郎に麻薬を扱わせはしないが、取る物は取る。

「だって、さっき百と言っただろう……」

「うるさい！　それは投資額だ。手数料が含まれてない。いくら出す？」

「百二十……」

牛島が小さく答えた。

「刑務所送り覚悟の麻薬の密輸が、たった二十万とはね」

俺は紙おしぼりをテーブルに広げて、上からコップの水を垂らした。

「これをあんたの顔に載せて、上から水を垂らし続ける。するとどうなるかわかるか？息が出来なくなって、苦しい。水を飲んで苦しい……」

アメリカ映画で観た拷問シーンだ。

「隅田川に行く前に、どこかでやってみようか？」

俺はいきなり横から牛島を羽交《はが》い締《じ》めにした。力の弱い牛島では抵抗もできない。岩井が牛島の細い顎を持ち上げる。そこに四郎が濡れた紙おしぼりを置く。

牛島が必死に息を吸うたびに、鼻孔《びこう》と口に紙おしぼりが張り付いて、息がうまく吸えない。

俺はおもむろに牛島の体から手を離した。

牛島は、顔にあった紙おしぼりを手で引き剝がして、激しく呼吸する。

俺を見て目を剝《む》いた。

「わ、わ、わかった百五十出す。それで勘弁してくれ」

牛島は震えていた。

両目を見開き、しばらく全身の震えが止まらない。それほど呼吸ができないことで恐怖心を植え付けた。

山谷で散々鍛えられたおかげで身に付いた交渉術である。

牛島の表情から察するに、彼の頭の中では、四郎の兄貴分で、手配師の俺は、元サラリーマンであっても、とんでもなく残酷な悪人に近づいたようだった。

「四郎、店の人に紙をもらってきてくれ。……そうだ。入口近くに置いてある順番待ちのノートを一枚、破ってくればいい」

四郎がすぐさま走った。

俺はジャケットの内ポケットからボールペンを出す。

「今、この二十万を支払うとして、残金は百三十万円。ここで百三十万円分の借用証書を書いてもらいます。あて先は金田四郎。俺と教授が証人になる。衆人環視の中での契約だ。脅迫されたものじゃない。正式な借用書です。そうですよね、牛島さん」

牛島は顔を引きつらせ、かろうじてうなずいている。

四郎が紙をひらひらさせながら戻った。

牛島が震える手で、紙に必要事項を書き込んでいく。

「いつまでに返せばいい？」

ペンを持った牛島が顔を上げた。

「六月十日までとしておこう」

「金が用意できなかったら？」

牛島は最後までこちらの隙を窺う。震える手も演技なのかもしれない。

俺は鷹揚に答えた。

「その時は、しょうがない。経費はかさむが、松橋警部補に集金をお願いしますよ。そうなれば、あんたと高浦の関係についても話すことになるだろうし、警部補は新しいカモができたと大喜びで、集金を請け負ってくれるでしょうね。警部補が出てくれれば、あんたの損失は計り知れない。警部補のたかりが、この先ずっと続くんですから」

俺が微笑むと、牛島は血の気が引いた顔で大きくため息をついた。

悪徳刑事も使いようなのだった。

名前を出しただけで、ブラックな世界でこれほど役に立つ男もいないだろう。

四郎に加えて、俺と岩井が証人として署名して書類は出来上がった。

「もういいか？　間違いなく払い込むから、松橋だけは寄越さないでくれ。約束だからな」

そう言って牛島が、俺たち三人を懇願するように見た。

「約束は守るさ」

俺は答えた。

「ご苦労さん！」

岩井が言って立ち上がり、牛島が通れるよう道を作った。

牛島は空になった財布を握ると、振り返ることもせず、悄然《しょうぜん》と店を出て行った。

「兄貴、うまく行きましたね。ありがとうございます。助かりました」

四郎が自分の財布に二十万円を入れると、茶髪の坊主頭を下げた。

「礼なら松橋に言うんだな。妙なところで妙な名前が役に立ったもんだ。あの調子なら、牛島もすぐに返金に来るだろう。ただし四郎、二度と麻薬には手を出すな」

俺は声を潜めてあたりを窺いながら言った。

「わかっているよ」

四郎がしみじみと答えた。

「ちょっとお代わり持ってくる。おまえも飲むか？」

岩井がカップを持って席を立つ。

「ああ……」

俺は岩井にカップを渡すと、腕を組んで椅子に身を沈めるように座り直した。

洋一郎の現在の姿を想像してみる。

髭をたくわえボルサリーノをかぶる。たしかにキャバクラを何店舗も経営する社長さながらである。そして日本名を駆使してNPOの理事長にまで収まっている。逃亡を計った指名手配犯にしては、あまりに鮮《あざ》やかな変身ぶりだ。元公務員とは思えない。王と高浦は彼をうまく利用し、洋一郎もよく成りきったものである。

岩井が両手にコーヒーの入ったカップを持って戻った。

「よほど安心したんだろうな」

正面に座った四郎を見つめる。

四郎が椅子に座ったまま寝息を立てている。

「で、譲二、これからどうする？」

岩井がずれた眼鏡を人差し指で持ち上げた。

「一番いいのは、親父を捕まえ、指名手配犯の後藤洋一郎ですと警察に突き出すことだ。いわきに行けば間違いなくしょっ引ける。マイペンライかジャランジャラン、あるいはカムオンに行けばいい」

俺は気合を込めて答えた。

スーパーひたちの車内で見つけた親父の姿が、すぐそこに迫っているような気がした。

「ほんとにそれでいいのか？　仮にも君の父君なんだぞ」

「あの男のせいで、俺はこの二年半、散々振り回されてきた。俺だけじゃない。お袋も妹も人生を台無しにさせられたんだ。とくにお袋は若年性認知症が進んで、今では俺のことさえわからない有様だ。加えて俺は、二千万もの借金まで背負わされている。それもこれも、全部あの男のせいなんだ」

直近で、入院する敏子に会いに行ったのはゴールデンウィークだった。ごくまれに正気に戻る時があり、その瞬間が楽しみで、一か月に一度は通っている。

「親父さんが指名手配犯になどならなかったら、今頃君はどうしてた?」

岩井が俺を射貫《いぬ》くように見た。

「どうしてたって……。そりゃ三友電機にいたでしょうね」

俺は岩井が何を訊きたいのか戸惑った。

「ラグビーで入った君に、社内で働く場所などあったのかな? 現に三友電機は今、テレビ事業の失敗で、株価は急落、大幅なリストラが断行されている。君が所属していた伝統のラグビー部でさえ、昨年の三月、廃部になった」

俺は岩井の顔を見つめた。

「教授、いったい何が言いたいんですか?」

「私はね、君の父君の気持ちがわからんでもないんだ。家では女房に相当やり込められていたんじゃないのかね? 市役所でも我慢続きだったのだろう。生活保護の担当は、予算の削減と人権の配慮の間に立たされ、かなりストレスの溜まる部署だそうだ」

「だからって、役所の金を横領していい法はない!」

俺は空気を押し戻すように言う。

「それを言うなら、父君が指名手配されたからと言って、君の人生が揺らぐこともない。そうじゃないかね」

岩井は冷静な表情を崩さない。

「親父の事件が話題になって、俺のところにまでマスコミが押し寄せた。あのまま会社にいるのは無理だったんです」

　俺は防戦気味に答えた。

「しかし事件がなくても、本当に会社にいられたかどうか。リストラの対象にならなかったと言い切れるのか」

　俺には返す言葉がなかった。

　洋一郎を追い掛けてなかったら、俺の人生はどうなっていたのか。今となっては、逆に見当もつきかねる。

「譲二、君は、父君の男としての本当の姿を追い掛けているんじゃないのか。そこに自分の人生の指針を探すような気持ちで。同じ男として、心のどこかで親父さんに共鳴する部分があったんじゃないのか？　少なくとも私には共鳴する部分がある」

　岩井は、そう言って軽く胸を叩いた。

　俺は、心の中に閉じられていた秘密の箱が開いたような気がした。

　たしかに岩井の言うとおりなのである。

　親父になぜ逃亡したのか、直接訊きたい。マスコミが言うように、本当に恋に溺《おぼ》れた末の犯行だったのか。二年半経った今でも信じられない。

　洋一郎は、真面目を絵に描いたような、小心者の地方公務員だったのだ。

「それを今度は、キャバクラの社長と貧困ビジネスだ。ますます信じられない。もしそれが本当なら、子供の頃から見てきた親父の実像とはまったく異なるんです」

俺はコーヒーを啜った。

やけに苦かった。

「譲二、まだ結論を出すのは早いんじゃないかな。父君を巡っては、王と高浦が考えたカラクリがあるように思えてならない。父君に会って話を聞いてみないと本当のことはわからない。指名手配されている以上、それだけで王や高浦に弱みを握られている。新しい名前を用立ててもらった見返りに、二人の策略に利用されたと考えられなくもない。少なくとも私はこれまで話を聞いてきて、父君は信じるに値《あたい》する人物のような気がしている。これでも人の裏表は散々見てきたのでね。値打ちのある人間か、そうでないかは、表面的なことだけでは判断できないものだよ。それに子を見れば、親の見当はつくものだ」

岩井はそう言って、俺に笑いかけた。

俺が信頼できる人間だからこそ、洋一郎もそうだと言っている。

俺は尻のあたりがムズムズした。

そんなことを言われて、否定できるものではなかった。

洋一郎は、家庭では影の薄い存在だった。母親の敏子が小学校の先生をしながら、家庭も仕切っていたのだ。敏子は仕事も家事も完璧《かんぺき》にこなした。その分彼女はいつも苛立《いらだ》っていた。時として理不尽とも思えるような罵声《ばせい》を洋一郎に浴びせた。

「あなたって、どうして自分の意見をはっきりと言えないの？　だから生活保護なんて、大変な部署に回されたりするのよ。生活保護を受けるような人は、大半が自己責任なんじゃない？　あなたがいくら手を差し伸べても、できることと、できないことがあるでしょう。そんな人たちを相手に駆けずり回って、あなた自身が疲れ切っていたんじゃしょうがないでしょ。男なら、疲れた後ろ姿ばかりを見せないで、もっと堂々としていなさいよ。自分の人生に自信を持った姿を、譲二や良美に見せるのが、父親としての役目じゃないの」

俺は山谷に来てから、どれだけの男が、自分の人生に自信を持って堂々と生きているのか疑問に思った。

そんなものは、幻想ではないのか。

自分の人生に自信を持って堂々と生きていると胸を張って言う男がいたら、そんな奴は嘘つき以外の何者でもない。

山谷に暮らすとそのほうが真実に思える。

洋一郎は、三十年近く、敏子と歩む人生に我慢してきた。そしてついに爆発したのだ。父親であり、公務員である前に、洋一郎自身でありたかったにちがいない。

そんな気もする。

「子供は、親のことなど、存外に知らないものだよ。それに男ってのは、どうしようもない生き物だ。間違っている、周囲に迷惑をかけるとわかっていながら、自分を貫きたくなる時がある。男の性《さが》とでも言おうかな」

岩井がしみじみと言った。

「教授はまたなんで、山谷に……」

「だから男の性だって、言ったろう。過去をほじくり返さないのが山谷の掟《おきて》だ」

岩井は少し寂しそうな顔をすると、コーヒーを飲み、カップで表情を隠した。

丸まった背中が哀愁を帯びている。

「こうなったら、明日はいよいよいわきだな」

岩井が俺の目を覗き込んで言う。

「ああ」

俺はうなずく。

親父とどう対面したらいいのか。

すぐにでも警察に突き出すべきなのか。

俺はここに来て、迷い始めていた。

5

シマが殺された翌日であっても、山谷はいつもどおりの朝だった。

ただ、土工たちの話題はシマのことに終始していた。

「シマさんは当たり屋を失敗して死んだんじゃなかったのか？」

「いや、シマさんがやくざ風の男に放り投げられたところを見た者がいる」

「やっぱ殺しか」

「秋川組の差し金だってもっぱらの噂だぞ」

「だけどシマは、福祉アパートに囲い込まれていたんだ。言うなれば、秋川組にとっては金のなる木、いいシノギだったはずだぜ。生きてさえいれば、生活保護費が毎月自動的に入る。そんな金になる木を、秋川組が、何が悲しくて殺したりする？」

「……そうか、そうだよな。秋川組はシマを殺す動機がねえってか？」

「だから警察は、必死になって秋川組の動機を探っているらしい」

「だけど、秋川には手を出すなって、警察の上のほうからお触れが出てるって……」

「オイ、その話はヤバイぜ」

これほどまでに情報通の山谷の貉たちでも、シマが秋川組の屋台骨を揺るがすような重大なブツを握っていたことなど、噂にも上っていなかった。

そもそもその説は、松橋が勝手に言い出したことである。「シマが相談がある」という靖枝の話と、関西弁の男が何か探していたことから、「シマがブツを持っていたにちがいない」と松橋が推察したのだ。加えて、シマには窃盗《せっとう》の前科まである。

しかし松橋の言うブツがいったい何なのか、皆目見当がつかないままだ。

四郎と岩井は納豆定食を食べながら、しきりに二人で何かコソコソ相談している。俺には知られたくないことを話しあっているようだ。

嫌な予感がするが、俺には仕事があった。

昨日から現場に出している四人の土工と打ち合わせをして送り出す。その後で納豆定食を食べると、三人分の朝食代を支払わされて、二人に遅れて事務所に戻った。

午後から、四郎と岩井を連れていわきに行くことになっていた。洋一郎は、夜ならどこかの店に顔を出すはずだ。それが社長業というものだろう。

ここまで来れば、洋一郎の捕縛も時間の問題だった。いわきにある三軒の店をあたればいいのであるから。


俺はパソコンの前に座り、ＴＧＩのホームページに洋一郎情報が届いていないか確かめた。

昨日更新したばかりだったので、さすがに新情報はなく、迷惑メールを削除する。

次いで福島第一原発に出張に行かせている鳥居に電話した。

「おはようっす。どうですか、調子は」

「なんだ、譲二か。こんな朝っぱらからどうした。仕事は順調そのもの。山さんも俺も、体調はいい。大倉から文句なんか行ってねえだろ？　この現場、なかなか気に入っているんだ。なんたって日本の最前線だからな。やってることは他の現場と大差ないが、ただ働いているんじゃねえ。この国のために働いている、日本国民のために働いているって、実感がある。そこが土工冥利に尽きるねえ。東京スカイツリーの建設現場とはまた違った充実感だ。そろそろ迎えの車が来る時間なんだが、急用か？」

鳥居は相変わらず調子よく話す。

「実はいわきで野暮用ができちゃって、調査の仕事なんですが、四郎と教授を連れて行くんです。そこで拠点として、鳥居さんたちのヤサを借りたいと思って。インターネットでビジネスホテルを当たってみたんですが、週末を除いてどこも一杯で」

だから却《かえ》って、鳥居たちの世話になるという安価な妙案を思いついたわけだが……。

「そりゃそうだろう。原発事故の警戒区域に指定された地域の住民が、何万人もいわきに流入しているし、工事関係者も多い。この町は、妙に賑《にぎ》わっているよ。パチンコ屋なんて、平日の真昼間から人が溢《あふ》れ返っているし、交通渋滞もやたらにひどい」

「じゃ、ヤサの件、頼めるんですか？」

「もちろんだとも。でも、そうだな……一日、一人千円ってとこだな」

電話の向こうで、鼻を鳴らして喜ぶ鳥居の姿が目に浮かぶ。

山谷の貉はどこまで行っても食えないのである。

「わかりましたよ、三人だから三千円ということで。もしかしたら泊まるかもしれないんで、その時はお願いします。で、何時頃なら戻っているんですか？」

「なんだって！　泊まるってか？　それならもう少し高く言っとけばよかった。六時なら戻っている。山さんが、一升瓶を土産に持って来いって。二級じゃだめってか？　純米酒だってよ」

「わかりましたよ！」

俺は答えて、電話を切った。

やれやれと椅子に深く座り直した。

これで取りあえず、いわきに拠点ができた。

今晩見つからなくても、しばらくは鳥居たちのところにいればいい。六畳間で男五人は少々気持ち悪かったが。

「兄貴、こんな時に何だけど……」

四郎が言いにくそうな顔で面接用の椅子に座って言った。

「何だ？　はっきり言えよ」

　俺はあえてぶっきら棒に答えた。

「俺と教授のデヅラのことさ。一日、一五は欲しいと思って……。昨日は急展開の一日で、夜も遅くなったから話せなかったけど、教授とは朝から相談してたんだ」

　俺が二人を見ると、二人は申し訳なさそうに顔を逸《そ》らした。

「兄貴の親父さん探しを手伝っているうちは、俺たちに現場仕事はないだろう？　白手帳はもちろん付かないし」

　嫌な予感、まさに的中である。

　二人のデヅラのことなどまったく念頭になかった。

　しかし考えてみれば当然のこと。二人に仕事を回さず、個人的な洋一郎探しに駆り出しているのだ。一万五千円の日当も、安くはないが高すぎるということもない。

　ただ今日で解決すればいいが、今夜を逃せば、あと何日かかるか見当もつかない。事実、これまで二年半もかかっている。

　三人で一日三千円のいわきでの宿代も、滅法《めっぽう》安いが、それでも今の俺には痛い出費だ。

「昨日と今日のデヅラなら今すぐにでも払えるが、先のことを考えると、金がなあ……。松橋にみかじめ料を払ったばかりだし」

　俺は頭の後ろに手を回し、椅子にもたれかかった。

洋一郎が残していった二千万円もの借金がある。年利三パーセントで三十年返済だ。返済総額は約三千万円。その内の二百六十万円を返済したに過ぎない。残金はまだ二千七百万円以上ある。さらに敏子の入院費用や部屋代は、この二か月間滞《とどこお》ったままだ。

四郎と岩井が、そんな俺の考えを知ってか知らずか、やけににこやかに俺を見つめた。

「そこで物は相談なんだけど、松橋警部補の悪巧《だく》みに乗ってみるってのはどうだろうかって。味方が多いに越したことはないし、何より……」

四郎は目を輝かせて唾を呑み込んだ。

「あの金の亡者があれだけ必死になって追っているってことは、兄貴の親父さんの首には安くても百万円からの賞金がかかっている。シマさんが持っているはずのブツは、俺の勘では数千万のヤマだ。なんたって、高浦さんがわざわざ関西から殺し屋を呼んだくらいだからね。運がよければ、兄貴の親父さんが作った借金、二千万も耳をそろえて一括返済できるかもしれない。秋川組の金庫には、常に億単位の現ナマがうなっていた。この際だから、秋川組から金をふんだくってやるんだよ。松橋との交渉は兄貴に任せる。金が入ったら、俺は言うまでもなく、また海外旅行だ！」

四郎の目がいつにも増して爛々《らんらん》と輝いている。

「私はシマさんの仇《かたき》を、必ずや討ってやりたい。秋川組の誰かが逮捕されても、首謀者の高浦にまで警察の手が伸びることはまずないだろう。あの男にぬかりはないはずだ。しかし警部補を動かし、シマさんが握ったブツが手に入れば、高浦を強請って金を取ることができるんじゃないか。このままシマさんを無縁仏で弔《とむら》うわけにはいかない。そのためには葬祭費用も入用だ」

岩井までもが熱く語ると、立ったままコーヒーを飲んだ。

あの正真正銘のやくざ、秋川組の若頭補佐、高浦から金を強請るなんて力業《ちからわざ》は、たしかに松橋の力を借りれば、できないことではないかもしれない。

かなりヤバい気がするも、それだけに見返りも大きいはずだ。

こんなことを考え出すとは、二人もまた、紛《まぎ》れもなく山谷の貉だ。

食えないし、油断ならない。

二人はすでに成功したかのように微笑んでいる。

俺はつい、口元に笑みがこぼれた。

やくざの金なら所詮違法な金である。脅し取った者の勝ちなのだ。

俺は久しぶりに頭の中がすっきりとした。

するとセコイことを閃《ひらめ》いた。

「そうだ！　四郎。昨晩、牛島から百五十万円取り返してやった謝礼で一割。まずは十五万円支払えよ。俺の手数料分だ」

俺は笑いながら手を差し出した。

「エーッ？　そんなのありかよ」

四郎が甲高い声を上げた。

「土工のみんなが言っているけど、兄貴って、ほんと、日々、食えない男になっていくよね」

俺だって、この二年間、散々ここで鍛えられた山谷の貉なのである。それも今では、山谷の貉たちの上前《うわまえ》をはねる手配師をやっている。

一筋縄でいくわけがない。

「ったく、こういうの、とんだ藪蛇《やぶへび》って言うんだよな。しょうがねえな、もう……」

四郎が口を尖らせながら、札入れから一万円札を十五枚、数えて俺に手渡した。

そこから俺は、二人に三万円ずつ支払う。

「昨日と今日、二日分のデヅラだ」

その時、俺のスマホが鳴った。

知らない番号からである。

誰だろうと思いながらも、ボタンを押した。

「はい……」

「譲二さんですか？」

電話の向こうで弾けた声が聞こえた。

「私です。昨日お会いしたエリカです！」

「やあ、君か。どうしたんだ、こんな朝早くに」

俺は怪しげな視線を投げつけてくる四郎と岩井を避《さ》けるように、デスクの裏の窓際に立つ。

「この話、ママには内緒なんですが、陳社長のことで、重大な情報があるんです。譲二さん、しきりにママに社長のことを訊ねていたでしょ？」

「どんな情報だい？」

俺はエリカの妖艶な姿を思い出し、思わず甘い声になっていた。

「それが電話ではちょっと……。今から日本語学校の授業があるので、夜の七時にスーパー『マルシェ』の裏口に来てもらえないかしら。誰かに見られるとまずいので」

俺は一瞬、いわき行きのことが頭を掠《かす》めたが、何も知らない洋一郎が逃げるはずもないと思った。それより重大な情報とは何か。エリカの顔ばかりが頭に浮かぶ。

「わかった。七時にマルシェだね。わざわざ電話をくれてありがとう。感謝するよ。じゃあ」

「バイバイ」

俺が電話を切ると、四郎と岩井の熱いほどの視線を感じた。

「兄貴、何をこそこそ話してたんです。相手は女だったんでしょう？」

四郎がテーブルに腰かけて言う。

その時、いきなりドアが開いた。

「何？　女の人の電話って⁉」

唯が朝っぱらからまなじりを吊り上げて現れる。

この日は、白いTシャツの上からダンガリーシャツを羽織り、水色のキュロットパンツに白いミュールを履いている。

「いや、何でもないんだ……」

俺は取り繕《つくろ》うように言った。

「昨日、キャバクラに行ったんでしょ」

「キャバクラというより、レストランだ。タイレストラン……。そうだよな？」

俺は四郎と岩井に助けを求めた。

「そうなの？」

唯が、四郎と岩井の目を覗くように見る。

二人はうろたえながらも、しきりにうなずく。

「ところでおまえこそ、こんな朝早くから何か用か？」

まだ朝の八時前なのである。

「何か用かはないでしょう。必要な時だけいいように私のことを使っておいて。私は自由なんですからね。譲二に束縛されるいわれはないわ。なんとなく嫌な予感がしたものだから……。でもキャバクラに行ってないなら、ま、いいか。でも今度、私もそのタイレストラン連れて行ってよ。タイ料理好きなんだもん。とくに辛い春雨《はるさめ》サラダが」

「ヤムウンセンって、呼ぶんだよ。日本人でもタイ人でも女に人気の料理だ」

「さすが四郎ちゃん、タイ料理に詳しいね」

ドアをノックする音がする。

またもや朝から、いったい何者か？

6

四郎がドアを開けると、立っていたのは飯島初音と親衛隊の三人の男だった。

唯が初音を恋敵《こいがたき》のような目つきで睨んだ。

初音はそんな視線を意にも介さず、俺に真っ直ぐ近づいてくる。

「譲二、警察で宅配ドライバーから聞いたんだけど、シマさんが秋川組系列の金融屋から借金をしていたの、知ってた？」

俺の脳裏には、昨日の朝、事故があってすぐ、高浦兄が一枚の紙を手に持って、ドライバーに詰め寄っている場面が蘇った。

俺が岩井を見ると、彼は顔を強張らせて首を横に振る。

「私、その話を聞いて頭に来たから、シマさんが借金をしていたという秋川組系列の金融屋『ひまわりローン』の担当者に会って話を聞いたの。そうしたらさらに腸《はらわた》が煮えくり返って……。でもうちの弁護士は、必ずしも違法とは断罪できないと言うし。こうなったら、譲二、あなたしかいないと思って」

初音はよほど腹に据えかねたのだろう。端折《はしょ》って話しつつ、顔がほんのり紅潮している。

「ちょ、ちょっと待ってくれ。話が見えない」

俺は両手を上げて言う。

「あ、ごめん。あなたって、ホームページで東京譲二インベスティゲーションって怪しげな事務所をやっているでしょ。略してTGI。彼がそのこと知っててね。調査とかもやっているとか」

初音が親衛隊の一人に目を遣る。

男が遠慮がちにうなずいた。

「怪しげって、なんだよ、それ」

俺は椅子にもたれかかって、立ったままの初音を見上げた。

当たらずとも遠からずではあるが……。

「実はひまわりローンが、シマさんに百万円もの金を貸していた。それをシマさんが亡くなったからって、事故加害者の宅配ドライバーに請求してきたのよ。でも生活保護費を全額支給されているシマさんが、借金なんてする理由がない。医療費や都バス運賃は無料、みんなの家に家賃や食費でかなり搾取されているにしても、十分暮らしていけたはず」

「で、何の借金だったんだ？」

「それが頭に来ちゃうじゃない。葬儀費用だって言うんだから。無縁仏になるのが嫌だからと、本人のたっての希望で、葬儀費用を立て替える契約をしてたって言うのよ。それが百万もするのよ！」

「本当なのか、その話」

俺は言いながら、黒崎の葬儀を出した靖枝の顔が浮かんだ。

「まあ、ここにお座りなさい」

岩井が落ち着いた口調で初音に椅子を勧めた。

初音が座る。

岩井はテーブルを回り込んで、唯の隣、初音の正面に座った。俺はパソコンの前、四郎と親衛隊は立ったままである。

「私たちのＮＰＯでは、ホームレスや身寄りのない人たちの合同墓への埋葬をお勧めしているの。そうすれば、生前付き合いのあった方々も、お参りできる。こんな無縁時代でしょ。無縁仏になる人が、全国で年間三万人もいる。生活保護を受けていた人は、無縁仏でも行政で弔ってもらえるけれど、ホームレスの人たちは葬送儀式もないまま。シマさんとも話していてね。せっかく私と縁ができたんですもの、私たちがご面倒を見てあげるって約束していた。私たちが葬儀をお願いしているのは、教会や山谷の光林寺《こうりんじ》など。警察に行って遺体を引き取ろうとしたら、何？　シマさんにお金を貸してたひまわりローンが、葬儀を肩代わりするって言うの。この話を聞いて、ピーンと来ちゃった。……もしかしたらこれって、死んでなお、死者からお金を毟《あらて》り取ろうとする新手の貧困ビジネスじゃないかって」

「役所は、シマさんをどこに埋葬するって言ってた？　金を貸したのはひまわりローンだが、葬儀は寺が執《と》り行うはずだ。ひまわりローンが、その寺に代わってシマさんの債権を肩代わりした構図になっている」

岩井が訊ねる。

「どういうことさ？」

立ったままの四郎が頭を傾《かし》げた。

「つまり、葬儀費用は寺に支払われるものだろう？　寺がひまわりローンを介して、間接的にシマさんに金を貸し付けていたことになっているはずなのだ」

岩井が説明する。

「だったら、寺も一蓮托生《いちれんたくしょう》じゃねえか」

四郎が声を上げた。

「ところがそのお寺、福島県内にあるのよ。変な話でしょ。この近隣にいくらでもお寺はあるのに」

「福島?」

岩井が俺と四郎を見回した。

また福島だ。高浦がいわきに足しげく通っていることは、蔵田から聞いて知っている。

「福島のどこだ?」

俺が岩井に代わって訊いた。

「やる気になった?」

初音が俺を見て微笑む。

「ちゃんとしたお寺なのか調べてほしいの。お寺を調べれば、貧困ビジネスのカラクリも見えてくるはず。でも相手が暴力団絡みだから、私たちが直接やるのは危険だって、本部から止められちゃって」

「譲二たちなら危険じゃないの?」

唯が口を出す。

「黙ってろ、唯」

俺は言葉少なに唯をたしなめた。

洋一郎のこととシマの殺害、そして秋川組の息がかかった寺……。そもそもNPO法人仁愛会の理事長は後藤洋一郎その人なのである。だとすれば、洋一郎もこの新手の貧困ビジネスに関与している可能性を否定できない。

「蛇《じゃ》の道は蛇《へび》って言うでしょ。罪の重い、軽いはあるけれど、あなたなら、所詮貧困ビジネスの一味なんだし、私たちより、効率よく動けるんじゃない？」

初音が皮肉まじりに言った。

「秋川組と俺たちじゃ、世間はどう見ようとも、まったく違うんだけどな」

四郎の主張に、唯が強い眼差しでうなずく。

「ともかく、お寺の名前と住所を隅田区役所の担当者に聞いてきた」

初音が二人の反抗的な態度など眼中にないように、メモ紙をテーブルに置く。

〈願生寺《がんしょうじ》…福島県双葉《ふたば》郡大内村《おおうちむら》神大内５５０―１〉

「この住所、調べてみたんだけれど……」

初音が岩井の目を覗くように見る。

「これは……」

岩井がメモ紙を見つめて、唸るように言った。

「そうよ……」

初音はおどろおどろしい声で、うなずきながら岩井を見つめる。

「願生寺は、原発事故の帰宅困難区域の大内村にあるのか。大内村は、かなり山の中だったはずだ」

岩井の声がかすれた。

「大内村って、放射能汚染がひどくて、村民の全員が避難している村のことじゃ……」

唯が、次に続く言葉が見つからないまま俺を見た。

「そんなところに、シマさんを葬る寺があるとは……」

俺も言葉を失った。

岩井がゆっくりと口を開いた。

「……たぶん、その願生寺は震災後に買収されたのだろう。願生寺のある大内村は、今後少なくとも三十年は人が住めないとされている。檀家が住めない以上、その場所で宗教活動を続けていくのも困難だ。もはや廃寺。そこに秋川組が目を付けた……」

ホームレスや日雇い土工を生活保護者に仕立て上げ、とことん金を搾り取った挙句、死んでまで金をしゃぶり尽くして、放射能汚染地域にある廃寺に送り込む。

まるで放射性廃棄物でも廃棄するかのようである。

人として許しがたい。

高浦の冷たい笑顔が思い出される。

彼らしいやり方だ。

あの夜、高浦に痛めつけられた恐怖が足元からせり上がってくる。

俺はゾクッと体が震えた。

「ここに五万円置いておくわ。この金額でやれるところまで調べてほしい。今のままではっきりとしない、新手の貧困ビジネスを世間の明るみに出すのよ。あなたの報告書をもとにして、うちでも運動を活発化させ、役所を動かしてみせる。報告書をもらった段階でもう五万支払う。最終的には秋川組の貧困ビジネスを壊滅できればいいんだけれど。シマさんの死を無駄にさせないためよ」

「経費は別にな」

俺は釘を刺しておく。

福島に行くのだってタダではないのだ。放射能汚染の危険手当ももらいたいくらいだ。

「あなたって、噂どおりに食えない男ね。ホームレスのみんなもそう言っている」

初音は俺の顔をじっと見て言った。

土工だけでなく、ホームレスにまで俺の悪評は届いているようである。

「経費は後で精算してちょうだい。領収書の宛名は日本貧困ネットワークで」

初音はテーブルに茶封筒を置き、トレードマークの長い黒髪を翻《ひるがえ》すと、親衛隊の男たちを引き連れて、颯爽《さっそう》と事務所をあとにした。

彼女と入れ違いに郵便配達が来た。

シマから俺宛の速達だった。


——俺に何かあったら、この書類を金に換《か》えてくれ。あんたのところの取り分はいくらでもいい。そして、こんな俺にもよくしてくれた初音さんのNPOにも寄付してほしい。高浦だけは許せない！　教授、後はよろしく頼んだ。


ミミズの這《は》ったような字であった。

名指しで頼まれているのだ。シマの岩井に対する信頼は相当なものである。

この短い手紙に同封されていたのは、宗教法人の登記書と役員名簿、信徒名簿の一部、それに借用書が計二十二通だ。

「こ、これは……」

岩井は一通り書類に目を通すと唸った。

「高浦が血相を変えシマさんを追わせていたのも道理だ。この書類は、秋川組の貧困ビジネスを解明するのに重要な証拠になる。ただ、秋川組そのものを訴追できるかは微妙だが

「……」

「なんでだよ」

四郎が訊ねた。

「どの書類にも、秋川組の名前も高浦甫の名前も出てこない。暴力団や組員が、NPOにも宗教法人にも直接的に関われないから当然なのだが」

宗教法人の登記書にある寺の名前は願生寺。代表役員が後藤洋一郎、役員名簿には、牛島が言っていた仁愛会の役員と同じく、王宝玉や高浦和也が名前を連ねている。

またもや後藤洋一郎だ……。

俺はボルサリーノをかぶった彼の顔が頭に浮かんだ。

NPO法人仁愛会の理事長も務める洋一郎は、こうなっては貧困ビジネスの中心人物である。大物風の貫禄が、まるでマフィアのようにさえ思える。

信徒名簿には外部秘と赤いスタンプが押してある。

問題の借用書は、貸し手がひまわりローン、借り手の名前、住所、捺印もある。住所はいずれも福祉アパートみんなの家だ。金額は百万円から二百万円まで、日付もまちまちである。

一枚ずつ、今度は丹念に岩井が目を通す。

「なるほど、そういうことだったのか……」

借用書を手にした岩井が声を震わせる。

涙で眼鏡が曇《くも》った。

「教授、どういうことなの?」

唯が岩井の顔を覗き込む。

岩井は涙を手で拭い、唯を見て、話すのをためらっている。

「私だってTGIのメンバーよ。アルバイトだけど」

唯が、電話番の実績を盾に主張する。

俺は口を曲げて、渋々小さくうなずいた。

唯を追い払おうとしても無駄である。彼女の強情な性格は身に沁みている。まだ二十歳の唯には刺激の強い事案でも、社会勉強だと納得するしかない。

岩井が大きく息を吐き、ゆっくりと話し出す。

「もし本人が事故で死亡する、あるいは死んでから親類縁者でも現れれば、事故の加害者、あるいは親類縁者にひまわりローンが借金の返済を請求し、願生寺で弔う。もし、どちらもいなければ、同宿の生活保護者が引き取り人となって、役所から葬祭費用を受け取り、願生寺で弔うのだろう。生活保護者には、葬祭費用という名目で金が支払われる制度があるからだ。ただ、この場合でも、借用書に使い道があるかどうかはわからない。役所から出る金は百万なんて大金ではないからね。いずれにしても秋川組は、最低でもこの制度を悪用して役所から葬儀費用を詐取し、死んでなおかつシノギにしようという腹づもりなんだろう」

不明な点もあったが、シマの速達は、初音の推測を裏付けていた。

生活保護者を食い物にするNPO法人仁愛会が、ひまわりローンを介して、願生寺と一本の線でつながっていたのだ。そして仁愛会と願生寺は表向きの姿は違うが、役員は同様で、いずれも秋川組の傀儡《かいらい》である。

「でもシマさんは、なぜこの書類を初音さんに送らなかったんだろう？」

唯が首を傾げた。

「あの女じゃ、秋川組と金の交渉なんてできないし、危険が伴う。うちなら頭脳の教授に、腕力自慢の四郎がいる。秋川組と対抗できると信頼してくれたんだろうな」

俺が説明する。

「ところで、この信徒名簿はどういうことだろう？　借用書にあるのとは別の人物たちだ。二十名の名前が記載されているが、二ページ目と書かれている。つまりは他にもあるってことじゃないのか？」

俺は岩井に訊ねた。

「信徒が二十名しかいないってことはないだろう。それよりも、私が着目したのは、信徒の大半が日本全国に散らばっている点だ。設立を請け負ったのが秋川組で、必要な金はこうした信徒から集めたと考えられる。ただ、この信徒名簿がなぜ同封されているのか。まったくわからない。重要な書類であることは間違いないが」

これらシマが残したブツを持って、まずは洋一郎に会って事情を聴く。それから高浦と金の交渉である。

「唯、インターネットでいわき市内の外人パブの住所、調べてくれ。名前はマイペンライ、ジャランジャランにカムオンだ」

俺は席を立ってパソコンの前を唯に譲った。

コーヒーを淹れにキッチンに行く。

「唯、二、三日留守にする。いわきで親父を捕まえてくる。その間、いつもどおりに頼むな」

「譲二、本当にそれでいいの?」

パソコンの前に座った唯が、悲しそうな目を向けてくる。

もし洋一郎が、非道な貧困ビジネスを展開しているのなら、警察送りにしなければ気が済まない。しかし岩井の言うように、指名手配犯であることを黙っている条件で、王と高浦が仕組んだカラクリに利用されているだけならば、どうするか。

それは自分でもわからなかった。

唯の調べで、三軒のパブの住所はすぐに見つかった。

唯は昼前には大学に登校した。

岩井と四郎も、午前中にいわきに向かった。善は急げだ。

シマの残したブツは、エルメスのバッグに入れて岩井に渡した。仕事の注文ファックスと同様、事務所に置いておくより安全だと踏《ふ》んだのである。経費として、初音から預かった五万円を渡し、山川への土産の日本酒も買っていくように言い添えておく。

俺はエリカの話を聞いてから、遅れて深夜、二人といわきで合流することにしていた。最終上野発午後九時のスーパーひたちに乗車すれば、いわきには十一時半前に到着する。

三軒の店はどれも駅近くだ。できればそれまでに岩井と四郎が洋一郎を見つけだし、尾行する。

俺が到着後、洋一郎を捕縛し貧困ビジネスの全容を話してもらう。その上で秋川組の高浦と交渉するのだ。

シマのブツが届いたおかげで、すべてが一気に決着しそうになっていた。高浦との交渉も俄然有利に進められそうである。

洋一郎の捕縛も、高浦から金を脅し取ることも、俺たちだけでできる。

こうなっては、もはや松橋は用済みである。

俺はそう目論《もくろ》んでいた。

7

午後七時前、俺はいそいそと待ち合わせ場所であるスーパーマルシェの裏口に向かった。

表通りに人通りはあったが、裏通りは薄暗く閑散としていた。

業務用の二トントラックが止まっていた。ナンバープレートは「いわき」だ。そこに違和感を覚えた。

しかしその小さな警戒信号は、俺を用心させるまでには至らなかった。

その時、トラックの陰から小柄な男が飛び出してきた。

次の瞬間、首筋に軋《きし》むような電気の衝撃が走った。

俺は首の後ろを押さえて呻いた。

いくらラグビーで鍛えていたとはいえ、体がよろめく。片膝をつく。

「誰だ⁉ 何をする?」

飛びそうになる意識の中で声を放った。

次に大柄な男が現れ、倒れかけた俺を担《かつ》ぎ上げると、荷台に積み込んだ。

ほんの数十秒の早業だった。

抵抗する暇もなかった。

俺はやがて気絶した——。

どれくらい経ったのだろうか。

目を覚ますと板張りの天井が見えた。

四方に壁があり、トラックの荷台のようである。工事現場で使う携帯ライトが天井の隅に付けられている。

全身汗でぐっしょりしていた。

むし暑い……。

荷台の開閉口に痩せた男が立っていた。

「ようやく目を覚ましたか」

俺が起き上がろうとすると、手が背後でプラスチック製の紐《ひも》で縛られている。腹筋だけで体を起こした。

「四郎には明日にでも全額返してやるつもりだ。松橋に出て来られちゃ商売に差し障《さわ》りがあるんでね。これで俺のほうはチャラだ。約束は守れよな。だけど、おまえに借りを返したいという男がいてね」

牛島が狡猾《こうかつ》そうな顔で口元を歪めると、俺の背後を見つめた。

振り返ると、髑髏ジャージを着た高浦弟が立っていた。

細い眉毛に力を入れながら、目の奥で笑っている。

「仙台の現場での借りをまだ返してなかった。兄貴に言われて、俺はしばらくムショ暮らしになる。どうせ行くなら、すっきりとした気持ちで行きたくてよ」

高浦は、右手に持った金属バットで床を鳴らした。

関西弁の男の身代わりとなり、シマ殺しの罪をかぶって出頭するのだろう。仮にも殺人事件だ。裏権力が警察を動かそうとしても、抑え切れるような事案ではない。誰かが落とし前を付けなければならない。

「この前は四郎にだけ借りを返した。今度はあんたの番だ。俺に刃向かう奴は徹底的に叩いておかないと。兄貴がいつも言っている」

相手に恐怖を沁み込ませれば精神的に上位に立てる。やくざの手法だ。四郎から聞いたことがある。

散々兄貴筋から手痛い目に遭わせられた組員は、自分が兄貴分にされていることと同じことを下の者にする。精神的に上位に立つことで、自分の下に位置する者を作ってシノギとするのだ。シノギは何も違法ビジネスだけでなく、ヒエラルキーの下に位置する人間からの上納金の場合も多い。配下の人間を増やせば、それだけシノギが多くなり、その金が出世するための上納金となって、ヒエラルキーを登って行くのだ。ヤクザ組織はねずみ講と同じ構造である。

高浦弟は、この前の夜の話では、まだ正式な組員ではない。だからこそNPO法人や宗教法人の役員に名前を連ねられた。ムショから戻れば、正式な組員になるのだろう。

高浦は高揚していた。顔が上気している。

俺は後ろ手に縛られたまま、向きを変えると、牛島のほうに後ずさりした。

高浦がバットで床を鳴らしながら、じりじりと間合いを詰める。

牛島は高みの見物を決め込んで、俺を避けて回り込むと、勝ち誇った顔で言う。

「譲二、おまえのことを煙たがっている奴は多いんだぜ。これに懲《こ》りて、今後はあんまり舐《な》めた真似はしないことだぜ」

エリカに電話させたのは牛島だろう。

俺は咄嗟《とっさ》に理解した。

卑劣なやり口がこの男らしかった。

そして彼は、結局四郎に百五十万円払っても、何のリスクも負わずに、高浦兄にいくらかの金を払って元金の四、五倍の値段になるヤーパーを手に入れている。損はないはずだ。

それなのに、高浦弟まで引っ張ってきて、俺に対して仕返しだけはしようとしている。

上着のポケットにあるスマホが振動している。きっと四郎からだ。

こんなことにならなければ、今頃いわきで洋一郎を追っているはずだった。

牛島の腹黒さに、俺は頭に血が上った。

こちらが下手に出れば、上手に出ようとする。どうしようもない人間だ。暴力に訴えず、脅しで済ませたことがあだになっている。世の中には肉体を痛めつけられなければ、思い知らない人間もいるのだ。

俺は歯噛みした。

牛島を甘く見過ぎたツケである。

高浦の動きを注視しながら、ゆっくり後ずさりする。背中に荷台のドアが当たった。背中にあたる壁を支えにじりじりと尻を上げていく。

首筋を汗が滴るのがわかる。

簡単にやられてたまるか。

何とか立ち上がった。

高浦がバットを床に立てた。

「さて、お楽しみと行こうじゃないか。手配師なんて社会の屑《くず》だ。おまえがいくら怪我をしようと、傷害で訴えることもできない。警察に訴えたら最後、自分の事務所が捜索されることになるからな。おまえのせいで、前の会社を首になった。挙句に今度は兄貴の命令で、ムショ行きさ。最後にすっきりさせてもらうぜ」

まるで牛島が言いそうな台詞だ。

牛島に入れ知恵されたのだろう。

高浦は五厘刈りの坊主頭を撫でると、汗で手の平を湿らせ、バットのグリップを握った。野球の打者のようにバットを握り替え、右側から俺の膝下を狙って振り回す。

俺は咄嗟にジャンプした。

高浦がバランスを崩したその隙、俺は着地と同時に、彼の横腹に頭と肩からタックルを仕掛けた。

本来なら膝を抱えるように襲って、相手を後頭部から倒したほうが致命的だが、手が使えない以上、重心を低くしてタックルするのはバランス的に困難だ。

そこで四十五度の角度であばらを狙ったのである。

百八十センチ、八十キロはありそうな高浦が、横向きになりながら後方に飛んだ。

そのまま壁にぶつかっていたら、衝撃が強かっただろうが、そこには牛島が立っていた。

牛島は高浦に激しい勢いで体当たりされ、壁に後頭部を打ちつけてその場に昏倒《こんとう》した。

その分、高浦のダメージが減じた。

彼は五厘刈りの坊主頭を揺《ゆ》すると、「この野郎！」と目を剝いて吠えた。

俺はステップを踏み、高浦の顎を狙って左足を蹴り上げた。キックもラグビーで鍛えたものだ。左足の甲が彼の右顎下に決まった。

高浦がふたたび後方の牛島の体にぶつかるように倒れ込む。

俺は多少息が上がった。

高浦は膝に手を置いて立ち上がると、ブルッと顔を振って笑みをこぼした。頭から顔から、汗や鼻血が飛び散る。それを舌で舐めている。

気色の悪い笑い顔に、俺は一瞬気が緩んだ。

その隙を狙って、高浦が右フックを放ってきた。

俺は左手で防御しようと反応したが、手は後ろに縛られたままだ。まともに右フックを食らった。たたらを踏んで壁に激突する。

次に高浦は、金属バットを両手で握り直すと、斜め右上から打ち下ろした。

俺は頭を下げて間一髪でバットを避けた。

そして前転しながら膝を伸ばし、右の踵で高浦の股間に振り落とした。踵落としの変形だ。

ぐにゃりとした感触がする。

声にならない声を上げ、高浦がその場にへたり込む。

バットが高浦の手から離れて宙を飛び、起き上がろうとしていた牛島の側頭部に当たった。

牛島の頭から血が噴《ふ》き出した。

「オアッー！」

牛島は呻いて頭を押さえ、高浦は股間を押さえてのた打ち回る。

俺は高浦の体に馬乗りになり、殴ろうとした。しかし手が使えない。フックを見舞われた左顎がジンジンする。

そこで俺は、高浦の顔面に、何度も頭突きを食らわせた。

次第に高浦の顔面が血で真っ赤に染まった。

それでも高浦は、正体を失わなかった。

股間のほうがよほど痛いようで、猛獣のような雄叫《おたけ》びを上げている。

まるで不死身だ。

今度は逆に、高浦の強烈な頭突きを食らった。

俺は勢いよく背中から倒れ込んだ。後頭部を強打し、頭が朦朧《もうろう》とした。

「ぶっ殺してやる！　この野郎！」

高浦が立ち上がり、金属バットを振り上げた。

血で顔が真っ赤だ。

その形相は、中学の修学旅行で見た奈良の法隆寺《ほうりゅうじ》の仁王《におう》像さながらである。

俺は覚悟して、横たわったまま目をつむった。

親父を見つける前に、殺される……。

そう思った時、俺の背後のドアが開いた。

「長々と何をやってるんだ？」

暗がりから剣呑な雰囲気を漂わせるスーツ姿の男が現れた。

高浦兄だ。

短い髪はオールバックに固め、細い目が怪しく光る。

「こいつ、散々抵抗しやがって」

鼻と口から血を滴らせながら、弟は訴えた。

「あーあ、牛島までやられやがって。どうなっているんだ、トーシロー一人を相手に」

高浦兄は、身軽に荷台に上がった。

飛び出しナイフを上着の内ポケットから出す。

刃が光る。

「こうなったら、一度、刺してやるか。刺されたら、痛みがわかる。秋川組の高浦の凄さが身に沁みるってもんさ。さっさとやりゃあいいものを、手こずりやがって。どいてろ、和也」

俺は床に尻を着いたまま、体を反転させると、ドアの反対側に向かって足を使っていざりながら後退した。

ナイフで刺され、その辺に放置されるのだ。

るだろう。考えただけで胃が縮み、全身が総毛立《そうけだ》つ。それを高浦兄なら顔色一つ変えずにやり遂げ

シマから預かったブツを岩井に託しておいて正解だった。

俺はこの期《ご》に及んでも、存外に頭が冴えていた。

開け放たれたドアからは、鉄橋が見えた。家々は、土手からやや離れて建ち並ぶ。ビルは少ない。そんなあたりの景色や川の広さから、荒川だろうと察した。荒川の土手にトラックは止まっているにちがいない。

「おい、譲二。いろいろと嗅ぎ回りやがって。どこまで情報を摑んだ？　オオッ？　俺もテメエも、所詮は同じ穴の貉だ。人の生血を吸って生きていることに変わりはねえ。だが俺は、おまえとはここが違うんだよ」

高浦兄は頭を指差した。

「それに覚悟も違う。宝玉から電話をもらって、牛島に段取りさせたんだ。和也、刺したかったら、こいつはおまえにくれてやる。死んだら死んだで、これから行くブラックホールに捨ててくればいいんだからよ。手こずらせやがって、この腐《くさ》れが」

高浦弟が、顔に滴る血と汗を手で拭うと、兄からナイフを受け取った。

「思い知らせろ！」

牛島が叫んだ。

頭から血が滴《したた》っている牛島は、威勢だけはよかった。

高浦弟がナイフを握り直した。

殺《や》られる……。

目の前に死の暗闇が過った。

高浦弟がナイフを構えた時、突如サイレン音と共に、荷台の中が光で照らされた。

気づかなかったが、後方百メートルほどのところに車が止まり、ヘッドライトが付いている。警察車両のようである。サイレンが鳴る。

「ったく、なんでポリ公なんか……」

高浦兄が額に手で庇《ひさし》を作り、目を細めて車のほうを見た。

「ありゃ、覆面だ。ヤバい。ずらかるぞ！」

高浦兄は素早く車から飛び降りる。弟が続いた。

俺も腕を縛られたまま、荷台から飛び降りた。着地すると勢い余って道路上で一回転する。

高浦兄弟が運転席に乗り込むと、即座にエンジンがかかって、二トントラックは発車した。

高浦兄の様子から、この夜のメンバーは三人だけなのだろう。俺に焼きを入れたあと、ブラックホールとやらに向かうのだ。

しかしブラックホールとは、いったいどこのことなのか？

荷台の扉は開け放たれたまま、遠ざかるにつれ、荷台のライトは消えた。

ヘッドライトの付いた車のほうを振り返る。

すでにサイレンは鳴らしてなかった。

いったい何者なのか？

本物のサイレンならば……。

車が静かにゆっくり走りだし、俺の前で止まった。ヘッドライトを落とした。

「で、どうだった？　高浦兄弟にぼこられたか？」

右側の運転席から顔を出した人物は、想像したとおりであった。

松橋がうれしそうに笑っている。

車は真っ黒のアウディのセダン。一千万円以上はしそうだ。

「……なんでここに」

「意外にきれいな顔をしてるじゃねえか」

松橋は俺の顔をしげしげと見た。

「右を一発食らった程度だな」

俺は顔を顰《しか》めた。

「ったく……冗談じゃない。凶暴化した高浦弟に殺されかけたんですからね。兄貴はナイフを出してくるし。手を縛られているんです。取ってください」

背中を向けると、松橋がライターで炙《あぶ》ってプラスチック製の紐を切った。

「おまえなあ、俺はおまえの用心棒でもなんでもないんだからな。おまえがやくざに痛めつけられようが、どうされようが、俺にとってはどうでもいいことだ。俺は高浦甫を張ってただけなんだから」

「どういうことです」

俺は松橋を見る。

「ま、いい。追々話すから、乗れ」

松橋は顎をしゃくった。

俺は回り込んで助手席に乗り込んだ。

松橋がアクセルを踏み込む。

ダッシュボードの上には、赤色灯が設置してある。覆面パトだ。

本革シートは、小さな振動も感じさせない乗り心地のよさである。静かでスムーズ、安定した走りを見せる。

一警部補が乗るには高級すぎる。悪徳刑事か、資産家の刑事でなければ乗れない車だ。

「それより、どこに行くんです?」

俺は焦った。

時計の針は午後十時を指していた。すでにいわき行きの列車はなかった。王からの連絡を受け、高浦が動き出したと言うことは、洋一郎にも動きがあって当然だ。一刻も早くいわきに行きたい。四郎たちは、洋一郎を確認できたのか。

「山谷に戻るさ」

松橋は、何も知らないでいる。

「どうかしたのか？」

松橋が俺を見た。

俺は事の次第を話そうか迷った。

話したら最後、もう松橋からは逃れられまい。そうなれば取り分がかなり減る。しかし、今いわきに向かわなければ、洋一郎を取り逃がしかねない。逃がしたら最後、復讐《ふくしゆう》も金も絵に描いた餅《もち》で終わる……。

「警部補、いわきに向かってください！　後藤洋一郎の居場所を摑んだのです。運がよければ、今頃四郎と教授が尾行しているはず……」

「なんだと!?　それはほんとか？」

松橋の声に、生気が漲《みなぎ》る。

「本当です！」

俺は答えた。

「よっしゃ！　常磐道でいわきだ」

松橋がアクセルを踏み込み、俺の背中が硬めの座席に吸い付いた。

第4章　ブラックホール

1

四郎に電話を入れると、二人はすでに三軒目のジャランジャランで飲んでいた。

「それが兄貴、社長の陳はどの店にも来てないって言うんだ。チーママ連中が口止めされているらしく、居所もわからない。どうも様子では、シャングリラの王の入れ知恵で、どこかに雲隠れしたみたいだ。それより、兄貴は今、列車の中か？」

俺は、高浦に拉致されたことと、松橋に助けられたことをかいつまんで説明した。

「アチャーッ！　警部補の耳にも入っちゃったのか。嘘みたいに金の匂いには敏感な奴だな。でもこうなったら、早く親父さんの行方を探し出さないと……。何にしても、教授がシマさんのブツを持ってて正解だった。やっぱ高浦さんは油断ならない」

四郎は事態を呑み込み、最悪の結果にはなっていないことに、胸を撫《な》で下ろしているようだった。

しかしこれからどうしたらいいのか。俺に妙案があるでもなかった。

「どうするかは警部補とも相談してみる。おまえたちはとにかく店にいろ」

車は首都高6号三郷線に入った。

俺はいったん電話を切ると、ブツのことも含めて松橋にこれまでの経緯を話した。ただし後藤洋一郎が父親で、指名手配犯ということは伏《ふ》せておく。

「……どうりで後藤洋一郎をいくら探しても見つからなかったわけだぜ。後藤はシャングリラなどを経営する陳英傑として、現に出没しているんだからな。誰も陳が後藤だなどと考えないだろう。陳の顔は、俺もちらっとだけだが、シャングリラで見たことがある。あいつが後藤洋一郎だったのか。あの陳が後藤だと知った日には、上野の反町も腰を抜かすだろうよ。反町はシャングリラの姉妹店、サワディーの面倒を見ているんだから、当然陳とも面識がある」

フロントガラスの先を見る松橋の目が、爛々と輝いていた。

「まったく王と高浦、それに後藤は、うまいことを考え出したもんだぜ。後藤は陳の名前でキャバクラを経営しながら、本名の後藤の名前で仁愛会の理事長と願生寺の代表役員に就いている。そこで高浦が、仁愛会経営の福祉アパートみんなの家と願生寺、ひまわりローンを使って、生活保護から墓場まで、貧乏人から金を巻き上げる貧困ビジネスを構築したってわけだ。その秘密を握ったシマが殺された。大いにあり得る話だね。高浦に殺しの動機が見えてきた」

「警部補、そこでわからないことが一つあるんです。いくら生活保護者に借用書を書かせても、事故死でない場合、あるいは病死などでも請求する身寄りがいないでは、取り立てる相手がいない。あるいはいても拒否されれば、借用書など用なしでしょ」

「バカか、おまえは。頭を使え、頭を」

松橋は運転しながら器用に煙草に火を点けると、窓を少しだけ開け、煙を吐き出す。

「仮に、ひまわりローンが法外な高金利で三千万儲けたとしよう。この金は表に出せない。しかし不良債権が同様に三千万あれば、帳簿上はプラマイゼロになる」

俺はハッと思った。

「つまり、その不良債権が、生活保護者と結んだ借用書のことなんですね。初めから返せる当てのない金だ」

「察しがいいじゃねえかよ。本当はない不良債権をあると見せかけることで、違法な金が合法化されるって仕組みだ。返済の請求相手がいなくても、借用書の使い道はあるのさ」

松橋の目つきが鋭くなっている。

「また違法に儲けた金は、自社の口座には入れておけないから、現金などに換《か》えて願生寺に置いておく、あるいは願生寺の預金口座に忍び込ませることも可能だ。願生寺は、こうした表に出せない金や、秋川組の金を隠すには持って来いなのさ。すべて出所の不確かなお布施《ふせ》にすればいいんだからよ。宗教法人は、入金実態など帳簿上どうとだって記載できるから、どんな金でも隠すには、これほど安泰な場所はない。今の時代、暴力団にとって難しいのは、金を稼ぐことよりも、むしろ稼いだ金を正当なかたちで蓄財することだ。オレオレ詐欺で使っている他人名義の不正口座ばかりじゃ、いつ摘発されないとも限らん。暴対法が強化され、金融機関に安心して預金できなくなっている。こんな時代に、宗教法人の預金口座なら安心だし、出てくる金はきれいな金に生まれ変わる。願生寺を使って資金洗浄できるって寸法さ」

「なるほど……」

松橋はマル暴の刑事らしく、情報をつなぎ合わせて、高浦たちの考えたカラクリをいとも簡単に暴いて見せた。

「となりゃあ、願生寺には、高浦がせっせと運ばせた秋川組の金が唸っているってことじゃねえか。現金、株券、オレオレ詐欺で使わせた預金通帳も。まず億は下らんだろう。ウシシ……ますますやる気が出てきたぜ」

松橋は灰皿で煙草をもみ消し、舌なめずりしている。

「高浦に後藤を紹介したのが王だったんだろう?」

松橋はさらに考え続ける。

「え、ええ。そう聞いてます」

俺はその点はあやふやに答えた。

「陳の使い道が見えてきたぞ」

松橋は何度も小さくうなずく。

「シャングリラもサワディーも飲食店として経営している。でなかったら、留学生を雇えないからな。しかし実態は風営店だ。いつ警察から摘発を受けないとも限らない。その時のために、王は陳を社長に据えているんだろう。風営法違反で店が摘発された時にパクられるのは社長の陳になる。加えて王は、NPOなどに後藤の名前を貸し出して高浦からマージンを得る。あの女狐《めぎつね》ならやりそうなこった。でもそう考えると、後藤こと陳って野郎は、相当な額の報酬を得ているか、何か弱みでも握られている。あるいはよほどのお人よしだね」

俺は急に心臓が高鳴った。

洋一郎は、やはり岩井の言うように、高浦と王が仕組んだカラクリに利用されているだけではないのか。そのほうが洋一郎らしいと言える。

「警部補、シマさん殺害の捜査はどうするんです?」

俺は洋一郎のことから話題を変えた。

「おまえの話じゃ、高浦和也が勝手に出頭してくれるんだろ。真犯人じゃなくても、警察はメンツが立てば文句はねえよ。どうせ高浦は、島谷が借金を返さないから頭に来たとか適当な動機を謳《うた》ってくれる。それに警察も、秋川組の名前が出てから、上のほうはまるでやる気がねえし、今のところ証拠が乏しすぎるから、秋川組の貧困ビジネスの追及までには至らないだろう。結果としてルーチンワークに徹する。それが警察のみならず、日本の役所ってもんだ。なるべく仕事は増やさないのさ。そうなることがわかった以上、俺が自由に動いても、結果として誰からも咎《とが》められることなんかねえ」

松橋は、口を曲げて愉快そうに笑った。

「ところで、なんで、警部補は、俺を助けてくれたんです？」

「なんでって？　そんなもの単なる偶然だ。高浦が二トントラックで動き出した。それもいわきナンバーのトラックだ。福島の被災地では、県外ナンバーだと警察も注意するが、地元ナンバーなら注意も及ばない。原発事故で警戒区域となっている地域では、空き巣が横行している。その時にでも使ってるんじゃないかと思って尾行した。もともとは後藤の尻尾《しっぽ》を摑まえようと思ってのことだがな。そうしたら、おまえが拉致られて、挙句に焼きを入れられているじゃねえか。面白いからしばらく双眼鏡で見ていたんだよ」

松橋は、後部座席にある双眼鏡に顎をしゃくった。

「秋川組は、被災地で窃盗をやっているんですか」

「やってるかもしれねえな。金のためなら何だってやるのがやくざだ。警戒区域は、侵入するだけで法律違反だが、やくざにはそんなもの関係ねえ。かと言って、放射線量が高いから、警官もおいそれとは入れない。主要道路には一応バリケードを施して封鎖したものの、すべての道路に警官を配備するのは物理的に不可能だ。つまり、放射能汚染と逮捕にビビらなければ、どこからだって誰だって、勝手に警戒区域に入れるのさ。昼間は地元の自警団とパトカーが巡回しているが、夜は無警戒に等しい。まったく日本は先進国だって言うのによ。警戒区域は、まさに無法地帯と言っていいだろう。七万人以上いた人間がゼロになっているんだ。原発事故でこの国に、ドデカいブラックホールが空いちまったようなもんだぜ。こんなことを言うと、また嫁さんに叱られるがな」

「なんでです？」

「嫁さんの実家が福島でな。被災者じゃないが、ブラックホールなんて言われると、福島県民が泣くって……。福島には、日本国民から見捨てられたような悲しみが蔓延《まんえん》しているんだ。嫁さん、ちょくちょく福島県内にボランティアに行っているから、地元の様子がわかるのさ」

威勢のよかった松橋が急にしんみりとなる。

「これでも俺は、女の涙にゃ弱いんだ。とくに嫁さんの涙にはな」

松橋は、意外にも愛妻家だった。いや、恐妻家なのかもしれない。

松橋の話を聞いて、俺もなんだかやるせなかった。

警戒区域には人が住めなくなっている。中には大内村のように帰宅困難区域と指定され、今後五年以上も立ち入りが制限されている区域もある。無法地帯と言うよりも、次元の違う異質な空間が突如出現したような気にさせられる。

「……そう言えば警部補、高浦もブラックホールって言っていました」

俺は高浦の言葉を思い出した。

「どういうことだ?」

「俺を殺しても、ブラックホールに捨ててくればいいって。どうせ今から行くんだしと……」

車は三郷料金所のETCレーンを通って常磐道に入った。

少し黙って運転していた松橋が、本道に入って口を開いた。

「高浦もバカな野郎だぜ。こういうのを、墓穴を掘るって言うんだ」

打って変わって、今度は大笑いする。

「おうおう、読めてきたぜ。おまえに嗅ぎ付けられた高浦は、ケツに火が点いた。それで願生寺に向かった。そうにちがいねえ。ブラックホールとは、願生寺のある一帯、帰宅困難区域のことを指すんだろうよ。俺が使っていたように、ヤー公までそう呼んでいたのか」

マル暴とやくざは、感性が近いのかもしれない。

「じゃあ後藤洋一郎もそこに？」

「まず間違いねえだろう」

松橋の顔つきが急に険しくなっている。

「待てよ。高浦のこった。戦争でもおっぱじめるつもりじゃねえか。いや、待て待て……」

松橋の目が細くなる。

俺は高浦の行動を反芻《はんすう》してみた。

なぜ高浦は荒川河川敷に停車したのか。ブラックホールに向かうなら、俺を拉致したまま直接向かえばよかったのではないか。

いや高浦は、組事務所を出発した時点で、すでに松橋の尾行に勘付いていた。だから荒川河川敷でいったん様子を窺った。

そして俺に脅しをかけて、しかし殺すことなく「ブラックホール」と口走って逃走した。

ここには二つの作戦が隠されているのではないか。

一つは、仁愛会の理事長で、願生寺の代表役員も務める後藤洋一郎を辞職させ、安全に逃がすか、最悪、殺害することである。いまや洋一郎の存在そのものが、高浦の首を絞めることになる。秋川組と仁愛会、願生寺の関係を明らかにするのに、これほど重要な証人もいまい。

そこで、すでに洋一郎は高浦に呼び出されて、願生寺にいるはずである。店に顔を出していないのが何よりの証拠だ。

今晩、俺たちに動きがなければ、高浦たちは願生寺に隠した金や株券、証書、預金通帳などを二トントラックに積み込み、洋一郎の処分を決めるはずである。

そして弟の和也をシマ殺しで出頭させ、ほとぼりが冷めた頃、重要な金品や書類などを、願生寺に戻せばいいのだ。

二つ目の作戦はこうだ。

もし俺たちが姿を見せれば、返り討ちを食らわす。俺も松橋も、ブラックホールに沈むことになる。

しかし高浦は、無駄な殺生などしない男だ。俺が、どこまでシマがちらつかせたブツを握っているのか……それを見極めようとしている。

俺が推理を話している間、松橋は静かに聞いていた。

「俺の考えもおまえと同じ筋だな。そこで対抗できる作戦を考えてみた。高浦たちは、四郎と岩井がいわきに来ていることを知らない。この二人をうまく使って、高浦を出し抜いてやるんだ。そうすりゃ後藤の首と現ナマが同時に手に入る」

松橋が変な笑い方をする。

俺は、「後藤の首」という言葉に、ビクッとなった。

「湯島の裏カジノですっかり負けが込んじまってな。五百万からの借金ができた。もはやこの車を差し出すか、後藤の首を獲るしかなかったんだよ。しかし後藤も大したタマだぜ。五百万も賞金がかけられるとは」

「五百万……」

俺はその金額の大きさに絶句した。

洋一郎の賞金額は、四郎の予想をはるかに超えていたのだ。

「それほど後藤は、デカいヤマに関わっているということだ。たぶん反町は、後藤から秋川組の弱みを聞き出すつもりなんだろう。あるいはすでに宗教法人のことまで知っていて、乗っ取りを狙ったのかもしれない。そしたらこちとらが思わぬ僥倖《ぎょうこう》で、秋川組の金庫まで手が届くところに来たってわけさ。ここまで来られたのも、おまえに知恵袋とも言える岩井が付いたからだろう。岩井がいなければ、こうは展開しなかったはずだ。そうじゃねえのか？」

俺は黙ってうなずいた。

「ま、俺の見立てじゃ、おまえは所詮二番手だ。人の上に立って引っ張っていくようなタイプじゃない。どっちかっちゅうと、下からの押し上げでやむなく動くタイプだ」

松橋は刑事だけに、人を見る目はあるようだった。

たしかに俺は、ラグビーでも副キャプテン止まりだったし、大学は二流、三友電機に入れたのも、キャプテンだった花形スタンドオフの河瀬が全日本クラスで、彼の付録で入社できたようなものだった。会社からラグビー指導者として海外留学を果たした河瀬は、三友電機のラグビー部が廃部になっても、母校法明大学の若き監督に収まっている。

子供の頃から、俺は、いつだってもう一歩のところだったのである。

それが今では、人生をつかみ損ねて山谷に転げ落ちている。

俺はあらためて、河瀬と比べて、この二年半で流された先のあまりの違いに思いを馳《は》せた。この社会の水面下、ブラックな世界でやくざとやり合うまでになっているのだ。

ため息しか出ない。

そんな俺が、本当にあしたのジョーになれる日など来るのだろうか？

「どうした譲二、なに、しょぼくれてんだよ。これからって時なのによ」

松橋の顔が生き生きしている。

「高浦に一発ぶちかまして、こっちはガッポガッポいただきなんだぜ。あの冷酷そうな男の顔がどうなるか？　今から楽しみだぜ。たぶんその願生寺とやらが、ブラックビジネスの総本山なんだろう。そこを叩けば、秋川組とつるんでいやがる裏権力も見えてくるはずだ。首根っこを摑まえられれば、これからもたっぷりシノギにありつけるって寸法だ。それにしてもおめえたちは、凄えヤマを掘り当てたもんだな」

松橋は独り言のように話しながら、顔は緩んだままである。

しかし俺は、松橋とは正反対に体が震えた。

松橋の言う裏権力そのものが、願生寺の信徒名簿に記載された名前ではないのか。

高浦は、その裏権力の実行部隊をまかされてから出世し、秋川組は息を吹き返している。

だとすれば、シマさんが殺された理由もわかるというもの。

あの信徒名簿が表に出れば、高浦や、ましてや秋川組だけの問題で済むはずがない。きっと日本の権力基盤を揺るがしかねない事態となるのだ。

だからこそ高浦は、ブツを手に入れようと躍起になっている。

ブラックホールは、その名のとおり、とんでもないところのようだった。

「それにしても、あのじいさん、さすがだぜ。今回の件では、所詮二番手の譲二を、いいように遠隔操作した」

松橋がちらっと俺を見る。

俺の緊張をほぐそうとしているようだ。

それにしても、遠隔操作とはうまく言ったものである。

タイにいるパットからのメールが事の始まりだったが、英文メールのやり取りや事態の分析、聴き込み、作戦計画など岩井がいたからこそ進んだ。極めつけは、岩井に対するシマの信頼感である。シマのブツが、洋一郎とシマを巻き込んだ貧困ビジネスの実態を明らかにしたのだ。

「教授とは知り合いなんですか?」

俺は緊張の糸を解いて、何の気なしに訊ねた。

「……なんだ、おまえ知らないのか。でも知らなくて当然か? もう二十年も前のことになる」

松橋が、運転席の横に置いてあったペットボトルの水を飲む。

「じいさん、教授って呼ばれているだろ?」

「ええ」

「あのじいさん、今じゃ見る影もないが、あれでも東都《とうと》大の文学部教授だった。セクハラで自分のゼミの女子大生に訴えられて、同時に大学内の図書館建設で収賄罪《しゅうわい》でも摘発されて、この山谷に逃げ込み、走ってきた車に飛び込んだ。当たり屋でもねえのによ。セクハラは認めた上で、収賄罪の潔白を証明するための自殺だった」

「だから教授は、左足を引きずっているんですか。……その時の後遺症で」

「おうよ」

俺は納得しながら、岩井がシマに強いシンパシーを感じている理由がわかった。シマの遺体は、運が悪ければ二十年前の岩井自身の姿だったのだ。

「……しかし死にきれず、裁判では結局どちらも有罪、大学を追放された。その時、女房と娘は、愛想を尽かして離れていったとよ。それで岩井は、三年の懲役をつとめたのちに、この山谷に住みついた」

「で、警部補はどう思うんです。本当に有罪だったと?」

「おまえはバカか。有罪の判決が下れば、有罪なのさ。それが法治国家だ。ただな、岩井の恋は本物だった。女子学生が岩井をセクハラで訴えたのは、誰かの差し金もあったんだろう。それを岩井は、女子学生の名誉や将来を考えて、甘んじて受け入れた。男女の機微に疎《うと》かったせいもあるがな。俺が調べた限りじゃ、女子学生が買収されていた疑いがあるのさ。実は、裏には文学部の学部長選挙をめぐるドロドロがあった。陰謀説がプンプン臭うがな。図書館建設の裏金が、学部長選挙工作に使われたんじゃないかと。証明はできないが、岩井が学部長の本命だった。逮捕されたことにより、対抗馬だった近江《おうみ》が学部長になり、今じゃ、学長にまで出世している。岩井は、東都大出身の親方が経営する旭川部屋の後援会長をやるほどだったのに、日雇いにまで転落した。人生ってのは、皮肉なもんだぜ。正直者がバカを見る。それを地で行くのが、岩井のじいさんじゃねえのか。でもこれこそが、男の一流の痩せ我慢と言えなくもない」

口が悪いわりに松橋は、岩井を称えるようなことも言う。

岩井は女房と娘に捨てられてまで、自分が愛した女子学生の名誉と将来を守ったのである。しかも彼女が岩井をはめた張本人だったにもかかわらず……。

「教授の作るちゃんこ鍋は絶品なんですよね。俺はまた、相撲部屋で床山でもやっていたから料理が達者になったのかと思っていましたが。教授は小柄だし、いつも髪をきれいに整えているでしょ？　それがタニマチだったとは……。でも警部補、よくそこまで知っていますね？」

俺は感心しきりに言った。

「かつては有名人のじいさんだ。顔を見てピンと来たから調べた。刑事の習性だね。間もなく守谷《もりや》サービスエリアだ。腹が減ってしょうがない。腹ごしらえしたら、次はおまえが運転しろ。いわきで四郎たちを拾うが、それまで俺は寝るからな。いわきまであと二時間半くらい、到着は午前一時前後だ。四郎たちに連絡しておけ。今夜中にカタをつけてやる」

松橋がアウディを左車線に寄せた。

2

守谷サービスエリアで遅い夕食を済ませると、松橋に代わって俺が運転席に着いた。カーナビの行き先をいわき駅にセットし、四郎に電話をかける。

「いわきに着くのは午前一時頃になりそうだ。おまえたちを拾って大内村の願生寺に向かうことになった。警部補の読みでは、高浦たちも後藤も、今夜は願生寺に潜伏している可能性が高い。しかし高浦はこっちの動きを察して、向こうで待ち構えているやもしれん」

俺はあえて親父とは呼ばずに後藤と言った。

「だったら兄貴、俺たちの武器はどうするんです？　向こうは、チャカの一つや二つは持ってるだろうし、高浦さん自身、ナイフの相当な使い手ですよ。いくら警部補がチャカを持ってたって、現職の刑事がそう簡単にぶっ放せないでしょう。俺たちは丸腰なんすよ。戦いようがない」

「警部補、俺たちに武器になるようなものはないんですか？」

俺は松橋に訊ねた。

松橋は助手席を倒して、すぐにでも寝る態勢である。

「心配すんな。トランクにゴルフクラブが一式入っている。あと、バットもあるし、工具も積んである。どれでも好きなものを使えばいいだろ。問題は喧嘩に勝つか負けるかじゃない。お宝を奪えるか奪えないかだ。物事の本質を理解しないで勝気に走るなんざ、頭の弱いチンピラの考えそうなこったな」

電話の向こうで、四郎がムッとしているのがわかる。

「そうだ、譲二。おまえ、シマから預かったブツを持っているんだろうな」

松橋が半分体を起こした。

「教授が持ってます」

「だったら、いい。喧嘩に勝てなくても、こっちにはブツがある。劣勢となりゃ、ブツを盾に交渉すりゃあいいんだからよ」

松橋は体を倒す。

「四郎、聞こえたか？ そういうこった」

「わかったよ……」

四郎は渋々のように返事する。

電話を切って、俺はエンジンをスタートさせた。

走り始めると、松橋はすぐに寝息を立てた。

常磐道は空いていた。

アウディの走りは軽快だ。百五十キロ出しても、車体は静かなままである。

つくば、土浦、水戸、常陸太田《おおた》と茨城県内を北上していく。

次第に目がしょぼついてきた。

今朝も午前五時から動きっぱなしなのである。普段の就寝時間十時はとっくに過ぎている。助手席の松橋は鼾《いびき》をかいている。

俺は目に力を入れて前を見た。肩の凝りをほぐしつつ、上半身だけでも軽く動かす。洋一郎を見つける前に交通事故で死んだりしたら、馬鹿げている。

しかし俺は今まで、いったい何をしてきたのだろう。

洋一郎を追い続けて二年半、三十歳を過ぎ、一般世間から離れて、体の半分は裏社会に沈んでいるのだ。

母親の敏子は、ゴールデンウィークに見舞いに行った時、俺を親父と間違えていた。

「洋一郎さん、あなたはいつも社会の弱者を守るんだって、言いますけどね。生活保護のお金だって、税金で賄《まかな》われているのよ。審査を厳しくするのは当然じゃないかしら。学校でも、給食費を払わない親御さんがいる。中には生活に困ってなくても払わない人もいる。生活保護家庭も同じで、性質《たち》が悪い人だっている。それが人間なんじゃない」

俺は、敏子の話に、かつて洋一郎が敏子に反論していたことを思い出した。

「僕はね、貧しい人も、一般の人と同じように生活できるような社会が望ましいと思ってるんだ。貧しさの根源は何かわかるかい？　孤独だよ。生活保護世帯の多くの人が生活苦と孤独に苛《さいな》まれている。いや、この場合、孤独というより、孤立と呼んだほうが正しい。貧しいと言うだけで、社会から疎外してしまってはいけない。そうは思わないか。かつて日本が貧しかった時代、誰もが貧しく隣近所で助け合って生きてきた。しかし日本が豊かになって、助け合いが必要でなくなった。助け合わなくても生きていけるんだからね。するとどうだい？　貧しい人は、事情はどうあれ、怠け者のように扱われかねない。気の弱い人など、助けを求めることもできない時代になっている。これは悲劇以外の何ものでもない。僕の仕事は、審査して保護費を支給するだけじゃない。まずは孤立に悩む貧困者の相談相手になりたいと思っている。審査はその後のことなんだよ」

思えば、洋一郎はやさしい人間だった。

敏子も若い頃はそうだった。しかし彼女は、自分のクラスが学級崩壊してから変わった。あの時、彼女が担任する児童の親たちが、夜にもかかわらず家にまで押しかけて、言いたい放題彼女を責めた。真面目な敏子は泣いて謝った。

小学生だった俺は妹と二人、二階の自室でじっとしていた。

その夜、洋一郎はいなかった。残業続きだったのだ。たぶん生活保護家庭を訪問していたのであろう。

敏子はそれから規則に厳しい、子供に甘えた顔を見せない人に変わった。子供の心を大切にしていた教育方針を百八十度転換し、勉強一辺倒になったのだ。

父親が貧しい人たちのために働き、母親は学校教育に心血を注いだ。

その結果、父親は妻から離れて女に走り、公金を横領して逃亡し、母親は若年性認知症を発症し、妹は鬱になって引きこもり、家庭は崩壊したのだ。

俺の目に涙が溢れた。

つい二年半前までは、ごく普通の平和で幸せな家庭だと思い込んでいた。しかしその実、二十数年もかけて、洋一郎と敏子の夫婦仲は軋《きし》み続け、やがてはかなく崩壊してしまったのだ。

トラックのクラクションが聞こえた。

俺は咄嗟にハンドルを左に少しだけ切った。

目が涙で曇って、蛇行運転していたようだ。

俺が敏子と話したのは、彼女が入院している埼玉県内の精神科病院である。談話室があり、終日そこでテレビを観て過ごす患者も多かった。

「譲二、ところで会社のほうはどうなの？　ラグビー部が廃部になったって聞いたから、母さん、心配してたのよ」

時折、敏子は正気に戻った。

「あ、うん、会社？　普通だよ」

「嘘、おっしゃい。あなたは嘘をつくのが下手なのね。すぐに顔色が変わる。リストラされたんじゃないの？」

「実は……そうなんだ。それで人材派遣の事務所を興《おこ》した。俺みたいにリストラされた人たちを派遣するのさ」

「あなたが事務所を？　それもリストラされた人のセーフティネットになるなんて。やっぱりお父さんの血を引いているのよ。社会の弱者の味方になるなんて、そうできることじやない。立派な仕事よ」

俺は、初めて敏子の洋一郎を擁護《ようご》する台詞を聞いて驚いた。

ところが俺自身、弱者の味方でもなんでもなく、弱者を食い物にする手配師なのだが……。

「でも母さんは、散々父さんを詰《なじ》っていたじゃないか。貧しくなるのは、その人の自己責任なんだって……。話が違うよ」

俺は敏子に反論してみた。

しかし話はそれで終わった。

「ピンク・レディーって、あんなに大勢いたかしら」

談話室のテレビを観て敏子が言ったのだ。

「母さん、あれはＡＫＢ48だよ」

「ふーん……」

敏子の顔が認知症のそれに戻っていた。

敏子が奇異な行動を起こすようになったのは、洋一郎に逮捕状が出てわりとすぐのことだった。怒鳴ったり、動物のように食べ物を手で食べたり、泣き喚いたり、物を投げたり、自分の排泄物まで口にしたらしい。

「らしい」というのは、実際にはほとんど見ていないからである。

敏子を病院で診てもらうと、若年性認知症と診断された。しかし入院できる病院が見つからなかった。どこも順番待ちだったのである。

俺はその頃自分のことで頭が一杯だった。洋一郎の逮捕とラグビー部の廃部が重なっていた。すでに引退していたものの、社員寮に暮らしていたこともあり、後輩たちが毎夜のごとく俺の部屋を相談に訪れてきた。

そんな中、妹の良美は毎日のように携帯に電話してきた。敏子のこともあったし、マスコミや親戚などからも問い合わせがひっきりなしだったのだ。

俺は良美の電話を聞いてあげる以上のことは何もしなかった。実質、敏子の世話やマスコミ対応などはすべて妹の良美にまかせきりになってしまった。

結果、良美は過労が重なり、結婚も父親の件で相手方から破棄されて、彼女は鬱病に罹った。何もかも妹一人に押し付けた俺の罪である。

俺は退職し、寮を出ると実家に帰った。敏子の面倒を見るためである。良美は自分のことくらいはできたが、母親の面倒まで見られる精神状況ではなかった。会社を休職し、家で静養していた。

そんな時、洋一郎の元同僚の市役所職員が、気の毒がって入院できる病院を紹介してくれた。彼は洋一郎の仕事ぶりや人柄を高く評価し、事件についても「考えられない」と否定的だった。敏子はその病院に入院し、今に至っている。

それからだった。

俺が洋一郎を憎むようになったのは……。

3

ようやく【いわき中央】の看板が見えてきた。

ETCのレーンを減速して通過する。車が松橋の物である以上、ここの経費は自動的に松橋持ちだ。

俺はつい頬が緩んだ。セコイ節約でも相手が松橋だとやけにうれしい。

ほどなくいわき駅に着く。

タクシーが数台並ぶ後方に車を止めた。

ジーンズにTシャツ姿の四郎と、イギリス風のチェック柄の三つ揃いを着た岩井が駆け寄ってくる。岩井の手には、黒崎の形見、エルメスのバッグがしっかりと握られている。

シマが残したこの中の書類が、俺たちの切り札だ。

「警部補、着きましたよ」

俺は助手席で寝ている松橋に声をかけた。

二人が後部座席に乗り込む。

「シマが残したブツを見せてもらおうじゃないか」

松橋は座席を起こすと、岩井のほうを振り返った。

岩井がエルメスのバッグからクリアファイルにはさんだ書類を差し出した。

車内は駅前の街灯で薄明るい。

「まったく、シマの野郎、さすがにウカンムリだけのことはあるぜ。あの堅牢な秋川組に侵入するとは」

「ウカンムリって何です?」

俺は訊ねた。

「窃盗、空き巣……ともに部首がウカンムリだろ。だから一般に言う泥棒のことは、警察用語ではウカンムリとなる」

「しかしこの書類だけでは、高浦の逮捕は厳しいのでは……」

岩井が指摘した。

松橋が一枚ずつ書類を丹念に見る。

「……たしかにな。しかしこれらのブツが秋川組の事務所から出てくれば話は別だ。この借用書は何だと追及する材料になる」

「ところが今は、ここにある」

「だから取引するんじゃねえかよ。高浦は、こっちの動きに対して半信半疑だ。ブツを持っているとまでは思っちゃいねえ。そこが狙い目さ。つまり今のところは、まだ裏権力の大物たちを巻き込んだ事態にまで発展していない。今夜俺たちを迎え撃つにしても、昨日の今日だ。陣容は手薄なはず。そこに押し入り、最終的に即断即決の取引さ。寺には現金《キャッシュ》があるだろうから、ガッポガッポいただくぜ。金と引き換えにブツを高浦に渡したら、今度は警察権力のお出ましさ。後藤に証言してもらい、高浦を公文書偽造容疑でしょっ引く。それからこのブツが役に立つ。高浦を逮捕できるかどうかは微妙だが、借用書にひまわりローンの名前がある以上、あの金融屋はタダでは済まない。借り手はすべて福祉アパートみんなの家の住人だ。すると仁愛会の悪事も公になる。そして、決定的なのは、願生寺の信徒名簿だろうな。これは俺様がいただいて、今後のシノギとさせてもらうぜ」

松橋は、だてに悪徳刑事なのではなかった。俺の説明で、ブツの価値の軽重もしっかり把握しているようだ。

「しかし警部補、高浦がブツを手に入れたら、それこそ秋川組の事務所に隠すようなことはしないと思うのですが。それに後藤に証言してもらうと言っても、身柄は反町に渡すんでしょう？　警察で事情も聴かずに、どうやって証言してもらうんです？　警部補の計画は杜撰《ずさん》ですし、詰めも甘いのでは……」

俺は反論した。

松橋は、目の前にぶら下がったお宝に目がくらんでいるのだ。

「いいか、俺の読みじゃ、高浦は譲二たちの不穏な行動をシャングリラの王から知らされ、慌てて動いたにちがいねえ。その証拠に、陳こと後藤が、今夜突然店に来なくなった。元々このシノギは、高浦が自分の息がかかった連中だけにやらせていた。だからこそ、後藤の名前なんぞ組員の誰も知らなかった。つまり、今夜願生寺にいるのは、高浦兄弟と牛島、後藤くらいのものだろう。組の若いのを急に動かしたりしたら、他の幹部に怪しまれるからな。相手は四人。こちらも四人。やってやれねえことはない。こっちにはブツもあるんだ。いざとなったら、ブツと交換して現ナマと後藤の首をもらえばいいだろ」

松橋は持論を展開した。

「四対四というのは、私も同意見です。でも、そううまくいくようにも思えない。相手はこちらが来るのを待っている可能性だってある。いや、待ち構えている……」

岩井が冷静な声で話した。

彼が賛同すると信憑《しんぴょう》性が増すが、疑問を投げかけられれば、信頼が大きく揺らぐ。

「じゃあ、どうしろって言うんだ？　今は一刻を争う」

ただこの状況で、彼の作戦のどこに欠陥があるのか、具体的に指摘するゆとりはなかった。

俺にとっては、洋一郎をどうするかが大問題である。松橋に渡すのか、警察に渡すのか。いずれにしても相手は高浦だ。簡単に事が運ぶとは考えにくい。

「住所は福島県双葉郡大内村神大内550—1と。岩井、この書類は死んでも離すな」

松橋はカーナビに手を伸ばし、セットすると、岩井にクリアファイルを返した。

腕を組んでしきりに考え込む岩井に代わって、四郎がファイルを受け取った。

「ところで警部補、俺たちが今から行く場所って、人が住めないほどの放射能汚染地域なんでしょ?」

四郎が不安げな声を出す。

「おうよ。警官もおいそれとは入れない。マスコミの人間だって入れない。だから報道もされない。何がどうなっているか知っているのは、高浦たちやくざか、窃盗団くらいのものだろう」

「高浦さんたちは大丈夫なんすかね」

「おまえ、高浦のことを心配しているのか?」

「そうじゃありませんよ。今から行く、俺たちのことです。高濃度の放射線を浴《あ》びれば、ガンになるんでしょ?」

「なるかもしれねえし、ならないかもしれねえ。ただ放射線は、積算量で計算する。つまり時間だ。長く現地に止まれば、影響はそれだけ大きくなる。大内村と言えば、福島第一原発から二十キロ圏内だ。それも北北西の山の中にある。海沿いよりも山間部の放射能汚染が深刻だ。そのど真ん中に行く。まさにブラックホールだ。そこに山谷の生活保護者を葬《ほうむ》るなんざあ、社会の闇のその下に、実はブラックホールがありました……ってなことになるなあ。ブラックな奴は、やることがとことんブラックだぜ」

松橋が、ダッシュボードから水色の円筒形のスティックのりのようなものを出して見た。

「これは放射能の簡易線量計だ。震災直後に福島県に応援に入った時に支給された。いわきあたりじゃ0.1マイクロシーベルト毎時だ。東京と大差ねえ。ところが大内村となりゃ、20マイクロシーベルト毎時はいくだろう。ここの二百倍もの線量だ。だから向こうでは、とにかく迅速に行動することだ」

俺はもちろん、四郎も顔を強張らせてうなずく。

岩井の耳には、会話の内容などまったく入っていないようだった。厳しい表情で何か考え込んでいる。

俺は車のエンジンをかけた。

カーナビによれば、いわき中央から広野まで常磐道で行き、そこからは県道35号線を北上する。大内村の願生寺まで一時間ほどの距離である。

車は寝静まった市内を通った。

やおら岩井が車窓に目を遣り、話し出す。

「……三年前だが、出張でいわきに来たことがある。海産物が美味かった。ところが今では、ほとんどの種類で海産物は出荷制限されている。海が放射能で汚染されたせいだ。今日の昼間、町を見たが、学校の運動場や公園などを埋め尽くすように仮設住宅が建っていた。地元の人の話では、警戒区域の人たちが行政ごと移住してきている。いわき市だけでも避難者は二万人以上にも及ぶそうだ。日本のことだから仮設住宅でも設備は立派だ。しかしどうにも、アフリカや中東の難民キャンプのように見えて仕方ない。それがあちこちにある。三年前とは町の風景が一変してしまった」

車窓からも学校のグランドに建っている仮設住宅が見えた。

軽ワゴン車が一台、オレンジ色の街灯に照らされた駐車場に入っていく。

「まったく、この国はどうなっちまうんだろうね。日に日に被災者のことなど忘れ去られていく。困難に直面した人たちを助けたいとみんな思っているのに、それができねえまま時間だけが過ぎていく。なんでだろうね？　何も悪いことをしてない人たちが、自分の土地を奪われ、仕事を失い、地域社会は崩壊し、中には家族も失って、将来が見えないままでいる。それを思うと、じいさんの言うように、内戦で国を追われたアフリカや中東の難民と変わらねえじゃねえか。うちの嫁さんの話じゃ、大規模な仮設ほど、孤独死、自殺、離婚が問題となっているそうだ。多くの人が孤立した中で、悲しみを抱えたままでいる。そして避難したものの、元から住んでいる住民との軋轢《あつれき》も深刻だと言うし。ま、徐々には落ち着いていっているようだが……」

松橋が悪徳警官らしからぬ殊勝なことを言った。

「でも日本だけでなく、世界中から、それこそいろんな人たちが被災地には来ていると言う。うちの嫁さんもそうだが、友人知人が一気に増えたってよ。新たな縁が生まれているところが、かすかな救いなのかもな」

車内に静けさが漂う。

岩井はふたたび自分の世界に戻って考え込んでいる。

常磐道はがら空きだった。車などほとんど走っていない。やはりこの道の先は、ブラックホールだと実感できる。

ブラックホールは文字どおり、今の日本に存在する最大の暗闇だ。その場所に、ブラックの中のブラックのやくざが根城を築いている。実にらしい話だ。

広野で降りる。

県道35号線は片側一車線である。すでに夜半過ぎだ。家々の明かりもほとんどない。間もなく警戒区域に入ると思うと、この周辺の住民も住んでないようにさえ思える。

目の前にバリケードが見えてきた。背の高さほどのアルミ製の門のような立派なものが道を遮っている。車を止めた。

「警部補、どうします？」

松橋がカーナビを広域設定にして地図を見る。

「よし、来た道を戻って、左にあった側道に入れ。あっちからならこれほど立派なバリケードはないだろう」

車を切り返してUターンし、来た道を戻ると、松橋の言うとおり側道に入った。

ナビが自動的に新しい道順を示す。

道路は車など通っていないようで、アスファルトの裂《さ》け目から一メートル以上も伸びる草もある。それらをなぎ倒して走った。

またバリケードが見えてきた。

「またですよ」

しかし今度は、電気や電話などの工事の時に使うような立て看板だ。

「立ち入り禁止」の文字とマークが入っている。「これより先、侵入すると罰《ばっ》せられます」の説明もある。

「オイ、四郎。どけてこい」

松橋の命令に、止まった車から四郎が降りて、立て看板をずらした。

「あれじゃあ、進入禁止も意味をなさないな」

四郎が戻ってきて言った。

「この道を通る許可車もたまにはあるんだろうよ」

松橋が説明する。

しばらく暗闇の山間地を進んだ。

「10マイクロシーベルト、超えたぞ」

松橋がカーナビのかすかな明かりにかざして、線量計を見ながら言った。

まるでブラックホールからの使者のような声である。

「10.1、10.4、おお、11……」

それは、死へのカウントダウンのように聞こえた。

4

大内村役場は真新しい立派な建物だった。しかし駐車場は草の生えるに任せ、一年以上放置されてきたのは明らかだった。

この村は、警戒区域の中でもさらに厳しい帰宅困難区域に指定されている。

誰も住んでいないはずなのだが、それでも周囲の家々に明かりが灯っているのは、防犯対策なのだろう。松橋が言っていたとおり、空き巣が横行しているのだ。信号は作動していない。

紛れもないゴーストタウンが広がっていた。

願生寺は、ほんの小さな町中から山に行く中腹あたりに建てられていた。

虫の音も聞こえない。やけに静かだ。ヘッドライトに照らされる周囲の田畑は荒れ放題である。

寺の百メートルほど手前で車を止める。

寺のすぐそばに、二トン車とワゴン車が止まっているところから、やはり高浦たちと洋一郎は来ているようである。

ヘッドライトを落として、エンジンを切った。

「ついに20マイクロを超えやがった」

松橋が懐中電灯で線量計を照らして言った。

車中でこの数値なら、外へ出たら、かなりのものだろう。

「いいか、これから奴らを急襲する。目的は、あの寺に隠された現金《キャッシュ》と後藤洋一郎の身柄だ。俺とおまえたちの取り分だが、現金は四人で均等に分けるが、後藤の首は俺のもんだ。それでいいよな」

松橋の問いかけは、すでに決定事項になっている。

俺は洋一郎の首の件は後回しにして、シマの顔を頭に浮かべた。

「警部補もさっきシマさんの手紙は読んだでしょう。ブツは、シマさんが命を賭けて奪ってきたものだ。彼の取り分がなかったら、罰が当たりますよ。ここは五等分で行きましょう。シマさんの取り分は約束どおり、日本貧困ネットワークに寄付する。それでいいですね」

俺の提案に、後部座席で岩井が強くうなずいている。

「……しょうがねえな。わかったよ」

松橋は、岩井を振り返って納得した。

「では作戦だ。譲二は現金を、俺は後藤を確保する。四郎は後方支援だ。それで岩井だが、あんたは外で様子を窺《うかが》ってくれ。ブツが必要になれば呼ぶ。わかったな。よし行くぞ。トランクを開けろ。放射能のことがある。速やかに動け」

全員が外に出た。

松橋は左で懐中電灯を、右手で拳銃を持つ。

俺はトランクからゴルフクラブのドライバーを出し、工具箱の中にあったモンキーレンチをポケットに忍ばせる。四郎は金属バットだ。岩井はゴルフボールを上着やズボンのポケットに詰め込む。

松橋を先頭に細い上り坂を行く。

玄関は暗く、本堂の奥にある部屋からだけ小さな明かりが漏れていた。

相手は洋一郎も含めて四人のはずだ。こちらも同数の四人だが、戦力的に岩井はあてにならない。

本堂の隣にある玄関の引き戸の横に立って、中の気配を窺った。

話し声も物音もしない。

すべてがブラックホールに吸い込まれていくような静寂が漂っている。

引き戸の反対側に立つ松橋が顎をしゃくった。

俺はそれを合図に、引き戸に手を伸ばす。

カギはかかっていない。

ゆっくりと開けた。

松橋を見る。

松橋が懐中電灯を消して、静かにうなずいた。表情が心持ち緊張している。

玄関に体を忍び込ませる。

松橋と四郎も続いた。岩井は中庭に回る。

玄関を上がった。

正面に巨大な木の根の置物がある。

右手に長い縁側風の廊下《ろうか》が続く。あたりは暗い。足音を立てないように歩いた。明かりがこぼれる部屋の半分ほどまで達する。

その瞬間、奥の部屋の明かりが消え、廊下も真っ暗になった。

突然の暗がりに、目がついていかない。

緊張で体が固まった。

いきなり廊下の横の障子が開いて、数人の足音が聞こえた。

俺は不意に足払いを食らって倒され、妙に体の軽い男が俺の腹に馬乗りになった。まったく破壊力のないパンチだったが、右に左に連打され、反撃の暇もなかった。

「てめえ、この野郎！　俺を誰だと思ってるんだ！」

松橋の喚く声が聞こえる。

「うるせえ！　このハイエナ野郎が！　どうせ勤務中じゃねえんだろ」

聞き覚えのある高浦弟の声が響いた。

「おのれら、覚えておけよ。やられたら、やり返す。それが俺の流儀だからな」

松橋が吠えている。

明かりが点いた。

俺の上に乗っていたのは牛島だった。白地にブルーのラインが入った放射線防護服を着ている。頭に包帯を巻いているのが、かぶったフードの中に見え隠れした。側頭部から出血したのはつい数時間前のことなのだ。

松橋は、ガムテープで両手を体ごと縛られ、後ろ向きにされていた。背後で高浦弟が荒い息をして立っている。落ちていた松橋の拳銃を拾った。

高浦弟は、俺に頭突きを食らった鼻が赤黒く変色し腫れている。

最後尾で四郎が高浦兄にいいように、殴られていた。

三人は、いずれも白地にブルーのラインが入った放射線防護服を着ている。俺が福島第一原発の現場で着ていたものと同じ種類だ。

「金魚の糞のおまえが一緒に来るのは目に見えていたんだよ。それにしても思ったより早いお出ましで。この糞が！」

すでに正体を失った四郎に対しても、高浦兄は容赦を知らない。殴り続け、四郎の肉が潰れる音がする。

「どうだ、牛島。ちったあ気が晴れたか？」

ようやく高浦兄が手を止めて、牛島を見る。

「まだ殴りたりないがね」

いきなり振り下ろされた牛島の右のパンチを、俺は左腕で防御した。

「クッソ……」

「兄貴……」

弟が歩いて行って、兄に拳銃を手渡す。

「陳、言ったとおりだろ。山谷の狢は油断ならねえ。とくにこいつらはな」

高浦兄の声に、奥の部屋から顔を出したのは、白い防護服を着た洋一郎だった。

俺は牛島の下になりながら、まじまじと洋一郎の顔を見た。

洋一郎は廊下を歩いてくると、俺の持って来たゴルフのドライバーを拾った。

顔は昔より幾分ふっくらしている。長髪にサングラスをかけ、口髭をたくわえている。あまり表情はない。まるで傍観者であるかのように、淡々とこの事態を眺めている。フィクサー然としたそのたたずまいは、この二年間で身に付いたものなのだろう。人間、自分がしてきたことからは逃れられない。高浦兄の言葉がそのまま当てはまるような洋一郎の姿であった。

俺は、そんな姿の親父を見ても、半信半疑なのだった。これまでわかったことから推察すると、洋一郎は間違いなく貧困ビジネスに手を染めている。目の前で見る高浦との関係が、その事実を如実に物語っている。それでもなお、岩井の言っていたとおり、値打ちのある人間であってもらいたい。信じたかった。

「警察に突き出してやる」と唯に息巻いてみたものの、実際に対面すると、気持ちがぐらつく。

いやその前に、警察に突き出すような形勢にはなっていないのだ。

牛島がぼんやりと洋一郎の動きに気を取られている。

俺は馬乗りになった牛島に、下から左顎目がけて右フックを繰り出した。

手応えがあった。

牛島がどさりと俺の横に崩れ落ちた。

「譲二、ほんとにおまえは食えない奴だな」

高浦兄が呆れたように俺を見た。

「どうするつもりだ？」

そう言う俺に、高浦が拳銃を向ける。

「これは警部補のチャカだ。試し打ちさせてもらおうかな。ここいらには、人間は誰も住んでやしない。いても放射性物質にまみれた猪か鹿くらいのもんだろう。音を気にすることもねえ」

「パーン！」と乾いた音がこだますると同時に、俺の頬を銃弾が掠めた。

中庭に面した廊下の窓ガラスが、激しく音を立てて割れる。

まるでその音が合図だったかのように、弟が俺に飛びかかってくる。俺の首をヘッドロックで締め上げる。その間に兄が俺の背後に回り込み、腕をガムテープで体ごと縛った。

「てこずらせやがって……」

高浦兄は、息を吐くと、俺たちを見回した。

俺は床に座り、松橋は上半身を起こす。四郎はマグロのように伸びたままである。

「おい、高浦、三百くれてやるから、そこの後藤を俺に渡せ。そうすりゃ、今後、秋川組に手心を加えてやったっていい。後藤は、シャングリラなどの社長を務める陳と同一人物なんだろ。そんなことはお見通しなんだよ」

洋一郎が驚いた表情で、松橋と俺を見る。

「ホーッ、警部補はこの男が後藤だとよくご存知で。まあ、犬みたいにうちの組のまわりを嗅ぎ回っていれば、気づいたって不思議じゃねえが、警部補が第一号の発見者ってところだ。犬としては優秀だね」

「なんだと、この野郎！」

高浦兄に犬呼ばわりされて、松橋の顔が紅潮している。

「警部補も、譲二同様、このブラックホールに吸い込まれそうになっているのに、食えない人だね。自分の立場をわかってるんですか？　現職の警部補が、上野の反町の命令で、借金のカタに後藤を追いかけているとか。悪いがこっちもお見通しなんですよ。そんな事実が署に知られたら、懲戒もんじゃないですか。それにチャカまで奪われた。外に止まっている車は何です？　アウディS8。一千五百万はする高級車だ。警部補ごときが乗れる車じゃない。生意気ですよ」

高浦たちは、用意周到に俺たちが来るのを見張っていたのだ。

その反面、俺たちは、松橋が目先の金に目がくらんだせいで、いとも簡単に高浦の罠にかかった。

しかし松橋の作戦では、まだこちらには奥の手が残されているはずだった。なにしろシマから預かったブツはこちらの手の内にある……。

「うるせえ、ヤー公に生意気呼ばわりされる謂れはねえんだよ！　だいたいチャカは、支給されたもんじゃねえ。闇で手に入れたスミス&ウェッソンだ。高かったんだからな」

松橋が喚く。

「そりゃいいや。だったら、警部補が裏で金儲けしていることに付け加えて、闇でチャカを買っていることをレポートにして、このチャカと一緒に隅田署に送り付けましょうか？」

高浦兄がニヤニヤしながら拳銃を見る。

「そんなものを送り付けたら、秋川なんざ、ブラックホールの向こう側、地獄の果てまで追いかけていってぶっ潰してやる」

「おー、恐《こわ》……。警部補なら、何があってもやりそうだ。警部補くらい根性の入った刑事なんて、今時、絶滅危惧種だから。でもあれだ。絶滅するのを危惧する人間なんて一人もいないか。警部補がいなくなれば。隅田署はほっとするし、秋川組も反町連合も、枕を高くして眠れるようになるんだから」

高浦が冷たく笑った。

松橋は、俺に言ったのと同じことを、今度は彼自身が高浦から言われている。

憮然としている松橋の顔を見て、緊迫した場面にもかかわらず、俺はつい吹き出しそうになった。

5

高浦兄が得意げに朗々と話し続ける。

「……福島原発が爆発してくれたおかげで、この国の闇が大きくなった。そこに俺たちの出番も生まれた。原発の補償問題なんて、紛糾すればするほど、俺たちの活躍の場ができる。普通なら簡単に宗教法人なんて手に入らない。ところが今回の事故で、とある筋の働き掛けがあったからこそできたことでね。ここに寺を持ったからには、俺も住民のようなもの。当然集会なんかには出ますよ。そして地元の衆と顔なじみになり、一部の住民を誑《たら》し込み、けしかけて、住民同士を喧嘩させる。全部合わせれば億からの対策費が出る。おいしい仕事だ。住民がまとまらなければ、補償額を低く抑えられるからね。アフリカなどの植民地政策と同じなんですよ。部族同士をけしかけて、地域がまとまらなければ、利するのは宗主国……」

高浦たちは、貧困ビジネスとは別のブラックビジネスも、ここ大内村で展開しているようである。そしてそちらのほうにこそ、本腰を入れているのかもしれない。

「宗主国……それは東電か、それとも政府か？」

松橋が顎を突き出して訊く。

「どっちがどっちってことはないでしょう。政府は都合が悪ければ東電の責任にするし、手柄を立てれば自分のものだ。東電に潰すぞと脅しをかけて、上手に二枚舌を使いまわしている。原発は国策だからね。国策を動かしているのは、権力の在《あ》りかそのものだ。東電も言ってみれば、権力に操られているだけなんですよ。そしてその権力の中枢は、権力を守るためなら、俺のところのような小さな非合法組織を使ってでも、有利にことを運ぼうとする。俺たちは所詮トカゲのしっぽですがね、切られなければ焼け太りなんですよ」

高浦兄は勝ち誇ったように笑った。

「この寺を斡旋したのは誰なんだ？」

俺は訊ねた。

「そんなことは俺も知らない。ずっと、ずーっと上のほうだ。彼らが原発利権をコントロールしている。それも単独じゃない。利害が一致する連中が、付いたり離れたりアメーバのように形を変えている。利権と一言で言っても、業種は多様、関係は複雑、形は変幻自在でね。だからこそマスコミも、その正体をとらえきれない」

「さては貧困ビジネスの大本と、原発利権ビジネスの大本は、どこかで重なっているんじゃねえのか。でなかったら、原発利権ビジネスなんて、やたらにデカいブラックビジネスにそう易々と入り込めるもんじゃねえ。裏社会では、表社会より何より信頼が物を言うからな。これまでも付き合いはあったんだろう」

「さすがは警部補、マル暴だけのことはある。いい読みしてますな」

高浦は涼しげに言う。

貧困ビジネスも原発利権ビジネスも、同じく裏権力のシノギになっている。どちらのビジネスでも金を払うのは政府だ。そしてその金は、税金という名の合法的な制度を使って、庶民から吸い上げられる。

「空き巣をけしかけているのもおまえらの仕業か」

松橋が射貫くように高浦兄を見た。

「警部補、うちはね、あくまでシノギの一つで廃品回収業をやっているだけで。回収した物が盗品かどうかは知らん。ただ買ってくれと言われれば、買ってやるだけの話で」

「その廃品回収業も、どこか闇の中から金が出ているんじゃないのか。空き巣がうろつけば、住民の自警団は見回り業務で、早晩疲れ果てるだろう。疲れれば、補償交渉を有利に進められる。バブルの頃の地上げ屋と同じような手口だ」

「警部補は、想像力が逞しい」

高浦兄は余裕を見せる。

「地上げ屋で思いついたが、まさかおまえ、補償交渉と抱き合わせで、土地を買い叩いているんじゃねえだろうな? ただの瓦礫でも、引き取りを拒否する自治体が続出している。それが警戒区域内から出たものとなりゃ、結局どこにも持って行けずに、ここに埋めることになるかもしれねえ。おまえさんの上のほうの人間は、それを見越しているんじゃ……。放射能汚染物質の中間貯蔵施設、あるいはそれらの施設建設までの仮置き場になりゃ、今では二束三文になったこの土地が、政府に買い取ってもらう時には、数十倍には跳ね上がるだろう。億どころじゃねえな。このブラックビジネスは……」

松橋が暗がりに目を光らせる。

「この不安定な状況は、今後十年以上は続くでしょう。おかげでこちとら、この国の綻《ほころ》びの間でおこぼれに与れる。俺たちのバックには、かなり強力な、それなりの勢力がついている。警部補ごときではどうすることもできない権力がね。シマは、そんな有象無象《うぞうむぞう》の権力が跋扈《ばっこ》するブラックホールに手を突っ込んだ。だから消された」

俺たちの推理は当たっていたのだ。

俺は心臓が激しく鼓動した。

「俺たちもバラそうってのか?」

松橋の声に緊張感がこもる。

「……ないとは言えない」

高浦が、懐からナイフを出して明かりに照らした。

「三人とも、ここに埋めれば、誰にもわかりゃしないですから。やくざにとっちゃ、このブラックホールの寺ほど使い勝手のいい施設はないんで。これからは、うちの組のシノギの一つとして、死体処理を請け負ったらどうかなと考えているんです。葬儀費用をもらって、この寺の墓に埋めるんですよ。合法遺体はそれなりの価格で、違法な遺体はゼロが二つくらい増えるでしょうが、埋葬するんです。この寺があるおかげで、他にもいろんな非合法的案件が合法になる」

よく見ると、高浦の持ったナイフには血糊《ちのり》が怪しく光っている。

四郎の太腿の裏あたりから、廊下の床に血の海が広がっていた。横に金属バットが空しく転がっている。

「このままじゃ、四郎が危ない！」

俺は高浦に向かって怒鳴った。

「バカは死ななきゃ治らないって、こいつのためにあるような言葉だ。こうして人生、何もいいことなどないまま、死んでいく人間もいる」

洋一郎を見ると、彼は力なくどす黒い顔を向けるばかりだ。

松橋はいつ、シマのブツの件を持ち出すのか。

俺は四郎の容体から気が気ではなくなった。

「和也、牛島を起こして、さっさと作業を再開しろ。後藤もだ。おっとその前に、三人を食堂に入れて、譲二と松橋の足を縛っておけ」

「俺に任せろ」

洋一郎が初めて声を発した。彼の声を聞いたのは、秩父宮ラグビー場以来だ。

「後藤！ てめえはいったい何もんだ⁉」

松橋が叫ぶように言った。

「おまえ、よく見ると……そうだ、譲二の事務所に貼ってあった写真の顔にそっくりじゃねえか。譲二、てめえ、いったいいつ、後藤のネタを仕入れた？ 相当前から、高浦の貧困ビジネスを知っていたようだな。まったくおまえって野郎は……」

松橋は、いいように誤解してくれている。

「おまえは、食えないどころじゃなさそうだな。そんなに前から後藤を追っていたとは。この際だから潰しておいたほうがよさそうだ」

高浦の目が俺を見て、鈍く光った。

高浦たちに事務所を急襲された時には、洋一郎の写真はすでに剝がした後だった。松橋に指摘され、松橋を恐れたおかげで、高浦に知られずに済んだのである。

その分だけ高浦は、俺の後手を踏んだことになるが、この状況では、それがよかったかどうかは何とも言えない。

牛島が、高浦弟に頰を張られて目を覚ます。

「譲二、この野郎！」

牛島が痛そうに顎に手をやりながら、俺を詰《なじ》った。

「牛島、こんな奴のことより荷物だ」

高浦兄が牛島をうながし先に食堂に入ると、テーブルの前の椅子に座って、俺たちのほうに拳銃を向ける。

洋一郎は無言で四郎を引きずった。血糊が廊下にべったりとこびりつく。腕に引っ掛かった金属バットもろとも食堂に入った。

「松橋、立て！」

洋一郎は松橋の背後に回ると、刑事のように松橋を引き立てて行く。

洋一郎が三度、廊下に戻った。

高浦兄は、拳銃を俺のほうに向けながらも、室内で作業する弟や牛島に注意が注がれている。

俺はその様子を見て、背後に回った洋一郎につぶやいた。

「親父、久しぶりだな」

間近で顔を見て、父親に対する感傷が不意に頭をもたげた。

口では悪態をつきながら、本心では、心のどこかで会える日を待ち望んでいたのだ。

しかし洋一郎は、感傷的な俺の気分など打ち消すように短く言った。

「……私には為すべきことがある」

しかも顔は明後日のほうを向いている。

俺はカッとなった。

為すべきこととはいったい何なのだ。ワンニーと逃亡してまで、そしてやくざの貧困ビジネスの片棒を担いでまで為すべきこととは……。

「さあ、向こうの部屋に行くんだ」

洋一郎は冷たく言い放つ。

彼には、父親らしい再会の喜びなどまったく窺えなかった。

俺は心が折れそうだった。

いっそのこと、松橋に首を獲られればいいのではないのか。警察に逮捕されるより、そっちのほうがよほど苛酷な運命が待ち受けていそうだ。

隣の部屋に入ると、俺は松橋と同じく足をガムテープで縛られた。

奥から四郎、松橋、俺の順で、シンクを背にしている。四郎は横たわり、俺と松橋は並んで座って、足を伸ばした恰好だ。

洋一郎が四郎の大腿部《だいたいぶ》にかなり強めにガムテープを巻いていく。一緒に引きずられてきたバットが傍《かたわ》らにある。

「高浦さん、今、ここで殺しはまずいでしょう。少なくとも今日までは、私がこの寺の代表者なんでね。四郎には止血処理を施《ほどこ》しておきました」

洋一郎は、一連の作業を終えると椅子に座る高浦兄に言った。

「だが後藤、こうなった以上、宗教法人もNPO法人も、頭を挿《す》げ替える必要がある。あんたからは先ほど辞任のサインももらったし、役目はもう終わりだ。人材斡旋ルートは確立されたし、こっちのビジネスモデルも完成している。次からは、いてもらうだけの代表者でいい。戸籍を売るような人間は山谷にいくらでもいるから、新しい人間を探すのに苦労はないさ。オレオレ詐欺の架空口座作りと同じだ」

高浦の話は、洋一郎がブラックビジネスに役立ったことを物語っている。

高浦弟と牛島が、段ボール箱を外に運び始めた。箱は全部で五十個ほど積み上げられている。中でも目を引いたのが、部屋の隅に置かれたジュラルミンのケースだ。いかにも現金が入っていそうだ。

松橋の取引交渉はいつ始まるのか。

「それで、私はどうなるんです？」

洋一郎が俺の目の前に立って、高浦に訊ねた。

洋一郎の体が邪魔で高浦が見えない。

割れた廊下の窓ガラスの端に、岩井の顔が見え隠れしている。中の様子を窺う彼に、俺は隠れるように首を振って合図した。

岩井が姿を消した。

俺は体を横にずらした。尻に当たる物がある。手で触れる。

カッターナイフだ……カッターナイフが落ちている。

洋一郎の背中を見て、彼の助けだと直感した。

俺はそのカッターナイフで、後ろ手にされて巻かれたガムテープを少しずつ切っていく。

高浦兄の声が聞こえる。

「……王宝玉からも話があったと思うが、タイなりどこなりへ逃亡してくれ。この日本から離れることだな。今度こそ陳英傑になりきれる」

「私は今まで脅されて、あなたの貧困ビジネスの手伝いをさせられてきた。最初は王さんのビジネスだけという約束だったが、いつしかあなたに呑み込まれていた。取り返しのつかないことをした」

「何を今さら聖人君子ぶったことを言っている？　だいたい何も起こってない。福祉アパートの生活保護者とひまわりローン、願生寺を使う葬祭ビジネスも、まだ準備段階だ」

「でもシマさんが死んだ。いや、殺された。それに、保護費の搾取は前から行われている。それは私の本意ではなかった」

洋一郎は凜《りん》とした声で主張していた。

彼の言うことは、俺に対する弁明のようにも聞こえた。

「後藤、考えてもみろ。奴らの多くは元々ホームレスだ。福祉アパートに連れてきて、生活保護者に仕立て上げれば、雨露《あめつゆ》しのげて腹を減らすこともない。あんたの要望どおり、貧困者救済事業になっているじゃないか」

高浦の話だけを真に受ければ、正しいことをしているように聞こえる。

たぶん洋一郎もそのつもりで提案したのだ。しかし高浦たちはそれを貧困ビジネスに捻《ね》じ曲げた。

「少なくとも、ここで人が殺されるのは見たくない」

洋一郎は話題を変えた。

「だったら、あんたに最初に死んでもらう。それでもいいんだぜ」

高浦がやくざらしい酷薄な目を向ける。

洋一郎は黙った末に答えた。

「……降参です」

さっと両手を挙げている。

敏子とやり合った時と同じだ。すぐに腰が引けるのだ。そんなところは昔とちっとも変わっていなかった。

「わかりゃあ、いいんだよ。あんたは逃がしてやると言ってるんだ。そうすりゃ後藤洋一郎はこの世から消える。いや、あんたの立場上、消えざるを得ないだろう。さ、手伝え」

高浦が低い声で笑った。

俺には二人の会話が、まるで洋一郎の時間稼ぎのように思えた。

俺は手に巻かれたガムテープを切り終わると、伸ばしていた足を、高浦たちに覚《さと》られることなく正座に変えた。足に巻かれたガムテープを切るためである。

隣に座った松橋が、訝《いぶか》しげに俺を見ていた。

6

高浦弟と牛島、洋一郎が、一つずつ段ボール箱を運び出している。一定のリズムで動いているようで、洋一郎の動きがもっとも遅い。よく見ると、外に運び出してから、戻ってくるまでにやけに時間がかかっているのだ。

小一時間ほどかけて段ボール箱がすべてなくなり、最後にジュラルミンのケースが残った。

それを洋一郎が両手で持った。

ずしりと重そうである。

それまで黙っていた松橋が、足を伸ばしたままの恰好で話し出す。

「俺も、ちいっと考えさせてもらったんだが、高浦よ、シマのブツが表沙汰になった日にや、おまえのメンツは丸潰れなんじゃないのか？　どこかの黒幕の大物の肝煎《きもい》りで、寺を譲ってもらったはいいが、本業に精を出す前に、勝手に展開した貧困ビジネスで下手を打っている。シマを殺したんだからな。いくら元ウカンムリでも、人が一人、殺されているんだ。警察だって力《リキ》が入るさ。仁愛会に対する追及だけに留まらず、願生寺まで摘発されたら、黒幕さんは何と言うかね？　仁愛会と願生寺が一体だってことは、シマが残してくれた役員名簿を見れば明らかなんだよ。願生寺まで捜査の手が伸びれば、原発利権も何もあったもんじゃねえ。そうだろう？　加えてシマは、信徒名簿の一部も残してくれた。その中に、実は黒幕さんの名前もあるんじゃねえのか。俺はそう読んでいる。これが明るみに出れば、当然、秋川組に対する制裁は、それ相応のものになるんだろうよ。結果、おまえさんは組内での力を一気に失う。それどころか、秋川組そのものがヤバいんじゃないのか」

松橋は、この時を待っていたかのように一気呵成《いっきかせい》に話した。

「お、おまえ、あのブツを持っていたのか？」

テーブルの前の椅子に座る高浦の顔が引きつっている。

「あんたが調子に乗って謳ってくれたおかげで、願生寺そのもののカラクリまで見えてきた。俺がただの刑事《デカ》なら、おまえの言う黒幕の存在に、小便ちびったかもしれねえが、反町に借金の追い込みをかけられて、こっちだって引くに引けねえ状況だ。二番目の娘は医学部に行くと言い出しているし。娘は可愛いだろう？　親ならできることはしてやりたいじゃねえか。そんでもってだ……」

松橋が得意の大笑いをして見せる。

「こっちにはシマのブツがあるんだぜ。シマごときに大金かけて、関西から殺し屋を呼んで殺させた理由《わけ》が、ようやく腑《ふ》に落ちた。あのブツを全部、たとえば飯島初音あたりにくれてやったとしよう。彼女はシマとは昵懇《じっこん》だった。当局だけでなく、マスコミにも働きかけて、仁愛会と願生寺を徹底的に追及するだろう。するってえと、どうなる？　当然のこと願生寺が問題になるわな。おまえにとって本当にヤバいのは、この寺だ。願生寺が問題視されれば、黒幕さんはこの地域での拠点を一つ失うことになるんだぜ。つまるところ、おまえが言ってたブラックホールに巣食う有象無象の裏権力の類《たぐ》いが泣きを見る。補償金交渉から原発廃棄物ビジネスまで考えれば、奴らの被害総額は何十億、いや何百億って単位にまでなるんだろうな。原発事故関連はあまりに裾《すそ》野が広いし、東電が倒産しても、国が払ってくれるだろうから取りっぱぐれもねえしよ。このビジネスは凄すぎて、笑えるぜ！」

高浦は大きく目を見開き、頰のあたりが痙攣している。

「一億でいい。ブツと交換だ。安いもんだろ」

縛られながらも松橋が、勝ち誇った顔をする。

「和也、車を見て来い！　ブツを探すんだ！」

高浦が、松橋に拳銃を向けて怒鳴った。

俺は松橋の縛られている手元にカッターナイフを触らせる。

俺のほうは、カッターナイフでガムテープはすでに切ってある。手足ともに自由だ。いつでも反抗できる態勢だ。

ここで松橋も自由になれれば、劣勢をかなり挽回《ばんかい》できる。

「岩井、出て来い！」

松橋が胸を突き出して、自信たっぷりに声を上げた。

ところが岩井は一向に現れない。

「何やってんだ！　クソじじい！」

松橋が目を血走らせて怒鳴った。

岩井は、しばらくしてから高浦弟に肩を掴まれ廊下から現れた。手にエルメスのバッグはない。

「すまない。見つかってしまった。でも警部補の作戦は、所詮武力制圧が成功してという条件付きだった。こちらが身柄を押さえられてしまっては、なす術《すべ》がない。警部補の計画は、欲の皮が突っ張りすぎて、焦り過ぎていたんです。こっちが武力制圧できていればよかったんですけどね。そこにもっと心血を注ぐべきだった」

岩井は意外にさばさばと話した。

「欲の皮が突っ張った計画だったって？　そりゃいいね！　警部補らしい失敗じゃねえか」

今度は高浦兄が、これ見よがしに大笑いした。

俺は愕然《がくぜん》とした。

松橋も口をあんぐりと開けたままである。

実は最初から、奥の手など残されていなかったのだ。

こんな単純な作戦ミスに気がつかなかったとは、俺も相当切羽《せっぱ》詰まっていたと言えよう。親父のことで頭が一杯だったばかりに、作戦をよくも考えず猪突猛進《ちょとつもうしん》してしまったのだ。以前も岩井に指摘されていたことだった。

俺たち三人が、愚かにも突っ走っていくのを、岩井は横目で見ながら冷静に分析していたにちがいない。

そして四人とも拘束されている。

失地を挽回できるのか。

そして今、俺はいつでも逆襲できる態勢にある。

四郎は目を覚まさないままだが、松橋が自由になって、洋一郎の援軍が得られれば人数の上では対抗できる。

動き出せば洋一郎も加勢してくれるはずである。仮にも親子だし、さきほどの高浦との会話の中でも、彼が決して悪に染まっていないことがわかった。

あの会話こそ俺に対するサインだったのかもしれない。

俺はカッターナイフを松橋の尻のあたりにさらに押し付けた。ところが松橋は、

「じじい！　てめえいったいどういう了見なんだよ⁉」

と怒鳴るばかりで、すっかり我を失っている。

教授は何を考えて、捕縛されたのか。

何か彼独自の作戦がありそうだった。

遅れて牛島が走り込んできた。

「高浦さん、車内にもブツはありませんでした。こいつら、嘘をついているんじゃ？」

牛島が荒い息で言う。

「警部補、私はどうしてもシマさんを殺したこいつらが許せない。だからあのブツをこいつらには渡さない」

岩井は、高浦弟に捕まっていることなど気にする様子もなく、断固とした口調で言った。

「じじい！　何とち狂ったことを言っている。ブツをどこにやったんだ⁉　高浦と交渉するって話だったろう？」

松橋が声を荒らげる。

「この寺に隠した。早晩警察の捜査が入る。そうなれば、自然と見つかるさ」

岩井はさらりと言った。

松橋が目を浮遊させたまま、反論できないでいる。

高浦兄の顔はふたたび強張り、フリーズしている。

「願生寺のことが公になれば、俺ばかりでなく、おまえたちだってタダでは済まない」

いつもは強気一辺倒の高浦が、地獄の底でも覗いてきたようなおぞましい顔をした。

「だから一億くれれば、あのブツはおまえにくれてやるって……」

松橋がそう言って、岩井を睨んだ。

「早くブツを持ってこい！」

俺が岩井を見つめると、彼は微笑み、ふっと洋一郎に視線を移す。

俺は瞬時に岩井の思惑を理解した。

彼には松橋の作戦が不完全だとわかっていた。

岩井にとっての第一義は、あくまでシマの復讐である。

高浦兄弟に復讐するには、ブツを渡さず、金だけを奪い取る。

そのためには洋一郎の協力が不可欠だ。彼とは、外のどこか暗闇で、ここ数十分間のうちで短い打ち合わせを何度も行った。

岩井は前々から洋一郎を信じていた。

つい先ほど洋一郎が、高浦と話していた内容を耳にして、俺と同じく、加勢してもらえると確信を深めたのだろう。そして洋一郎が外に出てくるのを見計らって、いわきからここに到着するまでに練り上げた作戦を伝えたにちがいない。そして洋一郎は俺にカッターナイフを渡したことを伝えた。

岩井が作戦を練り直す。

二人はどこか暗闇で話し合っていたからこそ、洋一郎が荷物を運んでいる間、やけに外から戻ってくるのが遅かったのだ。

岩井はブツを、高浦にも松橋にも渡さないつもりだ。

だとすればどうするのか。

俺にはまだ、岩井の作戦が読み切れなかった。

「高浦さん、取りあえず、この金を車に運びます」

そう言って洋一郎が俺の前を横切った。

ジュラルミンケースに入っていたのは、やはり現金《キャッシュ》だ。そのことを洋一郎は、暗に告げている。

この金を奪って逃走すれば、高浦と交渉する必要もない。

「お、おう……」

高浦兄は、心ここに在らずと言った表情でうなずいている。

書類の在りかが気になって仕方がないようだ。

「兄貴、じじいをどうする?」

弟が岩井の胸倉を摑んで言った。

「待っていろ!」

兄は判断がつきかねている。

俺は岩井と洋一郎の連係プレーを理解した。洋一郎の動きと連動することで、高浦たちを制圧するのだ。

ちょうど俺の位置が、洋一郎の体で陰になり、高浦兄弟や牛島からも死角に入った。

今こそ、武力制圧するための反撃に移る時である。

先陣を切るのがこの俺だ。

洋一郎の背中が無言で「ゴー!」と言っている。

親子の間の以心伝心というやつだ。

俺は横に座る松橋の手にカッターナイフを握らせると、足のテープを一気に剝がして立ち上がる。

洋一郎の背後から横に出て、ラグビーのタックルよろしく高浦弟に飛びかかった。右肘で彼の首をロックし、勢いのまま廊下に足を伸ばして尻からダイブする。

プロレス技のラリアートだ。

咄嗟のことで、対応できない弟の体が勢いで宙に浮く。岩井の服を握っていた手が自然に解《ほど》ける。

俺は全体重を高浦弟に被せるように、やや右側に傾き、奴は廊下の床に背中から激しく落ちると、反動で後頭部をしたたかに打った。

高浦兄が俺に向けて発砲した。

弾丸は俺の頭上を通って、けたたましい音とともに廊下の窓ガラスを割った。

俺は食堂で立っている高浦兄を振り返る。

「ウオーッ！」

熊のような雄叫びを上げたのは四郎だった。

四郎は反撃の時を待って、やられたふりをしていたのだ。それを証拠に、金属バットはずっと彼のそばにあった。洋一郎は、そのことにも気がつきながら、四郎を引きずって行き、止血処理を施したにちがいない。

四郎は金属バットを振り回し、高浦兄に近づくと、彼の拳銃を持つ右手を激しく殴打した。

拳銃が床に転がる。

「ウーッ！」

高浦兄は膝を折り、左手で右手首を摑んで唸り声を上げる。

四郎が左足を引きずりながら、拳銃に向かって走った。

高浦兄がその動きに気がついて、ほぼ同時に拳銃に飛びつく。

牛島は、食堂の隅で、岩井に馬乗りになって首を絞めている。

「どこだ!? ブツをどこに隠した?」

いきり立つ牛島の顔は紅潮している。

仰向けに倒れた岩井は、牛島の手を摑んで抵抗しつつ、両足をバタバタさせてもがく。

斜め後ろに立っていた洋一郎が、まだ何の警戒もされていないので、背後から牛島の後頭部目がけて、まるでブランコを漕《こ》ぐようにジュラルミンケースを勢いよく振り上げた。

鈍い音とともに、牛島の体が岩井の上を離れて横倒しになると、ばっさりとうつ伏せに昏倒した。頭にかぶった白い防護服のフードが、血で赤く染まった。

「今日こそぶっ殺してやる!」

気絶したはずの高浦弟が、まるで死者が蘇ったように、背後から俺を羽交い締めにする。

それでも俺は、左右からバックハンドエルボーを何度も奴の鳩尾《みぞおち》に食らわす。廊下の真ん中あたり、玄関に近いほうまで弟は後退した。

次第に絞めがきつくなり、あばら骨が軋んだ。物凄い力だ。もはやバックハンドエルボーで対抗できない。

「譲二、これでおまえも仕舞だ」

拳銃を握った高浦兄が、廊下の先の食堂に立っていた。

距離は約五メートル。

四郎は倒され、足で茶髪の坊主頭を踏まれている。殴られて、床に押し付けられた顔はまるでジャガイモだ。

高浦兄が俺に拳銃の照準を合わせる。

「全員、あの世に葬れば……」

高浦が言い終わらないうち、彼の頭上に、背後からゴルフのドライバーが立ち上った。

「兄貴！　後ろ！」

弟が声を上げるとほぼ同時に、そのドライバーが兄の脳天に打ち下ろされる。

高浦兄の頭から血が噴き出した。

彼は大声を上げて、フードを取ると頭を押さえてうずくまる。

背後にドライバーを手にした洋一郎が姿を現した。

目を見開き、荒い息をしている。こんな暴力、きっと彼の人生で初めてだろう。

その傍らで、岩井が喉を押さえて座り、咳き込んでいる。

牛島はうつ伏せに倒れたままだ。

四郎は体を横たえながら顔を顰めて、しきりにナイフで刺された右大腿部を触っている。

そしてテーブルの脚の向こうに、かすかに松橋の革靴の底が見えた。

「じじい！　どうするつもりだ⁉」

松橋の声が轟く。

そんなことより、いつになったらカッターナイフでガムテープを切って自由になれるのか。

俺は高浦兄弟と二対一で戦っているようなものなのだ。

早く加勢が欲しかった。

撃たれずに済んだものの、背後から高浦弟の太い腕が首にめり込む。

このままなら柔道の絞め技よろしく落ちるのが目に見えている。

意識が遠退く。

頭の中が白くなってくる……。

「兄貴！」

高浦弟が、頭を押さえてうずくまる兄を見て叫んだ。兄は片膝をつき、立ち上がれないままでいるのだ。

その時、弟の手の力がわずかに緩んだ。

俺は一瞬の隙を突き、体を反転させながら腕の内を脱すると、ズボンのポケットからモンキーレンチを出し、両手で握って、斜め下から渾身の力を込めて高浦弟の顎をかち上げた。

高浦弟の歯が数本、鮮血に混じって宙に飛ぶ。

続けざまに今度は右上からこめかみ目がけて振り下ろす。

高浦弟ががっくりと片膝をつく。

これでも片膝をつく程度だ。一対一では、まるで難攻不落の岩山である。

「和也！」

背後から高浦兄の声……。

振り向くと、ナイフが一直線に飛んでくる。高浦兄は膝をついた体勢でナイフを投げたのだ。

ナイフは俺の目の前を通過し、玄関前の巨大な木の根の置物に突き刺さった。

弟が走って行ってナイフを引き抜き、俺を睨んだ。ナイフを手に戻ってくる。

顔中に血を滴らせた兄は、頭を押さえて、拳銃を持ったまま俺に向かって歩き出す。

白い放射線防護服には血しぶきが飛び散っている。

俺は兄弟に挟み撃ちを仕掛けられていた。

どうすればいい？

隣の部屋の松橋は縛られたまま、足をモゾモゾさせるばかりで、役に立ちそうにもなかった。

7

俺は、右の高浦弟と、左から近づく兄の顔を交互に見やった。

二人ともすでにフードはかぶっていない。顔面が流血に染まり、鬼気迫る表情をしている。別の世界の生き物のようで尋常ではなかった。

「嬲《なぶ》り殺してやる」

兄が呻くように言うと、

「兄貴、まずは俺にやらせてくれよ。これでブスブス突き刺してやる」

弟は何度もナイフを突き出し、五厘刈りの頭を撫でて、俺の顔を見て舌なめずりした。

俺は二人の常軌を逸した迫力に、身動きできなかった。

全身が汗ばみ、額からは滴り落ちた。

正面のガラス戸はカギがかかっている。もう少し二人が近づいたなら、ここに体当たりしてガラスを破って外に逃げるしかない。

すると高浦兄の背後で、それまで咳き込んでいた岩井が音も立てずに立ち上がる。

洋一郎はその隣で呆然と、ドライバーを手にしたまま突っ立っている。

立ち上がった岩井は、おもむろにズボンのポケットに手を突っ込むと、ゴルフボールを十数個、立て続けに廊下に転がした。

高浦兄の背後から、白いゴルフボールが波のように押し寄せる。

俺に気を取られている二人には、他の動きや音などが意識の中で完全にシャットアウトされているのだろう。気がつかないでいる。

高浦兄がようやく耳の片隅に音を捉《とら》えたようだった。

俺に向かう歩みを止めて振り返る。

ゴルフボールの波はすでに彼の足もとに達している。避けようとジャンプした直後、着地と同時にボールを踏んで、もんどりうって背中から倒れた。

変な声と地響きがして、高浦兄は、白目を剥いて仰向けに倒れたまま動かない。

反対を振り返ると、弟が、ナイフを手に体ごとぶつかってきた。

咄嗟に俺は、体を左側に開いてかわしつつ、弟の手首を摑んで捻った。

ナイフが落ちる。

「早く！　逃げろ！」

俺は弟の右腕を両手で摑んだまま、洋一郎を見た。

洋一郎が俺を見て、我に返った。

しかし体が動かない。

体力や暴力に訴えるなど、洋一郎の柄ではないのだ。彼は高浦兄の脳天をゴルフのドライバーでかち割った感触に、まだ震えているようだ。

こうなっては洋一郎は、秋川組にとって裏切り者である。裏切り者に対する仕打ちは、四郎に対する高浦の行為を見ても明らかだ。何かあれば、執拗に痛めつけてくる。ましてや洋一郎の行為は四郎以上だ。高浦兄が許すはずがなかった。

しかし洋一郎は固まったまま動けない。

「グズグズするな！」

俺は今一度、洋一郎をうながした。

俺に腕を取られた高浦弟が力任せにもがいた。

洋一郎は俺を見てうなずき返すと、ドライバーを放り出し、代わりにジュラルミンケースを持ってキッチンから飛び出してくる。

ゴルフボールの波のほとんどは、高浦兄の下敷きになっている。

その脇を洋一郎が、ケースを重そうに持って小走りに来る。

洋一郎は擦れ違いざまに立ち止まって俺を見た。

「母さんと良美のことは頼んだ。私には為すべきことがある」

それだけ言って玄関に飛び出す。

また……。

また為すべきことだと⁉

俺が考える暇もないまま、岩井が彼の後を追う。

高浦弟が俺の手を振り解いた。

二人を追おうと立ち上がり、駆け出した。

俺は背後から彼の膝下にタックルを仕掛けた。倒れた高浦弟の背中に飛び乗って、顎の下に腕をねじ込み、全身の力をかけて後方にのけ反《ぞ》った。

高浦弟の背中がUの字に海老《えび》反る。

ネックロックが完璧に決まった。

弟は、手の平でバンバン床を叩いた。

そして……抵抗する力が失われ、がっくりと落ちた。

俺の頭の中で洋一郎の言葉が頭にこだましていた。

（私には為すべきことがある……）

洋一郎の為すべきこととはいったい何なのか？　家族を捨て、罪を犯してまで為すべきこととは……。

パトカーのサイレン音が鳴り響いた。

俺は焦って食堂のほうを見た。四郎と松橋を呼んでこなければ……。

倒れたままの高浦兄を飛び越えて食堂に戻った。

松橋も顔色を変えている。

「こんなところを警察に見つかったんじゃ、ヤバすぎる。早くガムテープを解いてくれ。俺一人じゃどうにも肩と手首が固くて、切れなかった」

俺は松橋からカッターナイフを受け取ると、彼の手足に巻かれたガムテープを切った。

サイレンが鳴り続いている。

「四郎、大丈夫か!?」

松橋と二人で四郎に肩を貸す。

高浦兄の傍らを行く。

高浦が俺の足首を摑んだ。

「おまえだけは許せねえ。この落とし前は、必ずつけてやるからな。俺は絶対忘れねえ」

高浦は、血で真っ赤に染まった顔で俺を睨みつけている。白い防護服の上半身部分も鮮血に染まっている。

俺は高浦の執念深さにぞっとした。

「ったく、しつこ過ぎるぜ！」

松橋が高浦の手首を踵で踏みつぶす。

高浦が絶叫した。

それも俺の足を摑んでいたのとは、逆の右手だ。あと五センチのところ、ゴルフボールの間に松橋の拳銃が落ちていた。

「危ねえ、危ねえ……」

松橋は拳銃を拾い上げると、サッカーボールのように高浦の頭を蹴った。

俺の足から高浦の左手が力なく離れた。

弟の横を行く。

兄弟ともに完全に失神していた。

俺たちは慌てて外に出た。

ワゴン車がなくなっている。

サイレンも聞こえなかった。

「早く！　こっちだ」

岩井がアウディの横にいる。

ジュラルミンケースが足元に置かれていた。

「後藤は？」

松橋が勢い込んで訊ねた。

「逃がしたよ。金とブツを交換したのさ」

「なんだと!?」

松橋が怒鳴った。

「信徒名簿もか？」

「そうだとも」

岩井が言い返す。

「高浦がそう簡単に生き証人を自由にすると思うか？　あのブツがあれば、後藤は、今後高浦や王からも追われなくて済む。保険だよ。あいつらが避けたいのはシマ殺しが願生寺に結び付くことだ。とくに信徒名簿が効いている。黒幕あるいは関係者連中の名前が記載されているはずだから。代わりに私たちには金が入った」

岩井がジュラルミンケースを指差す。

これこそが、岩井が考えた作戦の全容だったのだ。

高浦たちを制圧し、ブツは洋一郎に、現ナマは俺たちが手にする。

「畜生！　後藤の首……五百万が消えちまったじゃねえかよ。それに信徒名簿まで！」

松橋はしつこいまでに残念がっている。

「アッ！」

俺は、家の明かりがこぼれる願生寺の中庭を見て声を上げた。

「どうした？」

松橋の声のトーンが急に低くなる。

「人影が動いたような……」

俺は答えた。

全員で中庭を見る。

人影がさっと建物の向こうに消えた。

続いて静寂の中、一発の銃声……。

浮ついていた空気が一変して凍《こご》えた。

「高浦じゃねえな……」

松橋の声がかすれている。

「だったら誰です？」

四郎が両の拳に力を入れて訊ねた。

「権力は、地の底でブラックと手を携えている。だからこそ権力たり得るんではないのか？」

岩井の説明に、全員が息を呑み込んだ。

「もしや、裏権力が遣わした殺し屋が潜んでいたのかもしれない。万が一の時には、私たちも全員ヤバかったということだろう。警部補。こんなところにいつまでいてもいいことはない。さ、早く行きましょう」

岩井が急かす。

ブラックホールで殺されて、それも寺の中に埋められてしまえば、誰に見つかることもないのだ。

「譲二、運転だ！」

松橋が顔を強張らせながら、手を振って車の前を回り込む。手にはしっかりとジュラルミンケースが握られている。

来た時と同じく、助手席に松橋が、後部座席に四郎と岩井がそそくさと乗り込んだ。

エンジンをかけ発進する。

しばらくは全員が息を潜めた。

まるで細い橋を渡ったようなものだった。

落ちればそこには奈落が待ち受けていた。

正体不明のもう一人の男の影が、この国にある裏権力の存在を決定づけていた。そんな風に思われて仕方がなかった。

俺は心の奥で震えながら、ハンドルをたしかに握った。

あたりは真っ暗である。

しばらくして松橋は大きく息を吸い込むと、ジュラルミンケースをゆっくりと開けた。

「ったく、この札束の分量じゃ億はねえな。えっと……それでも五千万はあるか。一人一千万ずつ山分けだ！」

沈んだ雰囲気を立て直すように叫んだ。

「ヨッシャー！」

俺や岩井や傷を痛がる四郎まで、顔を見合わせ、声を合わせてガッツポーズする。

「ところでじいさん、サイレンの音、この車からだったんじゃねえのか？」

松橋が、思い出したように後部座席を振り返る。

ダッシュボードの上には赤色灯が設置してあるのだ。

「警部補、なにしろ放射能汚染が心配で。早く逃げたほうがいいと思ったので」

岩井は当然のように反論した。

「しかし、あんな男のことは、まったく気がつかなかった……」

わざとらしく震えてみせる。

「バッカ野郎！　じいさんのような年寄りに、放射能被害は出にくいんだよ！　出る頃にはあの世に行っているだろうよ。それに、あの男のことは忘れるんだ。そのほうが身のためだ」

松橋は怒鳴ってはみたものの、それ以上文句は言わなかった。岩井のおかげで大金が手に入ったようなものなのだ。

「しかしあのブツがなければ、シマさん殺しの真相が明らかになりませんね」

俺は運転しながら言った。

大内村のゴーストタウンを行き過ぎる。

「俺の作戦は見事に失敗したからな。高浦や、奴の背後に潜む裏権力のことを甘く見過ぎた……」

松橋が声を落とした。

「いいや、必ずしもそうとは言いきれない。借用証書を書かされた二十二人の名前は、私がメモに残した。山谷《ヤマ》に帰ったら、譲二に書いてもらうレポートをもとに、初音さんと一緒に回って二十二人全員の証言を取り、日本貧困ネットワークに、仁愛会を生活保護法違反で告訴してもらう。そうなれば、少なくとも仁愛会と秋川組の高浦はかなりのダメージを受けるはずだ。願生寺の葬祭ビジネスは、実際まだ始まっていないから、訴追することは難しい。願生寺の背後には、この国の権力のブラックホールが広がっている。それが原発利権だ。よほどの確証がないかぎり、願生寺には手を触れないほうがいいだろう。そうすれば、私たちはもとより、初音さんのＮＰＯにも被害が及ぶこともない。シマさんの二の舞はごめんだよ。逆に願生寺に手を触れないでおくことが、こちら側の保険にもなる。私はそう読んだんだ。後藤洋一郎の正体は、結局わからずじまいだったが、警部補、そのほうが却って都合がいいんじゃないですか？　事実、怪しい男の影を見たし、銃声も聞いたんです」

岩井がまるで怪談でも話しているように松橋を見る。

　後藤洋一郎が俺の父親であることは、最後まで隠しとおすつもりなのだろう。

「……あんまり深入りしないほうがいいかもしれんな。でないと、俺の首すら危ないことになりかねない。いや、首どころか、命の危険も考えられるってことだ。あの銃声は、間違いなく警告だ」

　松橋もおどろおどろしい声で答える。

「ところで、後藤の首を獲れなかった以上、俺の五百万はどうなる？　シマの取り分から差っ引いてもいいのか」

　松橋が膝の上に置いたジュラルミンケースを叩いた。

「いいですか？　警部補？」

「何だよ？　じじい」

　松橋が用心深い顔になる。

「今回は、どう考えてもシマさんのお手柄だ。それを考えると、シマさんの取り分を減らすことはできない。逆に増やしてもいいくらいだ。考えたんですがね、初音さんのＮＰＯで、シマさんの名前を冠した島谷基金でも創設したらどうかと思って。この基金を元手に、身寄りのない人の合同墓への埋葬《まいそう》を支援するのです。無縁社会と呼ばれる時代に、いい制度だと思いますがね。だとすると、一千万では少ない。そこで、五百万円ずつ私たちの取り分をこの基金の資金に補充したらどうかと」

「エーッ！　そんなのありっすか？　一千万が五百万に減るなんて……」

四郎が素《す》っ頓狂《とんきょう》な声を上げた。

「てめえはすぐに高浦にぶちのめされていたんだ。発言権はねえんだよ」

松橋が四郎を言葉で押さえる。

そう言う松橋も、肝心な時に縛られたままだった。まだ四郎のほうが活躍している。

「譲二はどうだ？」

岩井が訊いてくる。

「いいですよ、それで」

俺は答えると、車を止めて、通行止めの看板をずらすため車から一旦降りた。

親父を逃がしてもらった負い目があるのだ。

岩井には逆らえなかった。

俺が車に戻ると、岩井が松橋に説明している。

「……警部補は、後藤の首の賞金五百万円が消えた。その分が、みんなと平等にマイナス五百万円ということで」

「つまり、シマを除いて、ここにいる全員がマイナス五百万って計算だな。俺は自分の取り分の一千万の中から、五百万を出さなくていいってことになる。そうだな？　なるほど、たしかに俺は、すでに後藤の首の分、五百万を損しているからな。それなら納得だ。

平等、平等、やっぱ世の中、平等でなくっちゃな」

松橋は岩井の提案に、やけにホッとしている。一千万円あれば、反町への借金返済と、二女の進学資金に目処《めど》が立つのだろう。

家族思いの悪徳刑事……そんな刑事《デカ》もいたものだ。

俺は立ち入り禁止の立て看板を元に戻すこともなく、アクセルを踏み込んだ。

どの道、夜明けまでには高浦たちも通るはずである。

「それでも五百万もあれば、海外だ！」

四郎がジャガイモのように潰れた顔をしながら、明るい声で叫んだ。

俺は体中が痛かったが、借金が減る、その前に滞っている入院費用と家賃が払えると思うと、ようやく笑みがこぼれた。

8

本格的な梅雨《つゆ》が始まっていた。

福島第一原発の工事は、鳥居と山川の勤務態度が評価されたおかげで、さらに二人を現場に送った。鳥居たちの被ばく量もまだ基準以下である。雨で中止になる現場が多い中、ここは雨天決行なのでありがたかった。

四郎はまたふらっと海外に出かけ、岩井は連日のように初音のNPO事務所で、島谷合同墓基金創設のために奔走している。

俺にも五百万円が手に入ったが、四郎や岩井、さらには松橋のように晴れ晴れとした気分にはなれなかった。

後藤洋一郎は、今でもれっきとした指名手配犯なのである。その彼をこの手で逃した。二年半もの間、人生を擲《なげう》って追いかけてきたにもかかわらずだ。

俺の脳裏には、洋一郎の残した言葉が棘《とげ》のように突き刺さっていた。

——私には為すべきことがある。

どう考えても、何のことかわからなかった。

それもまた、俺の心を曇らせる原因の一つとなっている。

シマ殺しには、主犯の関西弁の男と高浦和也が出頭し、借金返済が滞ったのでカッとしてやったと証言。高浦甫は、NPO法人仁愛会設立に関して、公文書偽造容疑で逮捕されたが、決定的な証拠がないため、早晩釈放される見込みだ。ただし、飯島初音と二十二人の被生活保護者の告発によって、仁愛会とひまわりローンの不適切な関係が問題となり、ひまわりローンは貸金業法違反等で摘発され、また仁愛会も生活保護法違反で、役員だった王宝玉らが逮捕され（高浦和也は再逮捕）、NPO法人の認可も取り消される方向である。

捜査本部では、陳英傑と後藤洋一郎が同一人物だったとは考えられていなかった。高浦や王たちが、自分たちの不利になるようなことを話すはずがなく、山谷で後藤洋一郎の住民票を買って利用したという王の証言がそのまま採用されている。もちろん松橋も黙ったままだ。

高浦たちは、問題の対象が願生寺まで広がるのを食い止めようと必死だった。そのために、一度は逃がすつもりだった関西弁の男まで、出頭させたのだ。

また葬祭ビジネスでは、ひまわりローンの名前は挙がっているものの、願生寺までつながる証拠は何もなかった。証拠書類は洋一郎の手の中なのだ。だから結局、証拠と言っても、ひまわりローンの社員が、隅田区の担当者に、願生寺に島谷を埋葬すると言った証言だけしかない。そこで初音もこの件の追及は断念していた。

捜査の手はブラックホールにまでは至っていない。

岩井の読みどおり、願生寺と原発利権ビジネスの関係を明かさなかったことが、高浦たちや、俺たち双方の安全を担保しているようだった。もとより高浦が証言しないかぎり、そんなブラックビジネスの存在が明らかになることもない。

シマの埋葬は、生前の希望どおり、初音たちによって、山谷の光林寺で執り行われた。

そして洋一郎の行方は、杳《よう》としてわからなかった。ただし松橋の調べでは、六月一日の朝便で陳英傑が香港に飛んでいる。それ以降の動きはまったく不明だ。

六月二十四日、日曜日——。

俺は梅雨の晴れ間を縫って、電車で浦和《うらわ》に向かっていた。敏子の見舞いに行くためである。

「ねえ、譲二、私をお母さんにどういう風に紹介してくれるの？」

電車の中から唯がしつこいくらいに訊いてくる。

「だから友人だって、紹介するさ。第一ぼけているんだ。何だっていいさ」

「何だっていいさはないでしょ。せっかくお洒落してきたんだから」

唯はそう言って、首につけたティファニーのペンダントを触った。白いブラウスに、ベージュのスカート、同色のパンプスを履《は》いている。いつもより大人っぽかった。

彼女に高浦から金を強奪したことは話してなかったが、福島での事件のあらましだけは伝え、ボーナスとしてペンダントをプレゼントした。ささやかだが、口止め料の意味合いもある。

「今日はまた、やけに口数が少ないね」

唯が隣に座る俺を見た。

やはり洋一郎のことが頭から離れないのだ。

——私には為すべきことがある。

いったい何を為すというのか？

それにどこに行ったのか？

バンコクに飛んだ四郎が、カオサン通りで聞き込みしてみたが、ここ最近洋一郎を見かけた者はいなかった。パットはすでにイギリスに帰国している。

役所の金を横領し、家族を捨ててまで為すべきこととは何だったのか？

俺の心の中には、自分の手で逃がしたことがわだかまりとして残ったままなのだ。

「また、お父さんのこと考えているんでしょ？」

唯が俺の顔を覗き込む。

「本当にこれでよかったのかって、どうしても考えちゃってな」

上野発の宇都宮線の風景は、埼玉に入って俄然緑が多くなっている。

「子供が親を警察に突き出すなんて、できるわけがないじゃん。親子関係って、法律ができる前からあるのよ。それにいくら話を聞いても、譲二のお父さんのこと悪く思えないの。指名手配になっていながら、貧困者救済事業に手を貸していたなんて。結局騙《だま》されてたんだけど、なんか尊敬しちゃうよね」

「そうは言っても、世間では、指名手配犯は指名手配犯だ」

俺は周囲を見て、声のトーンを落とした。

「人の評価って、その人を知らない人や、法律、あるいは世間の常識みたいなものだけで下せるものじゃないでしょ? 私、日雇いで頑張って働いているおじさんたち好きよ。そりゃ、いろいろあるかもしれないけれど、みんなやさしいし、一所懸命働いているじゃない。ホームレスの人だって悪くないもん。中にはどうしようもない怠け者の人もいるけどさ、そんな人はそんな人で、憎めないでしょ」

唯が屈託なく笑う。

彼女の笑顔がいつにも増して眩《まぶ》しかった。

一回りも年下の唯のほうが、俺よりよほど人間のことを理解しているように思えた。

日曜の午前、車内はさほど混んでなかった。

「お父さんが横領したお金、残った分は譲二が返済しているんでしょ。あの事件で誰かを傷つけたわけでもないし」

「でも家族は大変な目に遭っている。今日、母さんに会えばわかるさ」

「そろそろ浦和ね……」

唯の顔が微妙に緊張している。

紫色の風呂敷に包んだ越前屋特製の豪華弁当が、膝の上にのせられている。

駅前から病院行きのバスに乗る。

受付を済ませ、看護師に案内されて談話室に向かった。

「昨日も妹さんがいらしてくれて、お母様、ずいぶんとご機嫌がいいんですよ」

「良美が？」

鬱で引きこもっている良美にしては、めずらしいこともある。

「復職が決まったそうで、その報告に来たと仰《おつしや》ってました」

俺は今晩あたり、久しぶりに良美に電話してみようと思った。社団法人に勤めているので、洋一郎が逮捕された時にはいろいろあったが、福利厚生はしっかりしている。だから在籍したまま長期の療養が可能だったのだ。

敏子はテレビの前にある白い丸テーブルの席に座っていた。

「母さん、元気かい？」

俺は敏子に声を掛けた。

「何かあったら、お呼びください」

看護師が会釈《えしやく》して離れていく。

敏子は老齢の患者が大多数を占める室内で、一際《ひときわ》若く見えた。まだ六十前なのだ。しかしこの二年半で白髪《しらが》が増えた。

「こちらが芹沢唯さん。俺の……」

言いかけたところで、敏子が椅子に座ったまま唯に抱きついた。

「良美ちゃんじゃないの。久しぶりじゃない？　元気にしてた？」

敏子は唯のことを、妹の良美と間違えていた。

認知症の症状が出ているのだ。

「ごめんね、お母さん。仕事が忙しくて、なかなか顔を見せられなくて」

唯が敏子の話に合わせた。俺を見て泣いている。

唯はやさしい女の子だ。

俺も唯を見つめて、つい、もらい泣きしそうになった。

「飲み物を買って来るわ。お母さんは何がいい？　コーヒー？　お茶？」

「じゃあ、私はアイスコーヒーを頂戴《ちょうだい》」

敏子が言った。

唯が涙を拭いながら小走りに駆けていく。

「あの娘さん、いったい誰なの？　おまえの恋人かい？」

今度は敏子が真顔で俺に訊ねた。

俺は突然のことに戸惑った。

いつだって、正気の時は不意に訪れるのだ。

「あ、父さんよ」

テレビを指差し、敏子が言った。

「どこ!?」

俺は狼狽《うろた》えた。

「インタビューを受けている人のすぐ後ろに立っているでしょ。あんなにふっくらしちゃって」

俺は目を疑った。

よく見ると、たしかに洋一郎だった。髭はそり、髪も切ってきちんと七三に分けている。この前よりもさらに太った。サングラスではなく、銀縁の眼鏡をかけていた。太ったところ以外は、以前の洋一郎に舞い戻ったようである。

彼の隣にはワンニーが立っていた。彼女が一緒にいることが、その男が洋一郎である何よりの証拠だ。

二人はインタビュー撮影が始まって、身動きできずに背景となっていた。なんとかテレビに映ろうとする他の人たちとは対照的に、二人だけはうつむき加減だ。

番組は、午前十一時半からの民放のニュースであった。

タイのスラムで活動するNGO団体が、東日本大震災の被災地に義捐《ぎえん》金を送った。その縁で、日本のNPO団体がお礼にタイを訪れたのだ。

俺の目はテレビに釘付けになった。

洋一郎は、陳のパスポートを使って、香港経由でタイに飛び、バンコクのそれもスラムに潜伏していたのだ。

やおら敏子が話し出す。

「父さんたら、日本の役所の金を横領して、タイのスラムを支援するなんて、凄いことをやっちゃったわよね。表向きは愛人が浪費したことにしているけれど。結局、親から受け継いだ父さんの資産を売却したら、ある程度返済の目処《めど》が立ったんだから。完全に計画的だった。これでも私は元妻ですから、そんなこと、わかっていたんです。日本の一億円があれば、タイのスラムを十億円程度の規模で改善できる。家族でタイに行こうと相談を受けていたのよ。でも私は絶対断固猛反対でしょ。そしたらあの人、孤独になることを覚悟して、男としての選択をした。世界に貧しい人は大勢いるけど、タイのスラムと縁があったんでしょう。もう二度とあの人が、あのスラムから出てくることはないんじゃないかしら。貧しい人と寄り添うように生きてきた役人が、挙句に現場に飛び込んじゃった。きっとそれが、彼の本望だったのよ」

敏子は愉快そうにケラケラ笑った。

俺は頭をぶん殴られたような衝撃に襲われた。

しばし呆然とする。

為すべきこととは、このことだったのである。

しかも持ち逃げした金と資産の帳尻も合ってない。借金は二千三百万円ほどに減ったが、この俺が肩代わりして、これからも暮らしに汲々としながら返済していくのだ。

いつだったか岩井が言っていたように、子供なんて、親のことをよく知らないでいる。

思った以上に一途で大胆、気が小さく細心なようで、金のことには大雑把《おおざっぱ》なのが、父、後藤洋一郎の本当の姿だったのだ。

洋一郎はこの二年半の間、王や高浦に利用されながら、タイのスラムにも通っていたにちがいない。

そして俺は、彼を追ったばかりに、今では山谷に落ちて手配師を生業としている。

現実はすでに、許す、許さないの次元を超えている。

あらためて、男の性《さが》はどうしようもないと思った。

「あなた、あの子、いい子そうじゃない。幸せになりなさい。お互いを気遣えるパートナーになることよ。私はあの人の気持ちを理解せず、ずっと責めるばかりだったから」

敏子の頬に涙が伝わった。

俺は生まれて初めて、勝気な彼女が泣くのを見た。いや、あの時、学級崩壊で父兄たちから抗議を受けた日以来だ。

「お待たせしました」

紙コップを三つ抱えた唯が戻ってきた。

「ハイ、アイスコーヒーです」

唯がアイスコーヒーを丸テーブルに置く。

「私、温かいお茶がいいって、言ったじゃない。良美ちゃん、いつも間違えるんだから。

でもいいわ、これで」

俺は唯と顔を見合わせた。

俺は敏子が別の世界に戻ってしまったことを、唯は難癖《なんくせ》を付けられたような反応に、驚いたのである。

唯が、美味《おい》しそうにアイスコーヒーを啜る敏子を見て苦笑いする。

俺は唯に感謝をこめて微笑みかけた。

唯もにっこり笑った。

彼女の笑顔を見ていると、しばらくは手配師をやっていてもいいように思えてくる。

手配師は非合法だが、人間が何になるかは、何をしてきたかによる。

高浦甫の言葉のとおりだ。

法律や世間の常識が、人の価値を決めるのではない。

これは先ほど、電車の中で唯が言っていたことである。

そう考えれば、親父のことも許せるように思える。彼は、今の世界が抱える大きな闇に、敢然《かんぜん》とたった一人で立ち向かっていったのだ。法律を破り、家族を犠牲にしても、洋一郎はどうしても貧困をなんとかしたかった。それも自分でできる最大限の力を発揮して。

洋一郎は、家族にとっていい父親とは言えないが、男としてはカッコよすぎた。岩井が言っていたとおり、値打ちのある人間だった。

敏子は認知症を患いながら、そんな元夫を今でも愛している。悪態をつくような言葉の端々に、深く愛する気持ちが見え隠れした。

ところでこの先、俺はどうなるのだろう？

あしたのジョーになれるのだろうか？

あしたのジョーの結末はどうだったろう？

ジョーは泪橋を逆に渡ったのだろうか？

やはり思い出せない。

たぶん今のところ、手配師が俺の為すべきことなのだ。

俺の人生の結末など、漫画と違って、もっとずっと先のことである。

問題は、泪橋を逆に渡るかどうかではない。

そもそも泪橋が、なくなって久しい。

そんなことより、できれば俺も、親父のように値打ちのある人間になりたい……。

それが俺流あしたのジョーだ。

「お母さん、私今度来る時、お母さんに合いそうなヘアカラー持ってくるわ。カラーリングしましょうよ。私がやってあげるから。何色がいいかな。肌の色が白いからオレンジブラウンなんてどうかしら？　似合うと思うけど」

「オレンジブラウン？　ちょっと派手じゃない？」

「派手なくらいがちょうどいいのよ」

俺は、敏子とおしゃべりしながらコーヒーを飲む唯を見つめた。

いつしか俺にも山谷で人の縁ができている。

洋一郎が縁あって、バンコクのスラムに居場所を見つけたように……。

靖枝や陽子、初音の顔が頭に浮かんだ。高浦は仕返しの時を窺っていることだろう。そして何より越前屋には憧れの芹沢美紀がいる。

ニュースは天気予報になっていた。

「これ、なんだい？」

敏子が風呂敷包みを指差した。

「そろそろお昼だし、弁当にしようか」

俺は敏子と唯を見た。

「今日は天気がいいから、お庭でなんてどうかしら」

唯が、窓の外に広がる緑のきれいな庭に目をやる。

俺は看護師を呼びに行った。

この作品はフィクションです。実在の人物・団体・事件などには、いっさい関係ありません。

一〇〇字書評

俺はあしたのジョーになれるのか

切・り・取・り・線

購買動機（新聞、雑誌名を記入するか、あるいは○をつけてください）

□（　　　　　　　　　　　）の広告を見て	
□（　　　　　　　　　　　）の書評を見て	
□ 知人のすすめで	□ タイトルに惹かれて
□ カバーが良かったから	□ 内容が面白そうだから
□ 好きな作家だから	□ 好きな分野の本だから

・最近、最も感銘を受けた作品名をお書き下さい

・あなたのお好きな作家名をお書き下さい

・その他、ご要望がありましたらお書き下さい

住所	〒				
氏名		職業		年齢	
Eメール	※携帯には配信できません	新刊情報等のメール配信を 希望する・しない			

この本の感想を、編集部までお寄せいただけたらありがたく存じます。今後の企画の参考にさせていただきます。Eメールでも結構です。

いただいた「一〇〇字書評」は、新聞・雑誌等に紹介させていただくことがあります。その場合はお礼として特製図書カードを差し上げます。

前ページの原稿用紙に書評をお書きの上、切り取り、左記までお送り下さい。宛先の住所は不要です。

なお、ご記入いただいたお名前、ご住所等は、書評紹介の事前了解、謝礼のお届けのためだけに利用し、そのほかの目的のために利用することはありません。

〒一〇一 - 八七〇一
祥伝社文庫編集長　坂口芳和
電話　〇三（三二六五）二〇八〇

祥伝社ホームページの「ブックレビュー」からも、書き込めます。
http://www.shodensha.co.jp/bookreview/

祥伝社文庫

俺《おれ》はあしたのジョーになれるのか

平成25年12月20日　初版第1刷発行

著　者　岡崎大五《おかざきだいご》

発行者　竹内和芳

発行所　祥伝社《しょうでんしゃ》
東京都千代田区神田神保町3-3
〒101-8701
電話　03（3265）2081（販売部）
電話　03（3265）2080（編集部）
電話　03（3265）3622（業務部）
http://www.shodensha.co.jp/

印刷所　萩原印刷
製本所　ナショナル製本
カバーフォーマットデザイン　芥陽子

Printed in Japan ©2013, Daigo Okazaki ISBN978-4-396-33894-7 C0193

祥伝社文庫の好評既刊

岡崎大五
アジアン・ルーレット
混沌のアジアで欲望のルーレットが回り出す！　交錯する野心家たちの陰謀と裏切り…果たして最後に笑うのは？

岡崎大五
アフリカ・アンダーグラウンド
ニッポンの常識は通用しない!!　自由と100万ユーロのダイヤを賭けて、国境なきサバイバル・レースが始まる！

岡崎大五
北新宿多国籍同盟
恋人の死の裏に、日本の大企業とアジアの裏社会を揺るがす謀略が!?　新宿を舞台に、タフな奴らが大攻防！

岡崎大五
裏原宿《ウラハラ》署特命捜査室　さくらポリス
若者の街、原宿で猟奇殺人が発生。不気味な犯人と女刑事コンビの息詰まる攻防！　気鋭が放つ本格痛快警察小説。

岡崎大五
汚名　裏原宿署特命捜査室
人気作家の娘は一体どこに……。捜査妨害をしてしまった女刑事コンビが、不気味な誘拐事件に挑む！

渡辺裕之
傭兵代理店
「映像化されたら、必ず出演したい。比類なきアクション大作である」同姓同名の俳優・渡辺裕之氏も激賞！

祥伝社文庫の好評既刊

渡辺裕之
悪魔の旅団《デビルズブリゲード》 傭兵代理店

大戦下、ドイツ軍を恐怖に陥れたという伝説の軍団再来か？ 孤高の傭兵・藤堂浩志が立ち向かう！

渡辺裕之
復讐者たち 傭兵代理店

イラク戦争で生まれた狂気が日本を襲う！ 藤堂浩志率いる傭兵部隊が米陸軍最強部隊を迎え撃つ。

渡辺裕之
継承者の印 傭兵代理店

ミャンマー軍、国際犯罪組織が関わるかつてない規模の戦いに、藤堂浩志率いる傭兵部隊が挑む！

渡辺裕之
謀略の海域 傭兵代理店

海賊対策としてソマリアに派遣された藤堂浩志。渦中のソマリアを舞台に、大国の謀略が錯綜する！

渡辺裕之
死線の魔物 傭兵代理店

「死線の魔物を止めてくれ」。悉く殺される関係者。近づく韓国大統領の訪日。死線の魔物の狙いとは⁉

渡辺裕之
万死の追跡 傭兵代理店

米の最高軍事機密である最新鋭戦闘機を巡り、ミャンマーから中国奥地へと、緊迫の争奪戦が始まる！

祥伝社文庫の好評既刊

安達瑶　ざ・とりぷる

可憐な美少女に成長した唯依《ゆい》は、予知能力まで身につけていた。そして唯依の肉体を狙う悪の組織が迫る！

安達瑶　ざ・りべんじ

〝復讐の女神〟は殺された少女なのか!?善と悪の二重人格者・竜二&大介が、連続殺人、少年犯罪の闇に切り込む！

安達瑶　悪漢刑事《わるデカ》

「お前、それでもデカか？　ヤクザ以下の人間のクズじゃねえか！」罠と罠の掛け合い、エロチック警察小説の傑作！

安達瑶　悪漢刑事《わるデカ》、再び

最強最悪の刑事に危機迫る。女教師の淫行事件を再捜査する佐脇《さわき》。だが署では彼の放逐が画策されて……。

安達瑶　警官《サツ》狩り　悪漢刑事《わるデカ》

鳴海署の悪漢刑事・佐脇は連続警官殺しの担当を命じられる。が、その佐脇にも「死刑宣告」が届く！

安達瑶　禁断の報酬　悪漢刑事《わるデカ》

ヤクザとの癒着は必要悪であると嘯く佐脇。マスコミの悪質警官追放キャンペーンの矢面に立たされて…。

祥伝社文庫の好評既刊

安達 瑶
殺しの口づけ 悪漢刑事《わるデカ》
不審な焼死、自殺、交通事故死……。不可解な事件に繋がる謎の美女、ワルデカ佐脇の封印された過去とは⁉

南 英男
毒蜜 首なし死体 新装版
親友が無残な死を遂げた。中国人マフィアの秘密を握ったからか? 仇は必ず討つ――揉め事始末人・多門の誓い‼

南 英男
毒蜜 悪女 新装版
パーティで鳴り響いた銃声。多門はとっさに女社長・瑞穂を抱き寄せた。だが、魔性の美貌には甘い罠が……。

南 英男
雇われ刑事
撲殺された同期の刑事。浮上する不審な女。脅す、殴る、刺すは当然の元刑事・津上の裏捜査が解いた真相は……。

南 英男
密告者 雇われ刑事
犯人確保のため、脅す、殴る、刺すは当たり前――警視庁捜査一課の元刑事の執念! 極悪非道の裏捜査!

南 英男
暴発 警視庁迷宮捜査班
違法捜査を厭わない尾津と、見た目も態度もヤクザの元マル暴白戸。この二人の「やばい」刑事が相棒になった!